# Der Komet von Palling

René Paul Niemann, in Bremen geboren, studierte Romanistik und Kulturwissenschaft. Neben seiner Arbeit im kulturellen Bereich sowie zahlreichen Jobs unterschiedlichster Couleur ist er seit mehreren Jahren als Kriminalautor tätig. Zum Schreiben seiner Krimis und Kurzgeschichten zieht er sich in ein kleines gallisches Dorf zurück.

RENÉ PAUL NIEMANN

# Der Komet von Palling

OBERBAYERN KRIMI

emons:

**Bibliografische Information der Deutschen Nationalbibliothek**
Die Deutsche Nationalbibliothek verzeichnet diese Publikation in der Deutschen Nationalbibliografie; detaillierte bibliografische Daten sind im Internet über http://dnb.d-nb.de abrufbar.

FSC www.fsc.org MIX Papier aus verantwortungsvollen Quellen FSC® C083411


Umschlagmotiv: fotolia.com/pitrs
Umschlaggestaltung: Tobias Doetsch
Druck und Bindung: CPI – Clausen & Bosse, Leck
Printed in Germany 2012
ISBN 978-3-89705-956-6
Oberbayern Krimi
Originalausgabe

Gewidmet
Allen Astronomen, Astrologen und Astronauten
Allen Himmelsguckern, Sternendeutern, Sternschnuppenzählern
Meiner Mutter und dem Bewohner des Asteroiden B612

# Ein Mord

Wie von einer Nadel gestochen schreckte er hoch. Es war stockfinster. Wo zum Teufel war die Taschenlampe? Er hatte sie griffbereit in einen seiner Schuhe gesteckt, als er sich hinlegte. Das Feldbett war unbequem, trotzdem hatte er tief geschlafen. Mit der Hand tastete er über den staubigen Boden.

Da war es wieder. Ein leises Poltern drang durchs halb geöffnete Fenster. Jemand machte sich am Gitter zu schaffen.

»Verdammt«, murmelte er. »Das hat mir noch gefehlt.«

Die Zeiger des altmodischen Weckers, der neben dem Kopfende auf einer umgedrehten Holzkiste stand, phosphoreszierten im Dunkeln. Gleich zwei Uhr. Er hatte das Ding gewissenhaft aufgezogen, sonst war man hier draußen aufgeschmissen. Seine Hand tastete weiter, endlich fand er die Taschenlampe. Leise schlüpfte er in die Schuhe, hielt den Atem an. Es klapperte noch immer, so als würde jemand mit einem Werkzeug hantieren. Dazwischen ein halblauter Fluch.

Er griff nach dem Kantholz, das neben seinem Kopfkissen lag, und ballte die Hand zur Faust. Scheiß-Nachtwache. Was für eine hirnverbrannte Idee. Und wenn wirklich etwas passierte? Er konnte ja nicht mal die Polizei verständigen.

Lautlos erhob er sich, schob den Riegel zur Seite und drückte die Tür langsam auf. Sie quietschte furchtbar. Das Klappern verstummte augenblicklich, nur der Wind rauschte leise in den Bäumen. Irgendwo schrie ein Käuzchen.

Verdammter Mist, fuhr es ihm durch den Kopf. Vielleicht war es besser, die Taschenlampe nicht einzuschalten. Vorsichtig machte er ein paar Schritte. In der Nähe raschelte es, und im Licht des zunehmenden Mondes, der fahl zwischen zwei Wolken auftauchte, sah er eine Gestalt aus dem Unterholz treten, die sich langsam auf ihn zubewegte.

Er stutzte. War das Klappern nicht aus der anderen Richtung gekommen? Die Gestalt kam näher und machte gar keine Anstalten, sich zu verbergen. Dann erhellte das Mondlicht ein blasses Gesicht.

»Ach, Sie sind es!«, stieß er hervor, erleichtert und ziemlich genervt. »Was machen Sie denn hier? Ich habe doch wohl deutlich gemacht, dass ich in keiner Weise an Ihren Offerten interessiert bin …«

Die Gestalt war stehen geblieben, rührte sich nicht mehr. Sagte nichts, starrte einfach nur in seine Richtung. Merkwürdig war, dass sie gar nicht ihn anschaute, sondern den Blick in die Dunkelheit hinter ihm gerichtet hielt.

Ein Knacken ließ ihn herumfahren. Er hob die Hand mit dem Kantholz, sah aber nichts, weil ihn plötzlich gleißendes Licht blendete. Im gleichen Moment traf ihn ein gewaltiger Schlag. Ganz kurz sah er Sterne, rasend grelle Farben. Ein unglaublicher Schmerz durchzuckte seinen Schädel. Dann wurde die Welt ganz watteweich, und Dunkelheit hüllte ihn ein. Das Letzte, was er fühlte, war ein Krampfen seiner linken Hand, ein paar Grashalme zwischen den Fingern.

In der Ferne startete ein Wagen. Ihm wurde kalt, das Kribbeln in seinen Fingern erlosch. Aus seiner Schläfe tropfte dickes Blut auf den ausgetrockneten Erdboden, der es gierig aufsaugte.

# Teil 1

## 1

Alles begann an einem Dienstag Ende Mai. Xaver Birnbaum fluchte und wischte sich den Schweiß von der Stirn. Die Sonne brannte. Das Blau des Himmels war so tief wie sonst nur im August, und die Schwalben flogen hoch. Ein heißer und trockener Sommer stand ihnen bevor. Das sagte zumindest Maria, die sich ihrerseits auf den hundertjährigen Kalender berief. Und meistens behielt sie recht.

Von Palling her schlug die Glocke zwölf Mal. Der ferne Kirchturm schien in der flirrenden Hitze zu schweben wie eine Fata Morgana. Birnbaum hielt sich die Wasserflasche an den Mund, dann schälte er sich ächzend aus dem Sitz des Traktors und sprang in die tiefen Ackerfurchen. Alles verdorrte, und er musste sich mit der verdammten Linde herumplagen! Oder vielmehr mit dem, was von ihr übrig war. Natürlich hätte er den verkohlten Baumstumpf auch einfach in der Erde lassen können. Aber es passte ihm nicht, klein beizugeben und die einmal begonnene Arbeit nicht zu vollenden.

Vor drei Tagen hatte ein Blitz in die alte Linde eingeschlagen, und da es ein trockenes Gewitter war, ging der ganze Baum in Flammen auf. Wie ein spätes Osterfeuer brannte er weithin sichtbar auf der Anhöhe, mitten auf Birnbaums Weizenfeld, und steckte auch noch das trockene Kraut im Umkreis an. Die freiwilligen Feuerwehren von Palling und Freutsmoos waren ausgerückt und hatten dafür gesorgt, dass die Flammen sich nicht weiter ausbreiteten. Einen richtigen Steppenbrand hätte das gegeben. Nun hatte Birnbaum allein den Schaden, und fünfzig Meter um die Linde war der Boden versengt.

Mit der Kettensäge entfernte er die rußgeschwärzten Äste und sägte den Stamm bis auf eine Höhe von einem halben Meter ab. Das war eine höllische Arbeit, und sein Gesicht und seine Hände waren bald so schwarz wie das Holz. Birnbaum biss die Zähne zusammen und bearbeitete die Ausläufer der dicken Wurzeln mit dem Spaten, um die hartnäckigen Fasern nachgiebiger zu machen. Er kratzte steinharte Erde weg und befestigte ein weiteres Mal das Abschleppseil am Stumpf. Ein Versuch noch. Wenn es dann nicht gelang, würde er sich Sprengstoff besorgen und das verdammte Ding in die Luft jagen!

Das andere Ende des Seils hing noch hinten am Traktor. Ein großer alter Deutz, der seine Arbeit normalerweise so zuverlässig tat wie ein treuer Ackergaul. Nur diesmal schienen seine Kräfte nicht auszureichen. Die Linde war aber auch ein gewaltiger Brocken.

Birnbaum kletterte wieder auf den Sitz und ließ den Motor an, zog ganz langsam. Der Traktor ächzte. Die Plastikfasern des Seils knirschten. Wenn es riss und ihm um die Ohren knallte, wäre sein letztes Stündlein gekommen.

»Heilige Mutter Gottes!«, stöhnte Birnbaum.

Und der Baumstumpf gab nach. Die Wurzeln begannen sich zu lockern, und wenn Birnbaum nicht beide Hände fest am Lenkrad gehalten hätte, damit der Traktor keinen unvorhergesehenen Satz machte, hätte er sich in diesem Augenblick bekreuzigt. Zentimeter für Zentimeter hob sich der schwarz verkohlte Stumpf. Der alte Deutz hatte gesiegt. Im Wurzelwerk der riesigen Linde hingen Erdklumpen von mindestens einer halben Tonne. Birnbaum stellte den Motor ab. Er schüttete sich den Rest aus der Wasserflasche über den Kopf, sprang wieder hinab auf die harte Erde und machte sich querfeldein auf den Weg zu seinem Hof, der sich auf der anderen Seite der Anhöhe befand und wo die Maria sicher schon mit dem Essen auf ihn wartete.

# 2

Es war genau zwölf Uhr zehn, als Monika Schwalbe auf den Messinstrumenten ein Ereignis wahrnahm. Der Zeiger des Seismografen, der auch leichteste Erschütterungen in den oberen und mittleren Bodenschichten aufzeichnete, schlug plötzlich so heftig aus, dass die Spitze über die vorgesehene Aufzeichnungsbreite hinausging. Gleichzeitig begann die Spule des Transformators zu summen, bis sie mit einem Zischen zerschmolz.

Monika riss die Augen auf, denn so etwas hatte sie noch nicht erlebt. Für gewöhnlich passierte in der alten Holzhütte, wo sich seit einigen Semestern die provisorische Außenstation des Geologischen Instituts der Universität München befand, überhaupt nichts. Für die Studenten, die sich mit der Tektonik der Bodenschichten im Alpenvorland sowie dem Zusammenhang zwischen gravimetrischen Anomalien und dem vermehrten Vorhandensein von Brekzien und Sphärulen in einer bestimmten Tiefe befassten, war es eher ein notwendiges Übel, turnusmäßig zweimal die Woche Richtung Chiemsee zu fahren, Papierrollen auszuwechseln und die Geräte zu überprüfen. Und ausgerechnet jetzt musste es knallen!

Monika Schwalbe, die ihr Geologiestudium im vergangenen Herbst abgeschlossen hatte und nun als Doktorandin das Projekt betreute, schüttelte ungläubig den Kopf. Das Elektrokabel, das die Geräte über einen Mehrfachstecker mit einem mobilen Stromerzeuger verband, war richtiggehend verschmort, angekokelt wie auf einer Herdplatte.

»So ein Mist«, murmelte sie. »Und jetzt?«

Sie kramte ihr Handy aus der Tasche. Kein Netz. Auch das noch. Dabei war sonst der Empfang hier draußen ganz gut. Lag es daran, dass sich ein Gewitter zusammenbraute? Das Blau des Himmels wurde immer dunkler, die Luft knisterte förmlich vor Elektrizität. Das geschmolzene Kabel stank nach Gummi. Was hatte den Kurzschluss ausgelöst? Am besten war es wohl, alle Kabel und Stecker zu ziehen und bei nächster Gelegenheit mit dem Techniker anzurücken, der die Anlage reparierte. Bis dahin war Vorsicht geboten. Wenn der Generator von selbst wieder ansprang, würden die defekten Geräte am Ende noch die Hütte in Brand setzen.

Die junge Wissenschaftlerin holte die Papierrolle aus dem Seismografen und verpackte sie in eine Plastiktüte. Dann hatten die anderen etwas zum Rätselraten. Der Ausschlag war rekordverdächtig, spitz wie eine Nadel. Zusammen mit ihren Heften und der Strickjacke stopfte sie die Tüte in eine große Umhängetasche. Draußen herrschte eine merkwürdige Ruhe. Die Grillen hatten aufgehört zu zirpen, obwohl sie normalerweise in der Mittagshitze immer lauter wurden. Etwa fünfzig Meter weiter stand verlassen ein Traktor auf dem Acker. Stundenlang hatte der Bauer versucht, einen schwarzen Baumstumpf aus der Erde zu ziehen. Dabei hatte er geflucht und getobt wie der Leibhaftige, sodass sie sich irgendwann ihre Stöpsel ins Ohr gesteckt und die Musik laut gedreht hatte. Nun lag der Baumstumpf dort hinten auf der verbrannten Erde wie ein totes Riesentier, und der Bauer verschwand gerade zu Fuß am Feldrain hinter einer kleinen Steigung.

Auch egal, dachte Monika. Wahrscheinlich hätte der Depp ohnehin nur die Schultern gezuckt, wenn sie ihn nach einem funktionstüchtigen Handy gefragt hätte. Hier oben zählte noch der Glockenschlag der Kirchturmuhr und weiter nichts. Ihr Wagen stand am Waldrand. Sie würde in den Ort fahren, irgendwo ein Haferl Kaffee trinken und mit dem Institut telefonieren. Danach würde sie sich auf den Heimweg machen, zurück nach München.

Beim Anschnallen im Auto warf sie einen flüchtigen Blick auf ihre Armbanduhr. Zehn nach zwölf. Das konnte nicht sein, denn es war bereits zehn nach zwölf gewesen, als die Geräte durchgeschmort waren.

»Ist ja seltsam …« Leicht verärgert startete Monika Schwalbe den Motor.

# 3

Sie öffnete das Fenster und reckte das Kinn in die schwüle Luft. Irgendetwas war anders. Ganz plötzlich war es da gewesen. Und es hing nicht nur mit dem aufziehenden Gewitter zusammen. Ihr Puls raste. In ihren Ohren war ein Summen.

»Spinn ich, oder ist tatsächlich was passiert?«

Sie griff nach der Zigarettenpackung. Ihre Finger mit den dunkelrot bemalten Krallen zitterten.

»Zur Hölle noch mal!«

Das goldene Feuerzeug zündete nicht. Sie warf es so heftig auf den Tisch, dass ein Eckchen aus der schwarzen Marmorplatte splitterte. Dann kramte sie ein billiges Plastikfeuerzeug hervor und stellte sich wieder ans Fenster.

Das Blitzen nahm kein Ende, seit Tagen nicht, immer begleitet von einem unterschwelligen Grollen. Aber es kam kein Regen. Die Ernte galt schon fast als verloren. Ein paar dumme Weiber drehten ihr beim Einkaufen den Rücken zu oder stießen sie wie zufällig mit den Ellenbogen an. Aber sie entschuldigten sich nicht.

»Blöde Hennen!«

Sie sog den Rauch der Zigarette, die sie auf ein Mundstück aus schwarzem Horn gesetzt hatte, tief ein und gab dabei einen kurzen Laut von sich, ein verächtliches Lachen, das fast wie ein Husten klang. Sie hatte das alles gründlich satt. Seit drei Jahren saß sie jetzt in diesem Nest, und lange würde es nicht mehr gut gehen.

Wieder steckte sie den Kopf aus dem Fenster, mit einer leichten Wendung nach links, damit der spitze Turm von Mariä Geburt ihr nicht ins Auge stach. Der Qualm aus ihrem Mund ringelte sich in der Mittagshitze. Unten an der Ecke hielt ein Auto, parkte halb in der Kurve. Ein blonder Pferdeschwanz, der um die Straßenecke verschwand. Eilig, fast hektisch. In der Luft lag ein metallischer Hauch, ganz leicht nur, aber eindeutig. Er wehte mit dem warmen Wind von der Anhöhe her, von den großen Äckern, die gleich hinter dem Ort begannen.

»Seltsam«, murmelte sie. »Ich täusche mich doch nicht!«

Sie ließ das Fenster offen stehen. Die Wände des Wohnzimmers waren schneeweiß gestrichen, mit einem Stich ins Bläuliche, was sie sehr kalt wirken ließ. Der schwarze Marmortisch. Der violette Teppich auf dem weiß gefliesten Boden. Still war es hier, sehr still. Nicht einmal eine Uhr tickte. Keine Schnörkel, keine nutzlose Dekoration. Ein paar Zeichnungen in Augenhöhe, schwarz und weiß, in glatten silbernen Rahmen. Eine dunkle Sonne, mit Radialen versehen, die aussah wie ein Rad. Ein Labyrinth ohne Anfang und Ende. Bilder ohne Herzschlag. Auf dem Tisch eine weiße Schale, an deren oberem Rand eine winzige rötlichbraune Verkrustung zu erkennen war.

Ihre Mundwinkel zogen sich nach unten. Drei beschissene Jahre! Die bonbonfarbene Küche. Kräutertees und bunte Kerzen. Tüll vor dem Fenster. Steinguttassen. Fröhliche Sets auf dem rustikalen Tisch. Vielleicht war der Moment gekommen. Ihr Gespür trog sie selten. Die Zeit war überreif.

## 4

»Du kommst spät«, sagte Maria. »Ich wärm dir das Essen wieder auf.«

»Spät?«, fragte Birnbaum erstaunt. Seine Armbanduhr zeigte erst zwanzig nach zwölf.

»Es ist gleich eins, und du weißt doch, dass ich am Dienstagmittag den Buben zum Sport nach Trostberg bringen muss.«

»So was, meine Uhr hat sich verlaufen«, murmelte Birnbaum und setzte sich an den Tisch, auf dem noch die halb geleerten Schüsseln standen. Bratwürste, Sauerkraut und Kartoffelpüree. »Fahr du nur. Ich ess die Würstel auch gern kalt.«

»Wenn du meinst …« Maria band sich ihr geblümtes Halstuch um und suchte nach dem Autoschlüssel.

»Tobias!«

Der Junge kam träge die Treppe herunter. Er war fünfzehn Jahre alt und mochte die Sportstunde nicht. Die anderen Fächer mochte er ebenso wenig. In dem Alter ging niemand gern zur Schule.

»Fußball?«, fragte Birnbaum, während er sich eine Portion kaltes Kartoffelpüree auf den Teller schaufelte.

»Schlimmer«, maulte Tobias, und seine Stimme wechselte die Tonlage, »rhythmische Gymnastik.«

Ach du Scheiße.

»Augen zu und durch!«, sagte Birnbaum.

Er hatte seine Armbanduhr abgenommen und betrachtete sie ärgerlich. Das Ding war nicht billig gewesen. Und die Batterie hatte er erst vor zwei Wochen wechseln lassen. Tobias schlurfte durch die Diele, dann knallte die Tür, und Maria startete im Hof den alten Passat, dessen Motor immer stotterte, bevor er warm war. Die Uhr tickte ganz normal, Birnbaum stellte sie auf fünf vor eins und kratzte den Rest des Sauerkrauts aus der Schüssel. Er dachte an den gewaltigen Baumstumpf und überlegte, ob es sich lohnte, auf der versengten Erde noch einmal auszusäen. Es war ein großes Stück Land. Der Rest des Feldes sah allerdings auch nicht viel besser aus, nachdem die beiden Feuerwehrwagen kreuz und quer darauf herumgefahren waren.

Am besten pflüge ich alles noch mal um und säe Sommergerste, dachte er. Braugerste. Das könnte noch klappen, falls in den nächsten Tagen der eine oder andere Schauer niedergeht und das Zeug zum Keimen bringt … Birnbaum kratzte sich am Kopf. Vielleicht wäre es doch klüger, alles so zu lassen, wie es war, und den Vorfall der Versicherung zu melden. Es war allerdings zweifelhaft, ob die Versicherung diesen Fall abdeckte. Blitzschlag. Im Haus, ja. Aber doch nicht auf dem Acker.

»Du bist ein Rindviech«, schalt er sich selbst. »Reiß dich zusammen! Geh gefälligst zum Bauernverband und sieh zu, dass du noch Saatgut kriegst. Sonst werden die Zeiten karg.«

Er schaute in den Kühlschrank, ob Maria Nachspeise gemacht hatte. Hatte sie nicht. Aber da stand noch ein halbes Glas Kirschen. Er schüttete flüssige Sahne dazu, rührte alles einmal durch und schaufelte sich das Zeug mit einem großen Löffel rein. Dann erhob er sich schwerfällig. Jetzt war es ohnehin zu heiß, um etwas zu tun.

Er gähnte und reckte sich träge. Dann stieg er auf den Heuboden, der voll ausrangierter Gerätschaften stand, um auf einem alten Liegestuhl ein Schläfchen zu halten.

# 5

Es hielt sie nicht in der Wohnung. Sie lief noch zum Metzger und zum Bäcker, obwohl sie eigentlich nichts brauchte. Aber dieser metallische Geschmack machte sie irre. Ein Kratzen im Hals, ein Kribbeln auf den Armen, überall juckte es ihr unter der Haut.

»Was darf's denn sein?«, fragte die Bäckerin, die so lang und hager war wie ein Stockbrot.

»Zwei Semmeln, bitte.« Ihre Lippen waren zu rot für Palling, ihre Augen zu stark geschminkt.

Die Bäckerin klatschte ihr die Semmeltüte auf den Tresen. Unfreundlich wie immer, so wie die meisten Frauen in der Gemeinde. Aber wenn die Not groß war, kamen sie alle angekrochen.

»Mein Kind ist krank … Mein Mann betrügt mich … Der Hof läuft schlecht, und obendrein habe ich Ausschlag an den Händen … Kannst du nichts für mich tun?«

Dann waren sie plötzlich nicht mehr so barsch. Und wenn sie in ihre Wohnung kamen, glotzten sie sich die Augen aus, ob sie nichts entdeckten, worüber sie sich das Maul zerreißen konnten.

Da war wieder der blonde Pferdeschwanz, er wippte hin und her. Die junge Frau aus der Stadt, die Brüste unter dem zu engen T-Shirt achtlos zur Schau gestellt. Kritzelte auf einem Stück Papier herum.

Die Bäckerin schaute ungnädig, als sie die leere Kaffeetasse auf dem Stehtischchen zurückließ und ohne Gruß verschwand. »Eine von diesen Studentinnen dort draußen …«, sagte sie hinter der Hand, als wäre es etwas Schlimmes, Studentin zu sein.

Die Tüte mit den Semmeln in der Hand, mit den Gedanken bei einer Zigarette, verließ sie den Laden, ohne sich umzudrehen. Die Türglocke schrillte über ihr. Der Pferdeschwanz schaukelte nun lebhaft an der Straßenecke. Das Mädchen sprach aufgeregt in ein Handy und verdeckte dabei ihren Mund mit der Hand.

## 6

Sein Schlaf war so leicht, dass sich das Zwitschern der Schwalben und das Klappern der Türen zu einem wirren Gespinst verwoben. Maria war wieder da und fuhrwerkte in der Küche herum, ließ die Schranktüren schlagen und polterte mit den Stühlen. Besteck klirrte. Ein kleiner Vogel segelte durchs offene Fenster und landete im Kochtopf, der auf dem riesigen altmodischen Herd stand. Eine Federwolke stob auf. Aber Maria merkte nichts und rührte mit dem Holzlöffel die Suppe um, während sich von draußen eine graue Fratze gegen die Fensterscheibe presste. Das war die Hexe, sie kicherte. Maria streute seltsame Zutaten in den Topf, dann knallte es laut, und ein Blitz fuhr ins Dach.

Wieder ein Knallen. Xaver Birnbaum schreckte hoch und rieb sich die Augen. Der Himmel über der trüben Dachbodenluke war düster und schwer geworden. Unten klapperte Maria mit dem Abwasch, und er fragte sich, wie lange er wohl geschlafen hatte. Halb drei. Der Zeiger der Uhr bewegte sich noch. Halb drei war gut. Er fuhr sich mit den Händen durchs Haar, rieb sich den Schlaf aus den Augen und stieg die Treppe hinunter, mit einem so würdigen Gesicht, als hätte er dort oben einen Inspektionsgang unternommen.

»Allmählich wundert mich gar nichts mehr«, sagte Maria, ohne ihm das Gesicht zuzuwenden. »Ich dachte, du bist draußen.«

»Ich muss zuerst sehen, dass ich jemanden vom Bauernverband antreffe, wegen Saatgut. Den Seppi vielleicht. Das ist ein umgänglicher Mensch. Oder den Bartl. Wegen Sommergerste. Das wird noch was, wenn wir Glück haben. Die einzige Möglichkeit.«

Maria nickte stumm. Sie hatte sich verletzt. Ein dünner roter Faden lief über ihren Ringfinger und sammelte sich in der Handfläche. Auf dem Tisch lag ein Küchenmesser. Birnbaum spürte eine leichte Unruhe und so etwas wie Schuld, weil seine Frau sich die Hände wund arbeitete, während er auf dem Dachboden schnarchte.

»Geschnitten?«, fragte er.

Sie nickte und wühlte mit der freien Hand in der Schublade nach einem Pflaster. Endlich erwachte er aus seiner Schlafmützigkeit, fummelte das Pflaster aus der Hülle und klebte es ihr vorsichtig auf den Finger. In ihren Augenwinkeln glänzte es, was selten vorkam.

»So schlimm?« Seine Zärtlichkeiten klangen immer etwas brummig.

Da brach es aus Maria heraus, ein Sturzbach von Tränen. Sie ließ sich auf einen Küchenstuhl sinken und weinte. Weinte in ihre Hände, bis ihm angst und bange wurde.

»Was ist denn?«, fragte er und strich ihr ungelenk übers Haar. In solchen Situationen war er ein Stoffel, der mit seinen großen Pfoten alles nur noch schlimmer machte.

»Ich war heute früh beim Doktor«, schluchzte Maria.

Ihm sank das Herz in die Kniekehlen. Bestimmt war es Krebs. Ihre Mutter war an Krebs gestorben. Und eine ihrer Tanten. Wenn es Krebs war, dann war alles aus. Was sollte dann aus dem Buben werden? Und dem Hof? Und aus ihm?

»Ich bekomme wieder ein Kind«, stammelte sie atemlos. »In meinem Alter! Und ausgerechnet jetzt! Wir haben Schulden, der Wagen ist schrottreif, der Weizen ist verbrannt, der Blitz hat die Linde gespalten, und alles geht drunter und drüber!«

Sie heulte auf, während Birnbaum nicht wusste, ob er lachen oder weinen sollte. Ach, Unsinn, lachen war besser! Ja, er lachte und nahm sie in die Arme. Jahrelang hatten sie sich ein zweites Kind gewünscht, hatten die Hoffnung längst aufgegeben. Tobias war schon groß, Maria war nun vierzig, und ja, sie hatte recht, es ging wirklich alles drunter und drüber im Moment. Das Glück war ihnen nicht gerade wohlgesonnen.

Aber Birnbaum lachte und küsste seine Maria und versicherte ihr, wie sehr er sich freue und dass sie das alles schon schaffen würden. Er versuchte, nicht an den sonderbaren Traum zu denken, an den Vogel im Kochtopf und die Fratze am Fenster.

»Du freust dich wirklich?« Das Erstaunen in ihrer Stimme war so echt, dass es wehtat. »Und ich dachte schon, ob es vielleicht besser wäre, wenn ich …«

»Sprich es nicht aus!«, sagte Birnbaum erschrocken und fügte flüsternd hinzu: »Nur über meine Leiche …«

Dann schwiegen sie eine Weile. Sein Kopf ruhte in ihrem Schoß, und sie strich ihm durch den struppigen Haarschopf, der schon ziemlich grau wurde. Draußen grummelte es wieder, der Himmel war so dunkel geworden, als stünde der Weltuntergang bevor.

»Ich geh jetzt los wegen dem Saatgut«, sagte Birnbaum, als die Uhr drei schlug, und erhob sich. »Und wenn es nicht regnet, fahre ich später noch mal aufs Feld und schau, dass ich den vermaledeiten Stumpf wegschaffe.«

Maria nickte.

»Und du ruhst dich ein bisschen aus. Mach dir keine Sorgen. Es wird schon alles gut.«

Sie nickte wieder. Ein Blitz fuhr durch die aufgeladene Luft, und der Lichtschein zerschnitt ihr blasses Gesicht mit einem blau-gelben Zackenmuster.

## 7

Birnbaum hatte Glück. Der Bartl besorgte das Saatgut. Auf Kredit, weil der Xaver im Moment so knapp bei Kasse war. Er ließ den Passat am Feldrain stehen und stapfte dorthin, wo der Traktor stand. Das Gewitter hatte zwar einen kurzen Schwung Regen gebracht, aber zu mehr als etwas Matsch am Wegrand hatte es nicht gereicht. Die Furchen waren immer noch steinhart. Wenn ihm die Gerste auch noch vertrocknete, war alles vorbei.

Der Baumstumpf lag da wie ein schlafender Stier, schwarz und gewaltig. Vielleicht war es besser, ihn nicht zu wecken. Aber er musste runter vom Acker. Schade, dass der Tobias nicht mitgekommen war, der hätte seine Freude daran gehabt. Er taugte ohnehin viel mehr zum Bauern als zum Gelehrten. Was nützte es, ihm den Kopf mit Französisch und Integralrechnung und anderem Schmarrn zu füllen, wenn er doch viel lieber auf dem Traktor saß oder sich mit seinem Vater über die Vorteile von biologischem Anbau unterhielt?

»Rhythmische Gymnastik, armer Bub …«, murmelte Birnbaum.

Der Stamm hing noch gut im Seil. Birnbaum nahm den Spaten und begann, dicke Klumpen Erde aus dem Wurzelwerk zu schlagen. Immerhin hatte die Linde ein ordentliches Loch im Boden hinterlassen, das er wieder füllen musste.

»Eine halbe Tonne Erde«, brummte er. »Sie hat dich nicht loslassen wollen, arme Linde …«

Der Schweiß tropfte ihm schon wieder von der Stirn. Es war zum Heulen! Dreihundert Jahre Baum zum Teufel. Oder vierhundert. Vielleicht auch noch mehr. Die Linde hatte schon immer da gestanden und den Acker des Mooshamer-Hofs beschützt, ungezählte Generationen lang. Und nun war sie weg, der gute Geist, in die Luft gesprengt von einem Blitz, was kein gutes Zeichen war.

Da muss wieder eine Linde her, dachte Birnbaum und stützte sich auf den Spaten, um zu verschnaufen. Die Arme taten ihm bereits weh.

»Da muss wieder eine Linde her«, murmelte er und zog die Stirn in Falten.

Dann dachte er an Maria, die bald wieder einen dicken Bauch haben würde, und fühlte sich so unbändig stolz und glücklich, dass er am liebsten laut gebrüllt hätte.

»Und wenn's ein Mädl wird, soll es Linda heißen«, rief er in die schwüle Nachmittagsluft. »Dann wird alles wieder gut!«

Er fühlte sich plötzlich ganz leicht. Ein letztes Mal holte er mit dem Spaten aus. Zwischen den Wurzeln hing noch ein besonders dicker Klumpen, groß wie ein Menschenschädel. Birnbaum ließ den Spaten niedersausen und erwartete, die Erde spritzen zu sehen, doch stattdessen traf er auf etwas sehr Hartes, und das metallene Blatt des Spatens zersprang.

»Was zum Teufel ...«

Es war nicht gut zu fluchen, wenn man an sein ungeborenes Kind dachte, und so schluckte er den Rest des Sprüchleins wieder runter. Der Klumpen Erde war so schwer zu Boden gefallen wie ein Stein, und ein Stein war es auch, wie Birnbaum nun erkannte. Ein dicker schwarzer Stein, so glänzend wie polierter Marmor und fast kugelrund.

»Verdammt noch mal!«

Wieder musste Birnbaum schlucken. War das nun ein Stein oder vielleicht so eine verwünschte Kanonenkugel aus einem der vielen Kriege, die über das Land hinweggefegt waren? Vorsichtig berührte er das Ding mit der Spitze seines Gummistiefels. Es konnte ebenso gut Metall sein wie Stein. Oder ein Gemisch aus beidem.

»Ein Magnetstein vielleicht«, murmelte Birnbaum.

Manchmal hatte er Geistesblitze. Er warf einen Blick auf seine Armbanduhr, und ja, sie war wieder stehen geblieben, auf drei viertel fünf. Das war etwa die Zeit gewesen, als er das Auto dort drüben abgestellt hatte.

»Wenn man dem Ding zu nahe kommt, bleiben die Uhren stehen!«

Das war eine schwerwiegende Erkenntnis, die es zu überprüfen galt. Der Baumstumpf war vergessen. Birnbaum bückte sich und umfasste den Stein mit beiden Händen. Seine Hände waren groß und stark wie Bärenpranken, aber der Stein war schwer wie Blei. Vielleicht war es wirklich eine Kanonenkugel, und bei seinem Glück würde sie wahrscheinlich in die Luft gehen, sobald er sie anhob.

Vorsichtig zog er die Finger zurück. War wohl besser, das Ding einfach liegen zu lassen. Er würde den Baumstamm wegschleppen und an der Stelle, wo der Stein lag, ein Zeichen aufstellen, damit er beim nächsten Mal nicht versehentlich mit dem Traktor darüberfuhr.

Birnbaum blieb sehr lange draußen an diesem Abend, obwohl er eigentlich vorgehabt hatte, mit seinem Sohn noch eine Runde Korbball zu spielen. Der Baumstumpf lag längst am Wegrand. Inzwischen war es halb acht durch. Maria wartete sicher schon mit dem Abendbrot, und der Bub wartete auch.

Dort, wo die Kanonenkugel lag, hatte Birnbaum einen Stock in den Boden gesteckt und oben dran den roten Lappen befestigt, den er sonst als Signalfahne benutzte, wenn er überlange Sachen transportierte. Ein gewöhnlicher Stein war das auf keinen Fall, so viel sah auch ein Blinder. Die Oberfläche war glatt wie bei einem Feuerstein. Geschmolzenes Glas, dachte Birnbaum. Tiefschwarz mit winzig kleinen, glitzernden Einschlüssen. In der Abendsonne sah es aus, als würde das Ding sprühen, rötlich, silbern und schwefelgrün.

Aus der Werkzeugkiste im Wagen kramte er verschiedene metallene Gegenstände. Nägel, Schrauben, Eisendraht. Einen Schraubenschlüssel. Eine vernickelte Nuss aus dem Ratschenkasten. Aber ein richtiger Magnet schien das Ding nicht zu sein, jedenfalls nicht in dem Sinn, dass es Metalle anzog. Es hatte andere Wirkungen. Birnbaum entfernte sich etwa einhundert Meter weit von dem Stein, lief sogar ein Stückchen in den nahen Wald und klopfte auf seiner Uhr herum. Da fing sie wieder an zu laufen. Vom Kirchturm drunten schlug es nun drei viertel acht, und er stellte die Zeiger wieder richtig. Dann ging er langsam, Schritt für Schritt, wieder in Richtung der kleinen Fahnenstange, wo der rote Fetzen im Abendwind wehte.

»Dreizehn, vierzehn, fünfzehn …«, zählte er, wobei er das Zifferblatt keinen Moment aus den Augen ließ. »Zwanzig, einundzwanzig, zweiundzwanzig …«

Bei sechzig schien der Sekundenzeiger zu haken, zuckte noch ein paarmal, um dann bei dreiundsiebzig endgültig stehen zu bleiben.

»Wahnsinn«, sagte Birnbaum und steckte an der Stelle, wo er stand, einen großen Schraubenzieher in die Erde, dessen gelber Plastikgriff gut zu sehen war. Dann lief er rasch über den Acker bis zu dem Fähnchen. Die rätselhafte Kanonenkugel schimmerte immer noch silberschwarz. Die Uhr stand, daran gab es nichts zu deuteln. Birnbaum behielt wieder die Zeiger im Blick und ging mit langen Schritten den Weg zurück in die Richtung, aus der er gekommen war.

»Dreiundzwanzig, vierundzwanzig, fünfundzwanzig …«

Als er sich dem gelben Fleck näherte, wurde sein Mund trocken, und die Härchen in seinem Nacken begannen zu kribbeln.

»Achtunddreißig, neununddreißig …«

Bei zweiundvierzig setzte sich der kleine Zeiger wieder in Bewegung. Gute vierzig Meter weit reichte die Strahlung, oder was immer es war.

»Vielleicht ist das Ding was wert«, sinnierte Birnbaum, denn er war ein Pragmatiker. »Irgend so ein seltenes Mineral. Wer weiß, woher es stammt.«

Er drückte den Schraubenzieher noch ein Stück tiefer in die Erde, dann ging er eilig zu seinem Wagen.

## 8

Maria sah müde aus, als er die Küche betrat. »Ich dachte schon, du bleibst heute draußen.«

»Nein. Es war nur der Baumstumpf. Hat viel Mühe gemacht.«

»Aber nun ist er weg?«

»Ja«, sagte Birnbaum kurzab und schmierte sich ein Leberwurstbrot.

Seine Frau schenkte ihm Kaffee ein. »Ist schon ein bisschen abgestanden, die ganze Zeit auf der Warmhalteplatte.«

»Macht nichts«, sagte er rasch. »Ich mag ihn so.«

»Heute ist wieder einer von diesen Studenten da gewesen. Oben bei der Hütte. Hast du ihn nicht gesehen?«

Birnbaum schüttelte den Kopf. »Am Vormittag stand da mal ein Wagen. Aber ich habe keine Menschenseele gesehen.«

»Ach so, ich dachte schon …«

Maria sprach doch sonst nicht in Rätseln. Vielleicht waren das schon die Hormone. Als der Tobias unterwegs gewesen war, hatte sie auch manchmal solche Anwandlungen gehabt. Heißhunger. Und immer am Heulen, wegen jeder Kleinigkeit.

»Wann ist es denn eigentlich so weit?«, fragte Birnbaum zwischen zwei Schluck Kaffee. »Und bewegt es sich denn schon?«

Maria warf ihm das Geschirrtuch an den Kopf. »Also erstens ist es noch lang nicht so weit, sondern erst so um Weihnachten rum, sagt der Doktor. Und bewegen tut es sich auch noch nicht, das solltest du wissen!«

Dann musste sie plötzlich lachen, und ihm fiel ein Stein vom Herzen.

»Also, wenn da oben einer von den Studenten war, habe ich ihn jedenfalls nicht gesehen«, sagte er und schmierte sich ein weiteres Brot.

»Eine junge Frau. So eine Blonde mit einem Pferdeschwanz und einem rosa T-Shirt.«

»Hab ich nicht gesehen. Ich hab gearbeitet.«

Maria schien zufrieden zu sein und senkte den Kopf über den Abwasch.

»Hast du sie denn gesehen?«, fragte Birnbaum erstaunt. »Oder woher weißt du das mit dem T-Shirt?«

»Sie war drunten in der Bäckerei und hat einen Kaffee getrunken, sagt die Hanni.«

»Welche Hanni?«

»Die Kerbel Hanni natürlich, die Bäckerin.«

»Ach, die Kerbel Hanni …«, murmelte Birnbaum, der nicht gut auf das Tratschweib zu sprechen war.

»Nach Mittag war es, als die Bäckerei eigentlich gerade zumachen wollte. Und die Studentin war ganz aufgeregt, so als wär droben bei der Hütte was passiert.«

Birnbaum horchte auf. »Was soll denn passiert sein?«

»Das weiß ich nicht. Sie ist nicht rausgerückt mit der Sprache, hat die Hanni gesagt. Ist bloß von einem Bein auf das andere getreten und hat versucht, jemanden auf ihrem Telefon zu erreichen. Und dann hat sie nur noch geflüstert. Irgendwas ist kaputtgegangen. Von den Geräten, die die dort haben. Einmal ist sie auch vor die Tür. Die Hanni hat nicht hören können, worum es ging.«

»Was für ein Pech für die Hanni«, sagte Birnbaum mit einem Unterton, der nicht sehr nett klang. Er musste schnell sein. Bevor diese Studenten oder sonst jemand davon Wind bekam, was auf seinem Acker lag. Die brachten es glatt fertig, ihm das Ding mit irgendeiner fadenscheinigen Begründung wegzuschnappen.

## 9

»Ja?« Sein Ton war knapp, wie immer.

»Da ist was passiert. Ich weiß noch nicht genau, was. Aber es geht etwas vor sich.«

»Was meinst du?«

»In der Luft liegt so ein Geruch, so ein Geschmack. Es kommt von den Feldern, nicht weit von hier.«

»Du musst schon deutlicher werden. Meine Zeit ist bemessen.«

»Kurz nach Mittag hat es angefangen, als das Gewitter aufzog. Eine von diesen Studentinnen aus München, die war ganz aufgeregt. Die alte Hütte droben auf dem Hügel. Der große Acker, der dem Mooshamer-Bauern gehört. Ich habe so eine Ahnung …«

»Und mit so einem Unsinn behelligst du mich?«, fragte er barsch. »Ahnungen sind gut, um sich wichtigzumachen. Du musst schon etwas mehr vorzuweisen haben, wenn ich dich ernst nehmen soll.«

Ohne einen Gruß legte er auf. Manchmal hasste sie ihn.

## 10

Am nächsten Morgen hängte Birnbaum den Pflug an seinen Traktor und zuckelte den Weg zum Weizenacker hinauf. Unter dem Sitz hatte er einige Holzpfosten und eine halbe Rolle Draht liegen, um rings um das Erdloch ein paar Quadratmeter abzusperren.

Bei der Holzhütte am Waldrand standen bereits zwei Autos. Eines war der weiße Golf vom Vortag, der wahrscheinlich dieser Studentin gehörte, von der die Maria erzählt hatte. Das andere war ein dunkler Kombi, dessen Heck mit allerlei technischem Gerät vollgestopft war. An der Fahrertür war eine Aufschrift angebracht: Geologisches Institut der Universität München.

Birnbaum stellte den Motor des Traktors ab und holte die Pfosten und den Draht hervor. Dann überlegte er es sich anders. Er bastelte ein paar Minuten unter der Motorhaube herum, überprüfte die Anhängung des Pfluges, um schließlich, die Hände in den Taschen, gemächlich zu dem Grüppchen neben der Hütte zu trotten.

»Heute wird es wieder warm«, sagte er und schaute nach dem Stand der Sonne.

Niemand antwortete. Birnbaums Armbanduhr war wieder stehen geblieben und wahrscheinlich auch die Uhren dieser Leute, die es nur noch nicht bemerkt hatten. Die Hütte befand sich weniger als fünfzig Meter von der bewussten Stelle entfernt.

»Was machen Sie hier eigentlich?«, fragte er mit einem harmlosen Ausdruck im Gesicht.

»Geologische Messungen«, sagte die blonde junge Frau, ohne ihm einen Blick zu gönnen. Heute trug sie ein türkisfarbenes T-Shirt.

»Ich müsste mal eben mit Ihnen sprechen.«

»Das ist jetzt schlecht«, sagte Monika Schwalbe in hochnäsigem Ton. »Wir haben gerade ein kleines Problem.«

»Sie werden gleich noch ein größeres Problem haben, wenn Sie mir jetzt nicht ein paar Minuten Ihrer kostbaren Zeit widmen«, meinte Birnbaum gelassen. »Sie befinden sich hier nämlich auf meinem Grund und Boden, und wenn es mir passt, lasse ich Sie Ihren Kram zusammenpacken und schließe die Hütte einfach ab.«

»Du meine Güte, was gibt es denn so Wichtiges?«, rief die angehende Frau Doktor gereizt und warf das Werkzeug, das sie gerade in den Händen hielt, zu Boden.

»Kein Problem, Frau Schwalbe. Wir machen das hier schon«, sagte einer der Techniker, der kopfschüttelnd das verschmorte Kabel ersetzte, und beraubte sie damit der Möglichkeit, sich weiter vor dem Gespräch mit dem groben Klotz zu drücken. Die großen Hände des Bauern waren schwarz von Erde und Maschinenöl.

»Sie heißen Schwalbe?«, fragte Birnbaum und dachte wieder an seinen dummen Traum.

»Ja, oder haben Sie was dagegen?«

»Mein Name ist Birnbaum. Und wenn Sie aufhören, sich so frech zu benehmen, würde ich Ihnen gerne etwas zeigen.«

Monika Schwalbe suchte empört nach einer passenden Entgegnung, während Birnbaum seinerseits sich einfach wieder umdrehte und durch den Acker in Richtung des Traktors stapfte. Neben dem Traktor wehte ein rotes Fähnchen, das aus einem alten Putzlappen zu bestehen schien.

»Kommen Sie endlich?«, fragte er mit einem halben Blick zurück über die Schulter.

»Ich hasse dieses Projekt!«, murmelte die junge Frau und sprang genervt hinter dem Bauern her. Er schien seinen Traktor ausgerechnet dort abgestellt zu haben, wo die Furchen am tiefsten waren.

»Und, was gibt es nun?«, fragte sie ungeduldig, als sie bei dem Fähnchen angekommen waren.

»Machen Sie die Augen auf, statt rumzumeckern, dann sehen Sie es.«

Birnbaum deutete auf den Boden. Monika Schwalbe kniff die Augen zusammen. In einer Kuhle zwischen lehmbrauner Erde lag ein glatter schwarzer Klumpen, fast zu glänzend, um ein Stein zu sein.

»Wenn die Sonne drauf scheint, glitzert er in verschiedenen Farben«, sagte Birnbaum.

»Und was ist das?«

»Das frage ich Sie. Sie sind doch Geologin, oder?«

Monika Schwalbe sagte nichts mehr. Sie hockte sich hin und begann den Stein zu betasten.

»Seit wann ist das Ding da?«

Birnbaum hob die Schultern. »Wahrscheinlich seit Tausenden von

Jahren. Aber gefunden habe ich es gestern, als ich den Baumstamm da rausgezogen habe.«

Er deutete hinüber zu dem schwärzlichen Rest der Linde.

»Es lag unter dem Baum?«

»Ja. Festgehalten von den Wurzeln.«

»Dann muss es auf jeden Fall älter sein als der Baum.«

»Schlau gedacht«, sagte Birnbaum mit nach unten gezogenen Mundwinkeln. »Ich glaube, 99,9 Prozent aller Steine hier sind älter als der Baum.«

Die junge Frau ließ sich nicht aus der Fassung bringen. »Auf die Steine trifft das natürlich zu«, erklärte sie. »Aber hier haben wir es vielleicht nicht mit einem Stein zu tun, jedenfalls nicht im herkömmlichen Sinne.«

»Was ist es dann?«

»Es ist noch zu früh, das mit Bestimmtheit zu sagen«, sagte die Doktorandin, die sich wieder aufgerichtet hatte, die Hände an ihrer Jeans abwischte und nach ihrem Handy zu suchen begann.

Birnbaum legte ihr eine Pranke auf den Arm. »Davon abgesehen, dass ich nicht glaube, dass Ihr Telefon an diesem Ort funktioniert, möchte ich gerne noch ein paar Worte mit Ihnen reden, bevor Sie hier eine ganze Mannschaft aus der Uni auflaufen lassen.«

Monika steckte das Handy, das genau wie am Vortag kein Netz anzeigte, wieder in die Tasche.

»Also, was?«

»Klarstellen möchte ich vor allem eines: Dieser Acker gehört mir, und alles, was sich darauf und darin befindet, ist ebenfalls mein Eigentum.«

Die junge Frau schwieg.

»Zweitens: Was immer das da für ein Ding ist, ich bin bei allen Entscheidungen dabei. Vielleicht kann man es verkaufen. Vielleicht ist es irgendeine wissenschaftliche Sensation. Wenn Sie beziehungsweise Ihre Spezln von der Uni versuchen, mich auszubooten, dann frage ich eben jemand anderen. Wissenschaftler gibt es wie Sand am Meer.«

Monika Schwalbe musste gewaltig schlucken, um sich die erste Erwiderung zu verkneifen, die über ihre Lippen wollte und von Kraftausdrücken strotzte.

»Überschätzen Sie das Ding nicht«, sagte sie stattdessen halbwegs ruhig. »Vielleicht ist es einfach nur ein großes Stück Glimmer. Dann kräht kein Hahn danach, und Sie können Ihren Namen reingravieren und es sich in die Stubenvitrine stellen.«

»Darf ich Sie vielleicht noch auf eine Kleinigkeit aufmerksam machen?« Birnbaum war nun so freundlich, wie es nur jemand sein konnte, der gerade einen großen Trumpf aus dem Ärmel zog.

»Hm?« Die Wissenschaftlerin hörte nur mit halbem Ohr zu, während ihr Blick noch einmal zu dem seltsamen Stein wanderte.

»Könnten Sie mir wohl sagen, wie spät es ist?«

»Wie bitte?«

»Schauen Sie mal auf Ihre Uhr. Meine ist leider stehen geblieben.«

Unwillig warf sie einen Blick auf ihr Handgelenk, wo eine Sportuhr mit einem blauen Stoffarmband saß.

»Elf Uhr fünfunddreißig«, sagte sie.

Dann fiel ihr auf, dass der Sekundenzeiger sich nicht bewegte, und sie erinnerte sich, dass es vor mindestens einer halben Stunde auch schon elf Uhr fünfunddreißig gewesen war.

»So ein Mist. Das hatte ich doch gestern schon …«

Sie begann, an der Uhr herumzudrehen, bis Birnbaum ihr lächelnd seine eigene Uhr unter die Nase hielt. »Schauen Sie, auch stehen geblieben.«

Sie starrte ihn verständnislos an.

»Wollen Sie wissen, wie wir sie wieder zum Laufen kriegen?«

Sie nickte ergeben, denn es hatte gar keinen Zweck, diesen Menschen dazu bewegen zu wollen, ganz einfach Klartext zu reden, statt sie mit dummen Spielchen zu belehren. Verärgert lief sie hinter ihm her. Sie bewegten sich auf einen gelben Fleck zu, der sich wie ein Markierungszeichen mitten im Acker befand.

»Jetzt Achtung!«, sagte Birnbaum, als sie den Schraubenzieher fast erreicht hatten. »Schauen Sie auf Ihre Uhr.«

Monika Schwalbe tat, wie ihr geheißen, und hatte das zweifelhafte Vergnügen, den Sekundenzeiger zucken und sich dann wieder in Bewegung setzen zu sehen.

»Und was hat das zu bedeuten?«, fragte sie verblüfft.

Birnbaum deutete in die Richtung, wo der Stein lag.

»Wenn wir nun zurückgehen, werden Sie erleben, dass die Uhr

wieder stehen bleibt. Also erzählen Sie mir nicht noch mal was von Glimmer!«

»Sie meinen, dass die Uhren wegen dem Stein stehen bleiben?«

Birnbaum nickte. »Ich habe es gestern ausgemessen. Hier bei dem Schraubenzieher ist in etwa die Grenze. Danach verlassen wir seinen Wirkungskreis. Das sind gute vierzig Meter.«

Monika schluckte. Es kam nicht allzu häufig vor, dass ihr die Worte fehlten.

»Und wenn Sie noch ein Stückchen weiter weg gehen, findet Ihr Handy auch sicher wieder ein Netz.«

»Oh, verdammte Scheiße!«

»Glauben Sie, das ist gefährlich? Diese Strahlung, meine ich?«

»Keine Ahnung.« Sie war blass geworden.

»Und glauben Sie, dass das Ding was wert ist?«

»Das ist ganz einfach unglaublich!«

»Was glauben Sie, was es ist? Irgend so ein Stück von einem anderen Planeten?«

Sie schaute ihn scharf an. »Wie kommen Sie darauf?«

Birnbaum zuckte die Schultern. »Eine bessere Erklärung ist mir halt noch nicht eingefallen.«

Sie senkte ihre Stimme, als fürchtete sie, dass jemand mithören könne. »Vielleicht haben Sie sogar recht. Vielleicht stammt das Ding wirklich nicht von der Erde. Es könnte ein Meteorit sein.«

»Ein Meteorit?«

»Jetzt schreien Sie doch nicht so«, zischte sie. »Es ist ja noch gar nicht sicher, dass es sich um einen Meteoriten handelt. Und so lange ist es besser, den Mund zu halten.«

Sie warf einen Blick zur Holzhütte hinüber, wo die beiden Techniker immer noch an den Geräten bastelten.

»Würden die beiden Kollegen uns den Fund streitig machen?« Birnbaum krempelte seine Ärmel hoch, und es wurden ganz ordentliche Muskeln sichtbar.

»Die sind harmlos. Keine Wissenschaftler, nur Techniker. Aber sie könnten tratschen, und dann werden ganz andere Leute hellhörig.«

»Das klingt ja, als bekämen wir es mit der Mafia zu tun.«

»Da könnte man durchaus von Parallelen sprechen«, flüsterte Monika Schwalbe.

»Und was machen wir jetzt?« Auch Birnbaums Stimme hatte sich zu einem Flüstern gesenkt.

»Ich rufe einen Kollegen an, der hier rauskommen und sich das Ding mal anschauen soll. Es wird natürlich zwei oder drei Stunden dauern, bis er hier ist. Bis dahin werden auch die Techniker fertig und wieder verschwunden sein.«

»Was halten Sie inzwischen von einem kleinen Imbiss?«, flüsterte Birnbaum, immer noch mit Verschwörermiene. »Meine Frau hat sicher nichts gegen einen Gast zum Mittagessen.«

Die junge Wissenschaftlerin hatte keine Einwände.

# 11

Maria hatte ebenfalls keine Einwände, zumindest keine, die sie geäußert hätte. Dass sie die blonde junge Frau aus den Augenwinkeln heraus genauer betrachtete, blieb ihr jedoch unbenommen.

»Sie wartet auf einen Kollegen von der Uni«, erklärte Birnbaum.

»So«, sagte Maria wortkarg, während Tobias sich die Linsensuppe reinschaufelte.

»Mein Sohn wird bestimmt auch mal studieren«, sagte Birnbaum, dem Jungen auf die Schulter klopfend, obwohl er sich das eigentlich kaum vorstellen konnte.

»Dann kommst du vielleicht nach München, ja?«, sagte Monika Schwalbe freundlich.

»Klar, wenn die Mädels an der Uni da alle keine BHs tragen.«

Birnbaum räusperte sich drohend, und Tobias zog es vor, seine Mahlzeit rasch zu beenden und die Küche zu verlassen. Monika Schwalbe war tatsächlich rot geworden und zupfte an ihrem T-Shirt, als hoffte sie, es würde dadurch länger und weiter.

»Ja, die Buben in dem Alter …«, sagte Birnbaum mit schiefem Lächeln.

»Nicht nur in dem Alter«, bemerkte Maria spitz. Sie war empfindlich geworden.

Zum Glück klingelte in diesem Moment Monika Schwalbes Telefon.

Es war der Kollege aus München, der inzwischen am Chiemsee war und um eine genaue Wegbeschreibung bat.

»Wir müssen noch mal auf den Acker«, sagte Birnbaum.

Maria schien wenig erfreut zu sein. »Bist du mit dem Pflügen noch nicht fertig?«

»Noch nicht ganz«, sagte Birnbaum. Er würde mit dem Traktor wohl eine Nachtschicht einlegen müssen, wenn er die Saat tatsächlich bis zum Wochenende ausbringen wollte.

»Glauben Sie eigentlich, dass dieser Meteorit mein Getreide verseuchen kann?«, fragte er die Doktorandin, während sie aus dem Haus traten.

»Ich weiß nicht.« Sie kletterte neben ihn auf den Traktor. »Aber wenn ich an Ihrer Stelle wäre, würde ich dort im Moment gar nichts pflanzen. Man kann nie wissen. Und sicher ist sicher.«

»Solche Plattitüden aus dem Mund einer Wissenschaftlerin nehmen mir den Glauben an die zivilisierte Welt«, bemerkte Birnbaum trocken, und der Deutz begann zu tuckern. »Man merkt, dass Sie vom wirklichen Leben keine Ahnung haben. Wenn ich diese Woche nicht die Gerste ausbringe, dann bleibt der Acker den Rest des Jahres brach. Und wenn er brachliegt, werden wir den Hof verlieren.«

Monika Schwalbe schwieg. Was hätte sie dazu auch sagen sollen?

## 12

Der Kollege aus München brauchte noch eine geschlagene Stunde, ehe er den abgelegenen Acker fand und seinen flotten Japaner am Waldrand zum Stehen brachte.

»Sperling«, stellte er sich vor, wobei er sich erst im letzten Moment besann, dass es unhöflich war, seine Mitmenschen mit der Sonnenbrille auf der Nase zu begrüßen.

»Sie sollten Ihren Wagen dort besser nicht stehen lassen«, sagte Birnbaum, während er dem jungen Mann die Hand gab.

»Natürlich werde ich ihn dort stehen lassen. Ich stelle den Wagen doch jetzt nicht in die pralle Sonne«, erwiderte Herr Sperling.

Birnbaum zuckte die Schultern. »Wenn Sie meinen …«

Dann folgte eine etwa halbstündige Führung über den Acker, zu dem verkohlten Stamm der alten Linde, zu dem mutmaßlichen Meteoriten, zu dem gelben Schraubenzieher, alles gespickt mit ausführlichen Erklärungen, die Monika Schwalbe geradezu wasserfallartig hervorprasseln ließ. Sie redete ohne Punkt und Komma. Die Miene des Bürschchens mit der Sonnenbrille, die er jetzt im Haar trug, wurde immer ernster, sein Nicken immer schwerwiegender.

»Du meinst …«, raunte er der Schwalbe zu.

»Davon bin ich sogar überzeugt …«

»Wenn das wahr ist, dann …«

»Ja, wir sollten vorsichtig sein …«

»Sie meinen, der Stein könnte wirklich gefährlich sein?«, fragte Birnbaum und schob sich zwischen die beiden. »Meine Frau bekommt nämlich ein Kind, müssen Sie wissen, und wenn hier schädliche Strahlen oder so ein Zeug frei werden, dann werde ich sie in Sicherheit bringen, nach Traunstein, oder zumindest nach Trostberg, zu ihrer Schwester.«

»Keine Sorge, Herr Birnbaum«, sagte der Sperling herablassend. »Wir reden hier von ganz anderen Dingen.«

»Vielleicht hätten Sie die Freundlichkeit, mich aufzuklären?«, sagte Birnbaum mit einem Anflug von Ungeduld. »Sonst können Sie nämlich mit Ihrem Flitzer sofort wieder abzischen.«

»Es ist sein Acker«, sagte die Schwalbe mit einem Räuspern. »Und er hat mir deutlich gemacht, dass …«

»… dass ich mich nicht abhängen lasse!«, ergänzte Birnbaum, mit seinen Stiefeln in die Furchen gepflanzt, als wäre er selbst ein Baum.

»Das hat uns noch gefehlt«, murmelte der Sperling. Er verabscheute es, sich mit Laien herumschlagen zu müssen.

»Betrachten Sie mich einfach als ein notwendiges Übel«, sagte Birnbaum freundlich. »Was hat es mit diesem Ding da auf sich, und was soll die Geheimniskrämerei?«

Es war die Schwalbe, die antwortete. »Sie haben doch sicher schon vom Impakt gehört, Herr Birnbaum, nicht wahr?«

Birnbaum blinzelte. »Impakt? Nicht, dass ich wüsste. Was soll das sein?«

Der Sperling schüttelte nun stumm den Kopf, während er mit einem Stöckchen an dem schwarzen Brocken herumzukratzen begann, dessen Metalleinschlüsse in der Sonne gleißten.

Monika fuhr sich mit den Fingern durchs Haar und band es mit einem Gummi zusammen, was sie älter und ein wenig weiser wirken ließ. »Es gibt die These über einen Kometeneinschlag im Chiemgau, der sich etwa zwischen 200 und 500 vor Christus ereignet haben könnte. Ich schreibe meine Doktorarbeit darüber. Als der Komet in die Erdatmosphäre eindrang, explodierte er, und seine Trümmer gingen in diesem Gebiet hier nieder.«

Der Sperling hörte auf, an dem Stein zu kratzen, und sagte lässig: »Nach dem gegenwärtigen Stand der Forschung durchschlugen die Fragmente die Atmosphäre mit einer Geschwindigkeit von vierzigtausend Stundenkilometern.«

»Ein ganz schöner Rums, was?«

Birnbaums Bemerkung war reichlich unqualifiziert, was der Sperling mit einem weiteren Seufzen quittierte. »Wenn Sie es so nennen wollen, ja, ein ganz schöner Rums … Beim Einschlag haben die Bruchstücke ein lang gestrecktes Kraterfeld erzeugt, das etwa die Region zwischen dem Chiemsee, Burghausen und Altötting umfasst. Über einhundert Einschläge haben wir schon ausfindig gemacht.«

Die Mienen der beiden Wissenschaftler waren bedeutungsschwanger, und Birnbaum bekam das Gefühl, dass er hier eine ganz dicke

Sache vor sich hatte, deren Folgen für ihn und seine Familie und vielleicht für ganz Palling noch gar nicht abzusehen waren.

Monika Schwalbe ergriff wieder das Wort. »Wir sollten nichts überstürzen. Und vor allem sollten wir den Mund halten. Neider gibt es überall. Auch im akademischen Bereich wird nicht immer nur mit Worten diskutiert, und es geht auch nicht immer schön sachlich und korrekt vor sich. Des einen Brot ist des anderen Tod, wie es so schön heißt.«

»Oder, was dem einen die Eule, ist dem anderen die Nachtigall«, bemerkte Birnbaum vieldeutig.

»Auch so könnte man es ausdrücken«, sagte der Sperling humorlos. »Eine wissenschaftliche Existenz ist ebenso schnell ruiniert, wie jemand anders aufsteigt. Und da bei den meisten Kollegen die wissenschaftliche Existenz ganz praktisch mit der wirtschaftlichen Existenz verknüpft ist, können Sie sich vielleicht vorstellen, dass niemand sich gerne die Wurst vom Brot nehmen lässt.«

Birnbaum nickte. Das war einleuchtend.

»Als Nächstes würden wir mit Ihrer gütigen Erlaubnis einige Tests mit dem Stein vornehmen, gleich hier an Ort und Stelle«, fuhr der Sperling mit einer leichten Verbeugung fort. »Dazu müssten wir morgen wiederkommen und einige Kollegen sowie ein paar Gerätschaften mitbringen.«

Birnbaum nickte erneut.

Der Sperling schaute die Schwalbe an. »Ich kann mir nicht helfen, aber irgendwie passt dieses Ding nicht in unsere bisherigen Annahmen. Es ist viel zu groß, zu schwer, zu dicht ...«

»Ähmm ...«, machte Monika Schwalbe. »Unsere bisherigen Annahmen waren vielleicht einfach nur zu begrenzt. Das wird sich sicher alles klären.« Dann wandte sie sich an Birnbaum: »Vordringlich geht es darum, die Besitzverhältnisse an dem Meteoriten feststellen zu lassen, Herr Birnbaum. Sonst kommt am Ende noch jemand auf die Idee, Ansprüche zu erheben. Der Staat, die Gemeinde, die wissenschaftliche Konkurrenz. Wir müssen gewappnet sein. Irgendjemand findet sich immer, der einem in die Suppe spucken will.«

»Natürlich gehört das Ding mir, wem denn sonst!« In Birnbaums Stimme tönte ein Grollen.

»So einfach ist das möglicherweise nicht, Herr Birnbaum«, sagte die Schwalbe freundlich und zwinkerte dem Sperling zu. »Aber wir helfen Ihnen natürlich gerne mit dem juristischen Kram. Vielleicht könnte man Herrn Dr. Hasenpfeffer hinzuziehen. Das ist ein Anwalt, mit dem unser Institut gelegentlich zusammenarbeitet. Der müsste sich mit solchen Fragen eigentlich auskennen.«

Das Nachmittagslicht färbte sich allmählich golden. Monika Schwalbe ließ sich Birnbaums Handynummer geben, die sie mit einem Kugelschreiber in ihrer Handfläche notierte. Dann wandten sich die beiden Münchener, die noch einen weiten Rückweg vor sich hatten, dem Waldrand zu, wo die Autos standen.

»Scheiße!«, rief der Sperling, als er seinen dunkelblauen Flitzer ganz weiß gesprenkelt sah.

»In der Tat«, sagte Birnbaum mit Unschuldsmiene. »Ich hatte Sie doch gewarnt, den Wagen dort abzustellen. Haben Sie denn die Krähennester nicht gesehen?«

Und er freute sich wie ein Schulbub, als der junge Mann sein Taschentüchlein zückte und die gröbsten Kleckser mit Geschimpf und Spucke zu entfernen versuchte.

## 13

Ein junges Huhn, kaum größer als ein Küken. Manchmal konnte sie nicht anders. Manchmal brauchte sie das. Sie hatten erstaunlich viel Blut, die kleinen Tiere. Und so ein Küken, das konnte sie in einer Schachtel mitnehmen, in der Einkaufstasche, ganz problemlos.

Die Sonne hatte einen feinen Dunstschleier vorgezogen, der endlich auf Regen hoffen ließ. Sie schloss die dunklen Vorhänge und entzündete eine Kerze. Das Küken in der Schachtel piepste. Halt den Schnabel, dachte sie und legte eine CD in die Stereoanlage. Trommeln, Alphörner, Eulenschreie. Das Küken piepste lauter und scharrte mit den Füßen auf der Pappe. Sie polierte die weiße Schale.

Sie hatte noch einmal versucht, mit ihm zu reden. Doch auch diesmal hatte er gleich wieder aufgelegt, sie einfach abgewürgt. Sie spüren lassen, dass sie nur Dreck war.

»Bin ich dir zu alt geworden?«, murmelte sie.

Aber das gehörte dazu. Nichts war von Dauer. Das Neue ersetzte das Alte. Die Gruppe stand über dem Einzelnen. Und er stand an der Spitze.

»Ihr könnt mich alle mal! Ich weiß, was ich weiß!«

Ein Luftzug ließ die Kerzenflamme flackern. Die Schachtel mit dem Küken stand unter dem Tisch. Vor ihr lag ein schmales Päckchen. Schwarzer Seidenstoff. Die scharfe Klinge eines großen Messers kam zum Vorschein.

Sie nahm das Küken aus der Schachtel und hielt es über die Schale. Es hatte aufgehört zu piepsen. Ganz zutraulich war es nun und schmiegte sich in die Wärme ihrer Hand. Mit einer raschen Bewegung schnitt sie ihm die Kehle durch. Warm und rot tropfte es über ihre Finger. Der kleine Körper erschlaffte. Sie legte ihn mitten in die Blutlache, die auf dem Boden der weißen Schale leuchtete wie eine exotische Blüte.

Das Alphorn verstummte. Ihr Puls war kaum schneller geworden, nur ihre Finger bebten leicht. Früher hatte sie tatsächlich noch geglaubt, es habe mit Religion zu tun, mit Erkenntnis und Erleuchtung. Aber das war Unsinn. Ein Winkelzug des moralischen Verstandes, der eine Zeit lang brauchte, um sich einzugestehen, dass es die reine Freude an der Wärme des Blutes war, der sie erschauern ließ.

Sie blies die Kerze aus, öffnete die Vorhänge wieder und schaute aus dem Fenster, wo die Zeiger von Mariä Geburt auf fünf vor zwölf standen. Dann zündete sie sich eine Zigarette an.

## 14

Maria kämpfte mit einem Anfall von Übelkeit, viel schlimmer als damals, als der Tobias unterwegs gewesen war. Aber da war sie auch sechzehn Jahre jünger gewesen. Vielleicht lag es an der Nachmittagshitze.

Sieben Monate muss ich noch durchstehen, dachte sie und ließ sich in der Stube auf einen Sessel sinken. Hier war es angenehm kühl. Schon in aller Frühe hatte sie die Fensterläden geschlossen, um die Sonne draußen zu halten. Eine träge Fliege summte zwischen den gefältelten Gardinen. Eine neue Welle von Übelkeit suchte sie heim, und sie legte den Kopf zurück in das rote Samtkissen, das ihre Großmutter genäht hatte. Vor ihren Augen drehte sich alles. Sie schloss die Lider zu einem Spalt und schwebte langsam davon. Das Brummen der Fliege dröhnte ihr in den Ohren. Sie sah sich selbst aus der Haustür schlüpfen. Ganz dunkel war es. Vor die Sonne hatte sich ein schwarzer Kreis geschoben. Die Erde war schwer und aufgeweicht. Ihre Füße schienen festzustecken, sodass sie gar nicht vorwärtskam. Das Wasser in den Pfützen schimmerte rötlich. In der Ferne bewegte sich, fast wie eine Prozession, ein Zug von Gestalten, die alle dem großen Acker zustrebten, ihre Gesichter aber sah man nicht …

»Ruhst dich aus, Maria?«, fragte plötzlich die Stimme ihres Mannes ins Halbdunkel.

Er nahm ihre Hand. Ein kleiner Sonnenstrahl schob sich durch die Ritzen der Fensterläden und blieb an seinem aufgekrempelten Hemdsärmel hängen. Ein langes blondes Haar hatte sich darin verfangen, und Maria entzog sich ihm.

»Geht's dir nicht gut?«, fragte er erstaunt.

»Ach, ist schon egal. Ich steh gleich wieder auf, muss die Kühe noch füttern.«

»Bleib doch ein Weilchen sitzen, ich kann den Stall auch alleine machen.«

Aber das war ihr auch nicht recht, und um sich nicht noch schwächer zu fühlen, stand sie sofort auf und ging in die Diele, wo sie energisch an den Säcken mit dem Kraftfutter zu zerren begann.

Birnbaum zuckte mit den Schultern. »Das wird schon werden«, murmelte er selbstvergessen.

Gerade wollte er Maria nachgehen und beim Füttern helfen, als das verflixte Handy in seiner Tasche zu klingeln begann.

»Ach, die Schwalbe …«

Er sprach gerade so laut, dass Maria in der Diele den Namen verstand. Sie biss sich auf die Lippen und wünschte der Münchenerin die Pest an den Hals.

## 15

Am nächsten Vormittag waren die Schwalbe und der Sperling wieder da, und mit ihnen kam ein ganzer Tross von Menschen, die einer nach dem anderen am Waldrand ihre Autos abstellten und sich immer wieder umschauten, ob ihnen auch niemand gefolgt war. Ein junger Mann sprach fortwährend in ein winziges Aufnahmegerät, während er mit Hilfe verschiedener Messgeräte den exakten Strahlungsradius des Meteoriten zu ermitteln versuchte, während andere Bodenproben aus dem Erdloch entnahmen und vom Stumpf der alten Linde Rinde abschabten und Wurzelenden abknipsten und alles sorgfältig in Probentütchen verpackten.

Dieser Menschenauflauf war so auffällig, dass sich immer mehr Schaulustige aus Palling und der Umgebung einfanden. Um kurz vor elf hatte dann irgendein Kerl von der Presse Wind von der Sache bekommen und fuhr mit seinem quietschgelben Kleinwagen auf dem holperigen Pfad bis in die Nähe der kleinen Ansammlung. Der Mann war ein Fuchs. Er mischte sich unauffällig unter das Völkchen der Wissenschaftler und Gelehrten und brachte innerhalb weniger Minuten in Erfahrung, was sich hier am Ende der Welt, auf dem Acker des Mooshamer-Bauern, abspielte.

»Eine Sensation«, raunte der Sperling ihm zu. »Er beeinflusst die Fuknetze und elektrischen Ströme. Wir stehen hier vor ganz neuen Entdeckungen, Kollege.«

Der Journalist nickte und machte sich eifrig Notizen.

»Von welchem Institut kommen Sie denn?«, fragte die Schwalbe mit einem Anflug von Misstrauen.

Geschmeidig zog der Typ seinen Presseausweis aus der Hosentasche. »Traunsteiner Morgenpost.«

Der Sperling wurde blass und versuchte, sich unsichtbar zu machen, während die Schwalbe begann, Zeter und Mordio zu schreien. »Dies ist Privatgelände! Sie haben hier nichts verloren!«

Der Schreiberling grinste dreist. »Gehört der Acker etwa Ihnen?«

Die Schwalbe ging in die Luft. »Es geht Sie einen Scheißdreck an, wem der Acker gehört, aber Sie sind hier nicht willkommen!«

Sie fuchtelte mit den Armen und versuchte, ihm das Blickfeld zu versperren.

Am Ackerrand blieb der Pressemensch noch einmal stehen, kletterte aufs Dach seines Wagens, der richtigen Perspektive wegen, und zoomte die Fundstelle des Meteoriten mit seiner Kamera heran.

»Patrick, du Volldepp! Morgen haben wir hier die halbe Welt auf den Hacken«, schimpfte die Schwalbe.

Der Sperling plusterte sich auf und gab ein paar Luftblasen von sich. Aber natürlich hatte die Schwalbe recht. Es war besser, sich klein zu machen.

Xaver Birnbaum saß derweil in einiger Entfernung auf dem Stamm der alten Linde und verzehrte ein Wurstbrot, das seine Frau ihm eingepackt hatte. Eine ganze Weile betrachtete er das Treiben, dann schien ihm ein guter Zeitpunkt gekommen. Er kletterte auf den Sitz seines Traktors, den er in der Nähe abgestellt hatte, ließ den Motor an und ratterte bis knapp vor das Grüppchen der Wissenschaftler, die schnatterten wie ein ganzer Hühnerhof, während sie den Meteoriten von allen Seiten begutachteten und vermaßen und dabei immer wieder ungläubig die Köpfe schüttelten.

»Herrschaften!«

Birnbaums Stimme dröhnte noch lauter als der Motor des alten Deutz. »Es ist nun schon nach Mittag, ich habe dem Herrgott die Zeit auch nicht gestohlen, und es wird Zeit, dass ich meinen Acker bestelle …«

Das Gemurre war groß.

»Herr Birnbaum, das ist jetzt nicht Ihr Ernst, nicht wahr?«, rief Monika Schwalbe.

»Tut mir leid, aber ich habe Frau und Kinder zu ernähren, und wenn ich jetzt nicht zu pflügen beginne, nagen wir im Herbst am Hungertuch.«

Die Wissenschaftlerin seufzte. »Wir haben verstanden, Herr Birnbaum.«

Ein älterer Herr, der eine randlose Brille vor sanften kornblumenblauen Augen trug und tatsächlich wie ein Gelehrter aussah, reichte Birnbaum die Hand.

»Professor Driftel«, stellte die Schwalbe ihn vor. »Spezialist der Meteoritik und mein Doktorvater.« Es klang fast so, als spräche sie von einem Guru.

»Was kostet Sie ein Tag Arbeitsausfall?« Der Professor war freundlich, und er schien ein guter Menschenkenner zu sein.

Birnbaum wiegte seinen Kopf. »Das ist schwer zu sagen. Wenn ich nicht pflügen kann, dann kann ich auch nicht säen. Und wenn ich nicht säe, dann wird's nichts mehr mit der Ernte.«

»Aber diesen einen Tag würden Sie doch verschmerzen können, nicht wahr?«

»Kommt darauf an ...«

Der Mann mit den Kornblumenaugen zückte seine Geldbörse, zwei oder drei andere taten es ihm gleich, und sogar der Sperling wühlte mit Leidensmiene nach einem Scheinchen.

»Hundertfünfundsechzig Euro. Reicht das als Schmerzensgeld für heute?«

Birnbaum, der auf einmal nicht mehr so grantig schauen konnte, hielt die Hände auf und nickte. »Für heute soll es gut sein.«

Dann blinzelte er und fragte schlau: »Und meinen Sie denn, dass dieser eine Tag Ihnen reichen wird?«

»Wohl kaum«, sagte Professor Driftel mit der Höflichkeit eines Diplomaten.

»Noch einen weiteren Tag kann ich dann aber nicht warten!«, bedauerte Birnbaum.

»Es bestünde ja auch die Option, das Objekt an einen anderen Ort zu verbringen«, flötete der Sperling.

»Wie meinen Sie das?«

Monika Schwalbe, die Dolmetscherin, lächelte sanft: »Wir meinen, dass wir heute Abend, wenn der Auffindort dokumentiert ist, den Meteoriten ebenso gut verpacken und in unser Institut nach München transportieren lassen könnten, Herr Birnbaum.«

»Das dachte ich mir schon, dass Sie das meinen!«, donnerte Birnbaum. »Aber ohne mich! Ich habe schon ganz zu Anfang klargemacht, dass das mein Acker ist und dass alles, was sich darauf befindet, ebenfalls mir gehört. Von hier wird gar nichts wegtransportiert!«

»Aber Herr Birnbaum, mäßigen Sie sich doch.« Der Mann mit den Kornblumenaugen lächelte versöhnlich. »Niemand will Sie übers

Ohr hauen. Sie würden der Forschung damit einen großen Dienst erweisen.«

»Die Forschung interessiert mich herzlich wenig. Ich habe eine Familie zu ernähren«, sagte Birnbaum bockig.

»Nun, ich denke, ich spreche auch im Sinne meiner Kollegen, wenn ich die Annahme äußere, dass unser Institut sich sicher erkenntlich zeigen würde, wenn Sie uns gestatten, den Meteoriten mitzunehmen.«

»Erkenntlich zeigen? Wie soll ich das verstehen? Wenn Ihnen wirklich so viel an dem Ding liegt, müssen Sie schon deutlicher werden. Sonst starte ich morgen früh den Traktor, mache hier alles platt und pflüge das Ding einfach wieder unter.«

»Das meinen Sie doch nicht ernst, Herr Birnbaum, oder?« Monika Schwalbe klimperte entsetzt mit den Augen. Auch der Rest des Grüppchens blickte betreten drein.

»Ich sage ja immer, dass es tödlich ist, sich mit Nichtwissenschaftlern und Antiintellektuellen auseinandersetzen zu müssen«, maulte der Sperling.

Birnbaum verschränkte die Arme vor der Brust. »Doch, genauso meine ich es! Entweder Sie kommen bis morgen Mittag mit einem Angebot, oder ich grabe das Ding wieder ein und pflanze wieder einen Baum darüber, so wie es schon immer war. Und niemand wird mich daran hindern!«

»Zu solch einer Barbarei wären Sie wirklich in der Lage?«

»Ich bin noch zu ganz anderen Barbareien in der Lage, wenn man mir dumm kommt«, sagte Birnbaum, und niemand bezweifelte seine Worte.

Dann fuhr er mit dem Traktor zurück zum Waldrand, packte ein neues Brot und die Thermoskanne mit dem starken Kaffee aus, die Maria ihm vorsichtshalber mitgegeben hatte, und ließ für den Rest des Tages den Herrgott einen guten Mann sein.

## 16

Am nächsten Tag stand tatsächlich in der Traunsteiner Morgenpost, dass der Landwirt Xaver Birnbaum auf seinem Acker bei Palling einen Meteoriten gefunden habe.

»Das Wunder vom Mooshamer-Hof«, hatte der Klugscheißer die Meldung betitelt. »Komet oder Humbug?«, lautete der Untertitel des Zweispalters, in dem mit leicht ironischem Ton einerseits von einer geologischen Sensation gesprochen wurde, andererseits aber auch von übereifrigen Forschern und anderen Verrückten auf der Suche nach ihrem persönlichen Heiligen Gral, den sie, dank der himmlischen Fügung eines Blitzes, nun auf dem Acker des braven Landmanns Xaver Birnbaum entdeckt zu haben glaubten.

»Entweder strebt dieser Zeitungsschmierer nach Höherem, oder er ist einer jener Wichtigtuer, die sich als Logengast im Theater der Schöpfung fühlen und für die bemerkenswerten Dinge der Welt nichts als Spott empfinden. So als würden sie nur zu ihrer eigenen Erbauung stattfinden, aber nicht mehr als einen lauen Applaus verdienen.«

»Wie meinen Sie das?«, fragte Birnbaum missmutig, als Monika Schwalbe die Zeitung wieder zusammenfaltete.

»Dass er ein Blödmann ist«, erwiderte sie, und nun nickte Birnbaum eifrig, denn es gefiel ihm durchaus nicht, als braver Landmann bezeichnet zu werden, weil das so klang, als wäre er ein Depp.

»Nun ist die Kacke am Dampfen, Herr Birnbaum«, sagte die Schwalbe drastisch. »Nun werden sie alle kommen. Morgen haben wir die Presse von halb Deutschland auf dem Hals, und dann beginnt das große Zerren. Dann werden alle versuchen, uns – ich meine, Ihnen – den Kometen streitig zu machen.«

»Was können wir tun?«, fragte Birnbaum.

»Ich erwähnte ja bereits Herrn Dr. Hasenpfeffer, unseren Anwalt.«

»Aber?«, fragte Birnbaum, denn in Monika Schwalbes Tonlage schwebte die Einschränkung wie eine fette Fliege.

»Das würde natürlich bedeuten, dass Sie mit uns zusammenarbeiten müssten, Herr Birnbaum. Denn was hätten wir sonst davon, Ihre Interessen zu vertreten?«

»Das hab ich kommen sehen«, murrte Birnbaum. »Aber gut. Besser mit Ihnen als mit irgendwelchen anderen Mafiosi.«

»Dann sollten wir Sie zunächst einmal ein bisschen in die Materie einführen. Es ist nicht gut, wenn diese Zeitungstypen Sie wie einen Dummkopf dastehen lassen.«

Sie hatte seinen wunden Punkt gefunden. Birnbaum zog die Stirn in Falten.

»Seien wir ehrlich: Sie wollen an dem Ding etwas verdienen«, sagte die Schwalbe. »Und ich kann es Ihnen nicht verdenken. Ich selbst habe ja durchaus auch ganz reale Interessen. Das Allerwichtigste ist, dass niemand Ihnen den Fund streitig machen kann. Wir brauchen so eine Art Versicherung, eine offizielle Erklärung, dass der Komet tatsächlich Ihnen gehört. Wenn wir die kriegen, haben wir auch Handlungsspielraum. Dann können Sie das Ding nämlich tatsächlich verkaufen, oder auch verleihen oder verschenken, wenn Sie wollen.«

»Verkaufen wäre mir schon am liebsten«, sagte Birnbaum rasch.

»Das habe ich inzwischen verstanden, Herr Birnbaum. Vielleicht geben Sie das Fundstück ja an unser Institut, und wir erwägen, ob Ihnen dafür eine finanzielle Entschädigung oder auch eine saftige Leihgebühr zuteilwird.«

»Gut«, sagte Birnbaum, denn Monika Schwalbe schien zu wissen, wovon sie sprach. Sie war zweifellos eine dieser Frauen, die nur äußerlich ein Engel waren, aber immer ganz genau wussten, wie sie ihre Ziele erreichten.

»Ich kann mir allerdings nicht vorstellen, dass Sie mir diesen ganzen Honig um den Bart schmieren, nur weil Sie mich so nett finden«, sagte er. »Was springt für Sie persönlich am Ende dabei heraus?«

»Vielleicht ein bisschen Ruhm und Ehre«, sagte die Schwalbe freimütig. »Ein Schritt in die Richtung des beruflichen Erfolgs. Wissenschaftliche Veröffentlichungen. Ein Doktortitel. Ein Karrieresprung, sozusagen. Für unser Institut an der Uni würde die Bestätigung unserer These zudem höchstwahrscheinlich eine Aufstockung der Forschungszuschüsse mit sich bringen. Mehr Geld, um es auf den Punkt zu bringen.«

»Ich war wohl naiv zu glauben, dass es vornehmlich die Freude am

Forschen und Entdecken ist, die Sie in solche Begeisterung versetzt«, sagte Birnbaum.

»Wir haben beide unsere Interessen, Herr Birnbaum. Und wenn diese Interessen einander ergänzen, ist eine Zusammenarbeit doch die ideale Lösung, nicht wahr?«

Birnbaum nickte. Wahrscheinlich war es so am besten.

## 17

Sie kriegte kein Frühstück runter. Rauchte nur und trank Kaffee. Und wartete. Um zwanzig vor zehn klingelte das Telefon. Nun kam er also angekrochen!

»Es scheint doch etwas dran zu sein an deinen Ahnungen …«

Sie schwieg, ließ ihn zappeln.

Er räusperte sich. »Was weißt du inzwischen?«

»Was soll ich denn wissen? Ich hatte nicht den Eindruck, dass es jemanden interessiert.«

»Komm mir nicht auf die Tour!«

Seine Stimme, scharf wie ein Messer, ließ sie zusammenfahren. Eine heiße Welle stieg ihr unter die Haut. Er sah aus wie ein mittlerer Bankbeamter. Oder wie ein ältlicher Musiklehrer, der es zu nichts gebracht hatte, als Nachhilfestunden zu geben. Aber es war nicht klug, ihn zu unterschätzen.

»Es ist auf dem Acker vom Mooshamer-Bauern.«

»Das steht in der Zeitung. Weißt du sonst nichts?«

»Sie laufen da oben herum wie eine Schar Hühner. Ich bin gestern da gewesen und habe aus der Ferne zugeschaut. Mindestens ein Dutzend Leute. Autos aus München, hauptsächlich vom Geologischen Institut. Heute sind es wahrscheinlich noch mehr. Sie tun sehr geheimnisvoll, damit man nichts merkt. Die wissen noch gar nicht, was sie da haben. Sie betrachten es nur von der geologischen Seite. Die Tragweite ist ihnen nicht im Entferntesten klar.«

»Das ist auch gut so. Und wir wollen dafür sorgen, dass es so bleibt. Was ist dieser Birnbaum für ein Mann?«

Ihre Mundwinkel zogen sich nach unten. »Ein Bauer eben, der nicht viel versteht. Ich kenne ihn nur vom Sehen.«

»Kommen wir an ihn heran? Hat er Schwächen?«

»Seine Frau.« Ihre Hand tastete nach den Zigaretten.

»Und sie?«

»Eine dumme Gans. So wie alle hier. Manchmal grüßt sie mich, wenn es sich gar nicht vermeiden lässt, aber meistens schaut sie weg.«

»Wir brauchen mehr Informationen. Stimmt es, dass die Uhren stehen bleiben? Dass er Funknetze abhält?«

Ärgerlich pustete sie den Rauch aus. Woher wusste er das nun wieder? Gab es in Palling noch jemanden, mit dem er in Kontakt stand?

»Ich habe so etwas gehört«, sagte sie vorsichtig.

»Und warum erwähnst du es dann nicht? Versuche nicht, mich zu hintergehen!«

Die heiße Welle war jetzt Hass. Ihre Stimme jedoch blieb ruhig. »Ich konnte es noch nicht überprüfen. Ich wollte nicht mit Gerüchten aufwarten.«

»Keine Spielchen, mein Goldstück! Du solltest mich kennen. Ich bin gestern selbst am Acker gewesen, um mir ein Bild zu machen.«

Nun war sie wirklich verblüfft. »Ich hätte nicht gedacht, dass mein Anruf dich interessiert. Ich habe dich nicht gesehen.«

»Natürlich nicht. Aufmerksamkeit war noch nie deine Stärke. Und ich warne dich noch einmal. Wenn es Informationen gibt, hast du sie weiterzuleiten. Unverzüglich!«

Sie schwieg beleidigt.

»Kommst du an die Frau heran?«

»Kein Problem«, sagte sie rasch. »Ich kann sehr nett sein, wie du dich vielleicht erinnerst.«

»Dann sieh zu, dass du mehr herausbekommst. Geh mit ihr Kaffee trinken. Lade sie zu einem Plauderstündchen ein oder was auch immer. Solange der Komet auf dem Acker ist, haben wir eine Chance. Wird er erst nach München gebracht und landet in diesem Institut oder in einem verdammten Museum, kommen wir nicht mehr an ihn ran.«

»Ich weiß schon, wo ich sie erwische.«

»Kann ich mich auf dich verlassen?«

»Aber selbstverständlich«, sagte sie kühl und drückte ihn weg. Sie sog tief an der Zigarette. Die Glut glomm wie ein böses Glühwürmchen, und ein eidechsenhaftes Lächeln huschte über ihr Gesicht.

## 18

Am folgenden Montagnachmittag erschien Besuch auf dem Mooshamer-Hof. Eine Delegation des Gemeinderats, bestehend aus dem Huber Karl, dem Mayer Alois und dem Machandel Fritz. Mit allen dreien hatte Xaver Birnbaum gemeinsam die Schulbank gedrückt und auf den Prozessionen zu Pfingsten und Fronleichnam als Ministrant die Glöckchen geläutet. Aber das war lange her.

»Was verschafft mir die Ehre?«, fragte er mit der Mistforke in der Hand. Er war gerade dabei gewesen, den Kuhstall zu säubern, als der hohe Besuch in der Auffahrt erschien.

»Aber Xaver, ein kleiner Besuch unter Freunden, weiter nichts«, sagte der Machandel.

Die Delegation schien gerade von der Arbeit zu kommen, denn der Huber trug noch seine alte blaue Jacke, mit der er immer auf dem Traktor saß, und unter allen Schuhen klebten Stroh und Erde.

»Ja, wer's glaubt …« Birnbaum zuckte mit den Schultern und bewegte sich keinen Schritt.

»Magst du uns nicht hereinbitten?«

»Ich arbeite gerade.«

»Jetzt stell dich halt nicht so an!«

Schlurfend ging Birnbaum voran bis in die Diele, wo in einer Ecke die Gartenmöbel aufgebaut waren, die Maria kürzlich gereinigt hatte.

»Gastfreundschaft ist eine Zier«, murmelte der Mayer und rückte sich einen der Plastikstühle zurecht.

Birnbaum hob wieder die Schultern. »In die gute Stube kann ich euch leider nicht lassen mit dem Dreck unter den Schuhen. Die Maria bringt mich um.«

»Ganz schön heiß heute«, bemerkte der Huber, und Birnbaum schlurfte in die Küche, um Gläser und eine Flasche Limonade zu holen.

»Was ist denn das für ein Zeug?«, fragte der Machandel, der den pinkfarbenen Sprudel misstrauisch beäugte.

»Was zu trinken eben. Bier gibt es jetzt nicht. Die Maria …«

»Deine Frau scheint sich zu einem echten Drachen entwickelt zu haben, so kenne ich sie gar nicht«, bemerkte der Mayer.

»Die Hormone«, sagte Birnbaum. »Damit werd ich nun wohl eine Weile leben müssen.«

»Du meinst ...«

»Ja.«

»Glückwunsch«, sagte der Machandel.

Birnbaum nickte gnädig. »Und was führt euch hierher?«

»Stell dich nicht dumm, Birnbaum. Um das Ding geht es natürlich. Um diesen Stein auf deinem Acker.«

»Das ist kein Stein. Das ist ein Meteorit«, stellte Birnbaum richtig.

»Genau, und exakt das ist der feine Unterschied«, erklärte Fritz Machandel, der Kopf der Delegation, mit einem Nicken. »Wäre es nämlich ein einfacher Stein, würde er selbstverständlich dir gehören, als natürlicher Bestandteil deines Ackers.«

»Aber ein Meteorit ist kein natürlicher Bestandteil des Ackers, sondern er ist später hinzugekommen und somit eher als eine Art Schatz zu bezeichnen«, sagte Alois Mayer.

»Wir haben uns informiert. Und bei Schatzfunden, selbst auf Privatland, hat auch die Gemeinde ein gewisses Anrecht«, fügte Karl Huber hinzu.

»Das ist doch Bullshit!«, blökte Birnbaum.

»Sprichst du jetzt schon Englisch, Xaver?«

»Der Tobias bringt's mir bei. Kann ja nicht schaden, wenn demnächst die ganzen Touristen hierherkommen.«

»Wenn du dich da nur nicht täuschst«, sagte der Huber. »Es gibt da nämlich durchaus feine juristische Unterschiede, mit denen du dich vielleicht mal befassen solltest, bevor du große Töne spuckst.«

»Das habe ich schon getan, vielen Dank. Was auf meinem Grund liegt, gehört mir. Der Acker ist seit Generationen im Besitz meiner Familie, und wer mir das streitig machen will, der kriegt eine Watschen!«

»So einfach ist es leider nicht«, sagte der Machandel mit feinem Zwinkern. »Erstens kommt es darauf an, in welcher Tiefe der Fund gelegen hat, und zweitens, wer ihn dahin verbracht hat. Und drittens kann man so etwas nicht mit brachialer Gewalt entscheiden.«

Birnbaum geriet allmählich in Fahrt. »Erstens geht es dich gar nichts an, in welcher Tiefe das Ding lag, Fritz, denn das habe ich nicht ausgemessen. Zweitens hat der liebe Gott den Meteoriten persönlich dorthin fallen lassen, denn wer sonst ist für Meteoriten zuständig, und du wirst doch wohl Seine Entscheidung nicht bekritteln wollen? Und drittens können es auch gern drei oder vier Watschen sein, wenn dir das besser gefällt.«

»Jetzt sei doch vernünftig, Xaver«, sagte der Huber mit seiner leisen Stimme. »Wir sind doch Freunde! Wir gehören alle zur selben Gemeinde, und im Grunde sollten wir doch die gleichen Interessen haben.«

»Eure Interessen kenne ich«, murrte Birnbaum.

»Sie werden sich von den deinen nicht allzu sehr unterscheiden.« Der Machandel lächelte milde. »Denk doch mal nach: Was spräche denn dagegen, den Meteoriten beispielsweise im Gemeindehaus auszustellen, in einem kleinen Extraraum, wo er in einer Glasvitrine liegen könnte. Und alle Leute, die ihn sehen wollen, zahlen einen Euro.«

Der Mayer klopfte Birnbaum leutselig auf die Schulter. »Was glaubst du, was da zusammenkäme!«

»Und das wäre was von Dauer. Davon hätten wir alle was, für viele Jahre«, gab der Huber zu bedenken. »Wenn du ihn hingegen verscherbelst, dann bekommst du vielleicht ein paar hübsche Scheinchen. Aber wenn die durchgebracht sind, hast du nichts mehr davon, und die Gemeinde geht ohnehin leer aus. Und das kannst du doch nicht wirklich wollen, nicht wahr?«

»Und was das Wichtigste ist: Bevor du ihn verscherbeln kannst, müssen die Besitzrechte ganz einwandfrei geklärt sein«, erinnerte ihn Machandel. »Dann geht es vor Gericht. Und so was kann sich über Jahre hinziehen.«

»Vielleicht über Jahrzehnte«, nickte der Mayer. »Und dann hat am Ende niemand was davon. Und das wollen wir doch alle nicht, Xaver, meinst du nicht?«

»Denke doch an die Maria. Und an deine Kinder«, fügte der Huber überflüssigerweise hinzu. »Mach ihnen doch keinen Kummer.«

Birnbaum sagte nichts mehr, und die Delegation, der die Limonade anscheinend nicht geschmeckt hatte, erhob sich wieder. Birnbaum schaute zu, wie der rote Wagen, der dem Machandel gehörte, auf der Zufahrt Richtung Landstraße verschwand. Dann zückte er sein Telefon und wählte die Nummer von Monika Schwalbe.

## 19

»Zu einem Anwalt willst du?«, fragte Maria, als ihr Mann sich am nächsten Morgen statt des alten Halstuches, das er bei der Arbeit trug, eine Krawatte umband. Das Gerenne oben auf dem Acker war in den letzten Tagen nicht weniger geworden, und die meiste Arbeit blieb an ihr hängen.

»Ja, warum nicht?«, antwortete er. »So ein rechtliches Grundwissen muss ich mir jetzt wohl aneignen, als Besitzer eines Kometen.«

»Mit der Studentin?«

»Mit der Monika Schwalbe, genau.«

Maria sagte nichts mehr. Ihre Hände waren dunkel vom Kartoffelschälen, ein Berg Bügelwäsche wartete, und nach Mittag musste Tobias wieder zum Sport nach Trostberg. Und ihr Mann fuhr nach München, angetan mit seinem besten Anzug.

»Also, ich geh dann«, sagte Birnbaum. Aber Maria schaute nicht auf.

Draußen war die Schwalbe bereits vorgefahren mit ihrem blitzweißen Wagen und hatte auf die Hupe gedrückt.

»Möchte Ihre Frau nicht vielleicht mitkommen nach München?«, fragte sie, als Birnbaum sich auf dem Beifahrersitz anschnallte.

»Ich glaube nicht«, murmelte Birnbaum mit schlechtem Gewissen, weil er gar nicht darauf gekommen war, sie zu fragen.

Monika Schwalbe plauderte über eine Party in Schwabing, über eine geplante Reise in die Anden, wo sie an erdgeschichtlich interessanten Orten forschen wollte, und über die Rolle von Frauen in der Wissenschaft. Birnbaum murmelte ab und zu zustimmend und fragte sich, ob Maria vielleicht doch hätte mitkommen wollen. Sie hätte ja einkaufen gehen können, während er beim Anwalt war. Hatte sie nicht etwas von einem Kindersitz gesagt?

Sie fuhren Richtung Rosenheim. Die Schwalbe schaute immer wieder in den Rückspiegel, und hinter Bad Endorf legte sie einen Zahn zu.

»Was ist los?«, fragte Birnbaum, der nichts davon hielt zu rasen.

»Dieser silberne Wagen da hinten. Der sitzt mir schon die ganze Zeit im Nacken. Seit wir losgefahren sind. Ständig in einem bestimmten Abstand, sodass es eigentlich unauffällig sein könnte. Aber immer bleibt er dran.«

Birnbaum schaute nach hinten. »Ich sehe nichts.«

Die junge Wissenschaftlerin fuhr auf den Seitenstreifen und hielt an der Einmündung eines kleinen Waldwegs. Sie blinzelte nervös. »Da hinten ist er noch. Aber nun bleibt er zurück.«

»Vielleicht ein Zufall. Oder ein Spinner«, sagte Birnbaum gleichgültig.

»Vor Spinnern muss man sich bekanntermaßen am meisten in Acht nehmen.« Die junge Frau startete wieder, wobei sie ein weiteres Mal in den Rückspiegel schaute.

»Vielleicht bilden Sie sich das nur ein. Oder halten Sie es wirklich für möglich, dass Ihre sogenannte wissenschaftliche Konkurrenz uns an den Kragen will?«

Monika Schwalbe sagte nichts mehr. Der silberne Wagen war verschwunden.

Die Fahrt bis München dauerte fast anderthalb Stunden. Dann musste der Golf sich noch vierzig Minuten durch den Stadtverkehr wühlen, ehe sie den gut renovierten Altbau in Schwabing erreichten, wo Herr Dr. Hasenpfeffer seine Kanzlei führte. Die hohen Decken waren mit Stuck verziert, Jalousien im Stil der 1950er Jahre siebten die Sonne in erträgliche Portionen. Passend zum etwas antiquierten Ambiente behütete eine große Aralie die Sitzecke mit dem Nierentisch und den Cocktailsesseln. Eine Wasserstoffblondine auf gefährlich hohen Absätzen brachte Tee und Kekse. Birnbaum, der kein Teetrinker war, schaufelte sich reichlich Zucker hinein.

Dr. Hasenpfeffer schüttelte den Kopf wie ein Arzt, der eine bedenkliche Diagnose stellt: »Da haben wir also einen ganz außergewöhnlichen Fall, an dem man sich wirklich die Zähne ausbeißen kann. Mit etwas Geschick kann die Angelegenheit in verschiedene Richtungen gedreht werden, und wir sollten uns auf die vorteilhafteste verständigen. In diesem Sinne ist der Meteorit ein Schwamm, der alle möglichen Formen annehmen kann.«

»Wie ich Sie kenne, haben Sie die beste Auslegung bereits gefunden, ja?«, fragte die Schwalbe mit einem feinen Zwinkern.

Der Anwalt nickte. »Ich habe mir redlich Mühe gegeben.«

Birnbaum hatte den Eindruck, dass die beiden sich besser kannten, als sie zeigten. Aber das ging ihn ja nichts an. Hauptsache, der Mann taugte etwas als Anwalt.

»Um die Besitzrechte festzulegen, kommt es zunächst mal darauf an, den Meteoriten sachlich exakt zu definieren ...«

Dr. Hasenpfeffer zog einen altmodischen Pappordner hervor, in dem sich vielleicht die ganz speziellen Fälle befanden, die er abends mit nach Hause nahm und unter sein Kopfkissen legte. »Da ist zunächst die Frage, ob der Meteorit rechtlich gesehen wirklich als eine Art Schatz betrachtet werden könnte, wie die Herren aus Ihrem Gemeinderat meinen. Ich habe da mal recherchiert ...«

Er nickte in Birnbaums Richtung. »Nach deutschem Recht ist ein Schatz eine Sache, die so lange irgendwo verborgen gelegen hat, dass ihr Eigentümer nicht mehr zu ermitteln ist. Normalerweise ist darunter eine Ansammlung von Sach- oder Vermögenswerten zu verstehen, Schmuck oder Münzen beispielsweise. Der Finder eines solchen Schatzes erwirbt bereits mit der Entdeckung ein fünfzigprozentiges Miteigentum. Die andere Hälfte gehört dem Grundstückseigentümer.«

»Na prima!« Birnbaum rieb sich die Hände. »Und da in meinem Fall der Finder und der Grundstückseigentümer identisch sind, gehört doch alles mir!«

Monika Schwalbe räusperte sich. »Nun ist ein Meteorit aber nicht gerade ein Juwelenschatz. Das könnte die Sache verkomplizieren, nicht wahr?«

»Eben da liegt das Problem.« Der Anwalt nickte, und ein etwas unsachlicher Blick blieb an den Knien der Schwalbe hängen. »Etwas anders sieht die Rechtslage nämlich bei archäologischen Funden aus. Da gilt das sogenannte Schatzregal. Das bedeutet, dass ein herrenloses, bis zum Zeitpunkt des Fundes verborgenes Gut mit seinem Auffinden automatisch Eigentum des Staates wird. Unter dieses Schatzregal fällt das Auffinden von Bodendenkmälern, worunter archäologische Kulturdenkmäler zu verstehen sind.«

Birnbaum und Monika Schwalbe machten lange Gesichter. Dr. Hasenpfeffer aber lächelte wie ein gütiger Weihnachtsmann, der den Kindern nur einen Schrecken einjagen wollte, um dann hinter der Rute doch noch ein Geschenk hervorzuholen: »Zum Glück und zu unser aller Freude befinden wir uns hier jedoch in Bayern. Und während in den meisten Bundesländern in den Denkmalschutzgesetzen ein Schatzregal vorgesehen ist, bildet Bayern, neben Hessen und Nordrhein-Westfalen, eine Ausnahme.«

Xaver Birnbaum und die Schwalbe freuten sich, in Bayern zu sein, zumindest so lange, bis Dr. Hasenpfeffer abermals den Zeigefinger hob: »Allerdings gilt auch in den Fällen, wo es kein Schatzregal gibt, dass die Länder sich herausragende Funde aufgrund anderer Bestimmungen sichern und auch unabhängig von der Eigentumsfrage einer wissenschaftlichen Bearbeitung zuführen können.«

Die Geologin zog die Stirn in Falten. »Mit einem Wort, alles ist Auslegungssache! Am Ende hat das Land die Möglichkeit, Herrn Birnbaum den Meteoriten wegzunehmen und ihn zu Forschungszwecken irgendeiner Stelle zuzuführen?«

»Aber das könnte ja zum Beispiel Ihr Institut sein, nicht wahr?«, sagte Dr. Hasenpfeffer versöhnlich.

»Wenn wir Pech haben, könnte es aber auch ein anderes Institut sein, das dem Land genehmer ist. Wir wissen ja, wie so etwas läuft! Oder der Meteorit landet irgendwo in der Lagerung, wo er weder von wissenschaftlichem Nutzen für uns noch von finanziellem Nutzen für Herrn Birnbaum ist.«

»Wenn wir ganz schwarz sehen wollen, kann auch das passieren«, musste Dr. Hasenpfeffer betrübt zugestehen.

## 20

Nach dem Mittagessen brachte Maria ihren Sohn nach Trostberg. Da sie ihn ohnehin anderthalb Stunden später wieder von der Sporthalle abholen musste, nutzte sie die Zeit für Erledigungen. Vorm Supermarkt verstaute sie eine Reihe Kartons im Kofferraum, und da noch Zeit war, stellte sie den Wagen auf einem Parkplatz in der Nähe der Innenstadt ab und bummelte durch die Hauptstraße. Manchmal saß sie hier mit ihrer Schwester Klara in einem Café. Allein mochte sie aber nicht hineingehen, man würde sie anstarren, mit ihrer karierten Einkaufstasche und den praktischen Schuhen.

Komplexe, würde Klara sagen.

Dann sind es eben Komplexe, dachte Maria und schlenderte weiter. Die Klara hatte gut reden. Als Vertreterin für Kosmetikartikel trug sie immer schicke Kostüme und ein Lederköfferchen unterm Arm.

An einem Eisstand holte Maria sich eine Waffel mit Zitrone und Schokolade. Der Juni kam mit der gleichen Hitze, mit der der Mai sich verabschiedet hatte. Mit dem Eis in der Hand bog sie in eine schattige Seitengasse ab und ging an dem kleinen Schaufenster zunächst vorbei. Dann blieb sie stehen, zögerte einen Moment, machte schließlich ein paar Schritte zurück. In dem Fenster hingen Babyausstattungen. Von ihrer Schwester Cordula in Altötting würde sie natürlich ein paar abgelegte Kindersachen bekommen. Ebenso von ihrer Cousine Magda, die fünf Kinder hatte, jedes mit einem Jahr Abstand zum nächsten. Und ganz hinten im Wäscheschrank lagen auch noch die alten Strampler und Jäckchen vom Tobias, die sie nie hatte wegwerfen können, immer in der Hoffnung, sie noch einmal zu brauchen. Allerdings waren da wahrscheinlich längst die Motten drin. Dort im Fenster hingen winzige Kleidchen, rosa natürlich und weiß mit Bändern an den Schultern, und wenn sie nicht zu teuer waren, dann könnte sie ja vielleicht hineingehen und eines mitnehmen …

Und während Maria noch überlegte, ob das wirklich eine gute Idee war, zumal sie ja noch gar nicht wusste, ob es ein Mädchen wurde oder ob es vielleicht Unglück brachte, so wie wenn man jemandem zu früh zum Geburtstag gratuliert, oder ob die Verkäuferin da drin vielleicht fragen würde, ob es was fürs erste Enkelkind sei, näherte sich von hinten ein Schatten.

»Grüß dich, Maria!«

Sie fuhr herum, als hätte man sie bei etwas Verbotenem ertappt, und fühlte ihre Wangen heiß werden.

»Grüß dich auch …«

Es war die Langner Therese. Ausgerechnet die Langner, der bunte Vogel von Palling. Eigentlich hatten sie gar nichts miteinander zu tun. Sie grüßten sich kaum. Die Therese war ein bisschen merkwürdig. Sehr schick meistens, aufgetakelt auf so eine Art, dass die Männer ihr verstohlen hinterher schauten. Einmal hatte sich sogar der Xaver nach ihr umgedreht. Da hätte Maria ihm am liebsten die Krallen durchs Gesicht gezogen! Und an ihren Zigaretten pflegte die Langner auf eine Weise zu saugen, die einfach ordinär war. Die Kerbel Hanni, die Bäckerin, die von ihrem Haus aus die ganze Straße im Blick hatte, behauptete sogar, die Therese bekäme heimlich Männerbesuch, Herren in dunklen Anzügen, die niemand im Ort kannte, manchmal sogar mehrere gleichzeitig und immer nach Einbruch der Dunkelheit.

»Schaust dir das Schaufenster an, Maria? Und so vertieft, dass du niemanden siehst!«

»Ach, ich habe ja gar nicht geschaut, ich stehe hier nur gerade so …«

Die Therese lächelte. Sie war heute viel dezenter geschminkt als sonst, sodass sie beinahe nett aussah.

»Magst du nicht einen Kaffee trinken gehen? Da hinten ist ein neues Café, das sieht gemütlich aus. Ich lad dich ein.«

Maria warf einen raschen Blick auf die Uhr. »Ich glaube, dafür reicht meine Zeit nicht mehr. Ich muss doch gleich den Buben von der Sportstunde holen.«

»Schade.« Die Therese zog ein schiefes Gesicht. »Ich find ja immer, es ist ein Jammer, dass wir beide uns nicht besser kennen. Ich bin allein. Und dein Mann ist auch viel unterwegs. Da könnte man sich doch ab und zu mal auf ein Schwätzchen treffen, meinst du nicht?«

»Was meinst du damit, dass mein Mann viel unterwegs ist? Hast du ihn irgendwo gesehen?«, fragte Maria, die prompt in die Falle tappte.

»Na, in den letzten Tagen, meine ich. Wegen dem Stein da auf eurem Acker. Davon weiß doch inzwischen die ganze Welt. Mit der Studentin, dieser Hübschen aus München.«

Musste sie erwähnen, dass die Monika Schwalbe hübsch war?

»Ja, da gibt es eben ein paar Sachen zu klären«, sagte Maria. »Rechtliche Angelegenheiten. Da muss sie den Xaver halt beraten.«

»Beraten, so …« Therese Langner lächelte wieder. Sie verbreitete eine Duftwolke mit grüner Note, so als habe sie in Waldkräutern gebadet. »Heute früh habe ich deinen Mann auch wieder gesehen. In dem Wagen von der Studentin, auf der Landstraße bei Bad Endorf. Da haben sie bei einem Wäldchen gehalten.«

»Das kann schon sein. Sie wollten nach München zu einem Anwalt fahren«, sagte Maria, die das Gefühl hatte, gleich in Tränen auszubrechen. »Und ich muss jetzt wirklich gehen, der Bub wartet schon.«

»Vielleicht ein anderes Mal, Maria. Ich bin immer für dich da!«

Maria drückte ihre Einkaufstasche an sich und hastete davon. Aus den Augenwinkeln sah sie gerade noch, wie die Therese sich eine Zigarette in den Mund steckte und mit einem goldenen Feuerzeug anzündete.

# 21

Dr. Hasenpfeffer blätterte erneut in seinem Ordner. Er schien einer der Letzten seines Standes zu sein, der tatsächlich noch handschriftliche Akten führte.

»Könnte man am Ende vielleicht sogar sagen, es wäre besser, wenn der Meteorit vom Herrn Birnbaum nicht unter das Schatzregal fiele?«, überlegte die Schwalbe.

»Auch in diese Richtung habe ich natürlich überlegt …« Dr. Hasenpfeffer zeigte eine mit winzigen Buchstaben bedruckte Seite vor, die einer juristischen Fachzeitschrift entnommen war. »Im Recht der Schweiz gibt es den Begriff des herrenlosen Naturkörpers. Das wären beispielsweise Steine, die irgendwo herumliegen. Ist so ein Naturkörper allerdings ein Gegenstand von wissenschaftlichem Interesse, wird er automatisch Eigentum des Kantons und darf nicht ohne Genehmigung der Behörden veräußert werden. Der Finder beziehungsweise der Eigentümer des Grundstücks hat zwar Anspruch auf eine Vergütung. Aber was da angemessen ist, wird schwerlich schnell und nur selten gerecht entschieden und wäre mit Sicherheit nicht so viel, wie Herr Birnbaum gerne hätte.«

»Da gab es aber doch vor ein paar Jahren schon mal so einen Fall«, erinnerte sich die Doktorandin. »Der Neuschwanstein-Meteorit.«

»Genau daran erinnerte ich mich auch«, bestätigte Dr. Hasenpfeffer. »Ein Präzedenzfall, der folgendermaßen gelagert war: Ein Meteorit ging über Bayern nieder. Noch vor dem Aufprall zerbrach er in mehrere Teile. Eines dieser Teile landete in Tirol. Ein deutscher Bergsteiger berechnete den Aufprallort und fand das Bruchstück tatsächlich. Die Tiroler Gemeinde war nicht faul und erhob Anspruch auf das Fragment, weil es auf einer Geröllhalde gefunden wurde, die der Gemeinde gehörte.«

»Soweit ich mich erinnere, durfte der Finder den Meteoriten dennoch behalten«, sagte die Schwalbe. »Die Tiroler Gemeinde ging leer aus.«

»Genau«, stimmte Dr. Hasenpfeffer zu. »Die Sache wurde in Deutschland verhandelt. Die Klage der Gemeinde wurde abgewiesen: Es handle sich bei dem Fundstück nicht um einen Schatz, sondern um einen herrenlosen Gegenstand. Auch sei für das Grundstück, auf dem der Meteorit gefunden wurde, kein Wertzuwachs festzustellen, an welchem die Gemeinde automatisch einen Eigentumsanspruch gehabt hätte. Damit wurden sämtliche Eigentumsrechte dem Finder zugesprochen. Zur Begründung führte das Gericht aus, dass auf einen vom Himmel gefallenen Stein der Staat, in dem der Himmelskörper landet, nicht automatisch einen Besitzanspruch habe. Allerdings musste der Finder des Meteoriten der Gemeinde eine Ausgleichszahlung entrichten und die Gerichtskosten übernehmen.«

»Das kann ich nicht!« Birnbaum stülpte seine Hosentaschen nach außen. »Ich habe weniger Geld auf der Bank als Sie in Ihrer Portokasse!«

»Bei uns ist die Sache aber ja auch viel eindeutiger gelagert: In Tirol landete der Meteorit sozusagen im Niemandsland, eben auf der erwähnten Geröllhalde. Sie, Herr Birnbaum, sind aber nicht nur Finder, sondern auch noch Eigentümer des Grundstücks, und das ändert die Sachlage völlig. Es ist nämlich von entscheidender Bedeutung, ob ein Meteorit auf Privatgrund oder in öffentlich zugänglichem Gelände gefunden wird, wie es bei Neuschwanstein der Fall war.«

Birnbaum, allmählich der Wortklauberei überdrüssig, nahm den letzten Keks mit Schokoladenglasur aus dem Schälchen und schaute auf seine Uhr.

»Ja, die Angelegenheit ist wohl ein wenig mühsam, Herr Birnbaum«, sagte Dr. Hasenpfeffer nachsichtig. »Aber im Grunde stehen Sie gar nicht so schlecht da.«

»Immerhin haben wir einen ersten Eindruck gewonnen.« Monika Schwalbe erhob sich und streckte ihren Rücken. »Können Sie uns vielleicht für den Moment noch einen Rat geben?«

»Abwarten und Tee trinken, um es einmal so auszudrücken«, sagte Dr. Hasenpfeffer mit einem Seitenblick auf Birnbaums kaum angerührte Tasse. »Lassen Sie den Kometen auf jeden Fall dort, wo er ist, an Ort und Stelle, auf Ihrem Acker. Solange er sich auf Ihrem Besitz befindet, Herr Birnbaum, darf sich nämlich niemand auch nur nähern, ohne vorher Ihre Erlaubnis einzuholen, und das ist einstweilen wohl am sichersten. Das gilt nur dann nicht, wenn Gefahr im

Verzug ist, zum Beispiel, wenn das Ding radioaktiv wäre und eine Gefahr für die Allgemeinheit bilden würde. Aber das ist ja wohl nicht der Fall, Frau Schwalbe?«

»Nein, auf keinen Fall!«, erwiderte Monika Schwalbe. »Der Stein lässt zwar die Uhren stehen bleiben, was wir bislang nicht erklären können. Aber eine Gefahr für die Allgemeinheit geht nach unserem Dafürhalten nicht von ihm aus. Und wir sind immerhin die Experten, nicht wahr? Wir sind sogar mit einem Geigerzähler auf dem Acker rumgelaufen, aber da war nichts.«

»Dann ist es gut. Dann wird sich auch die Gegenseite – falls sich eine Gegenseite rechtlich formieren sollte – nicht darauf berufen können. Vielleicht könnten Sie eine kleine Absperrung rund um den Kometen machen, Herr Birnbaum?«

»Wir halten dort Nachtwachen, damit niemand auf dumme Gedanken kommt«, sagte die Schwalbe. »Seit fünf Tagen schon, immer abwechselnd.«

»Gut«, sagte Dr. Hasenpfeffer. »Aber eine zusätzliche Absperrung könnte trotzdem nicht schaden. Damit hätten Sie dann auch der Sicherheitspflicht Genüge getan, Herr Birnbaum. Ein Gitter vielleicht oder eine unzerbrechliche Haube, damit auf den ersten Blick klar ist, dass sich der Meteorit in Privatbesitz befindet und nicht frei zugänglich ist. Sonst klaut Ihnen das Ding am Ende noch jemand und behauptet hinterher, nichts von den Eigentumsrechten gewusst zu haben.«

»Gute Idee!« Birnbaum betrachtete seine Hände. »Ein Gitter kann ich anfertigen.«

»Bestens!« Dr. Hasenpfeffer lächelte verbindlich und begleitete sie zur Tür. »Sie hören dann wieder von mir. Und sollte es irgendwelche Probleme geben, Sie haben ja meine Nummer.«

Er lächelte der Schwalbe zu, die ihm vom Treppenabsatz ein Luftküsschen zuwarf.

## 22

Das Telefon klingelte bereits, als sie ihre Wohnungstür aufschloss. Dann begann auch ihr Handy zu summen.

»Nun«, fragte er ungeduldig. »Was gibt es Neues?«

»Nicht viel«, musste sie eingestehen.

»Du enttäuschst mich.«

»Ich habe alles versucht. Aber diese blöde Gans lässt sich ja nicht mal auf einen Kaffee einladen. Ich weiß nur, dass ihr Mann heute mit dieser Wissenschaftlerin in München ist, bei einem Anwalt, um sich rechtlich zu beraten.«

»Das klingt nicht gut. Wir müssen damit rechnen, dass der Stein nicht mehr lange in Palling bleibt. Die Leute von dem Institut werden alles daran setzen, ihn nach München zu holen. Wahrscheinlich arbeitet der Anwalt in ihrem Sinne.«

Sie schwieg.

»Und sonst nichts?«, fragte er weiter.

»Seit ein paar Tagen halten sie dort oben Wache. Jede Nacht bleibt einer von ihnen in der Hütte am Rand des Ackers.«

»Es wird uns aus den Händen gleiten, wenn wir länger zögern. Wir müssen handeln. Heute Nacht.«

»Ist das nicht etwas überstürzt?«

»Heute Nacht, habe ich gesagt! Was sind das für Leute, die da Wache halten?«

»Mitarbeiter des Instituts, nehme ich an.«

»Männer?«

»Soweit ich weiß, ja. Männer.«

Seine Stimme nahm eine leicht ironische Färbung an. »Ich entsinne mich sehr wohl, wie nett du sein kannst. Das sollte für dich doch kein Problem darstellen. Ich schicke dir jemanden raus. In zwei Stunden ist er da. Er wird im Gasthof auf dich warten. Und dann seht ihr gefälligst zu, dass ihr den Stein in die Finger bekommt!«

»Aber …«

Zu spät. Er hatte bereits aufgelegt.

## 23

Als Birnbaum am späten Nachmittag wieder auf dem Hof ankam, war Maria gut gelaunt, wenn auch nicht sehr gesprächig. Vielleicht hatte sie sich vorgenommen, die Dinge etwas gelassener zu betrachten. Sie stichelte auch nicht, als ihn Monika Schwalbe vor der Haustür absetzte. Im Gegenteil, sie rang sich sogar ein kleines Lächeln ab und bot ihr eine Limonade an. Als die Schwalbe fort war, brachte sie ihrem Mann einen Kaffee und verzierte seine Brotzeit mit Radieschen und Petersilie, was nicht allzu häufig vorkam. Birnbaum berichtete von dem Besuch beim Anwalt, wobei Maria allerdings nur mit halbem Ohr zuhörte. Sie hatte es sich am Küchenfenster bequem gemacht. Die Stallarbeit war erledigt, der Bub hatte fleißig geholfen. In ihren Händen bewegten sich Stricknadeln, die sie viele Jahre nicht benutzt hatte. Irgendetwas Kleines entstand, vielleicht ein Mützchen oder ein Jäckchen, weiß mit sonnengelben Streifen.

Birnbaum lächelte. So war es gut. Anscheinend kamen ihre Hormone wieder ins Gleichgewicht. Was sollte er sie mit dem Juristenkram behelligen?

»Ich gehe noch in die Scheune, ein bisschen basteln«, sagte er und stellte seine Tasse in die Spüle.

»Ja, geh nur«, erwiderte Maria versonnen und schaute kaum von der Handarbeit auf.

In der Scheune wühlte Birnbaum pfeifend in der Ecke mit dem Gerümpel, wo sich noch ein alter Metallrost befinden musste. Er lötete zwei Scharniere an den Rost. Im Garten hinter den Brombeeren lagen noch Betonelemente für den Brunnen, den er vor Jahren hatte bauen wollen, schon ganz von Dornbüschen überwuchert. Mit Blitzzement befestigte er die Gegenstücke der Scharniere an dem Beton und hängte den Rost ein. Dann schraubte er noch eine metallene Öse an den Betonring, sodass man das Gitter mit einem Vorhängeschloss verschließen konnte. Dr. Hasenpfeffer schien wirklich brauchbar zu sein, ein Mann mit praktischem Verstand.

Birnbaum hievte den Betonring und das Gitter in den Laderaum des Passats, der unter dem Gewicht ächzte. Das Heck hing bedenklich tief über dem Boden. Lange würde es das Auto ohnehin nicht mehr tun. In der Küche war Maria inzwischen über den Stricknadeln eingenickt. Oben in seinem Zimmer saß Tobias bei den Hausaufgaben, vielleicht surfte er auch im Internet, aber egal. Alles war gut.

Birnbaum summte ein Liedchen und fuhr langsam die anderthalb Kilometer bis zu seinem Acker. Dort, wo einst die Linde gestanden hatte, brannte ein kleines Lagerfeuer. Die Leute vom Institut waren wirklich selbstlos. Meist grillte sich derjenige, den das ungeliebte Los des nächtlichen Wachdienstes getroffen hatte, ein Würstchen über dem offenen Feuer oder ließ den nächsten Pizzaservice kommen. Die Nächte verbrachten sie in der Hütte, wo man ein Feldbett aufgestellt hatte.

An diesem Tag hatte es den Sperling getroffen. Er machte ein mürrisches Gesicht, als Birnbaum den Betonring aus dem Wagen plumpsen ließ und bis zu der Stelle rollte, wo der Meteorit ruhte.

»Was soll das werden, wenn es fertig ist?«

»Das gute Stück kommt hinter Schloss und Riegel. Ratschlag von dem Anwalt, wo ich heute mit der Frau Schwalbe war.«

»Dr. Hasenpfeffer?«

»Genau der.«

Der Sperling schwieg. An Dr. Hasenpfeffers Ratschlägen gab es anscheinend nichts zu kritisieren.

»Ich lasse den Ring einen halben Meter in die Erde ein, sodass der Komet drinnen zu liegen kommt«, erklärte Birnbaum, während er einen Spaten aus dem Wagen holte. »Dann hänge ich das Gitter davor und schließe es ab. Mit einem Vorhängeschloss. Und der Schlüssel zu diesem Schloss befindet sich in meiner Tasche.«

»Ist das auch ein Ratschlag von dem Anwalt?«

Birnbaum zuckte die Achseln. »Er meinte, man müsse auf Nummer sicher gehen. Sie können ja die Monika Schwalbe fragen, wenn Sie mir nicht glauben.«

»Ich glaube Ihnen schon«, sagte der Sperling und streckte sich. »Hätte ich das früher gewusst, wäre ich nach München zurückgefahren. Dann sind die Nachtwachen nun wohl überflüssig.«

»In der Hütte können Sie ja trotzdem noch schlafen. Fahren Sie doch nach Palling rein, ein Bier trinken, während ich das hier erledige.«

Der Sperling nickte und ging zu seinem Flitzer, der neben der Hütte parkte. Birnbaum begann, einen kleinen Graben auszuheben. Mit halbem Ohr hörte er noch den startenden Motor. Er senkte das Betonteil in den Boden, füllte die Erde wieder auf und trat sie ordentlich fest. Bevor er den Rost in die Scharniere hängte, putzte er den Meteoriten noch einmal mit seinem Taschentuch blank.

»Du bist vielleicht ein Drecksding«, murmelte er. »Bringst mir nichts als Ärger.«

Vielleicht wäre es nicht verkehrt, an dem Gitter eine Beleuchtung anzubringen. Eine kleine Lichterkette vielleicht, die mit Batterie funktionierte. Dann könnte man nach Bedarf den Meteoriten beleuchten. Präsentation war wichtig. Damit wäre die Sache schon beinahe ausstellungsreif. Vielleicht lag in der Scheune sogar noch eine Lichterkette, beim Weihnachtsschmuck, der das ganze Jahr über in einem alten Koffer schlummerte. Gleich morgen würde er nachschauen gehen.

Birnbaum hatte sich angewöhnt, wieder die alte Armbanduhr seines Vaters zu tragen, die jeden Tag aufgezogen werden musste. Die Wirkungskraft des Meteoriten schien sich auf elektrische Ströme zu beschränken, die Uhr vom Vater schlug ihm ein Schnippchen. Es war schon dreiviertel zehn durch, aber natürlich noch hell, wie es sich für die Jahreszeit gehörte. Die Sonne verzog sich rosig hinter Lämmerwolken. Birnbaum drückte sein Kreuz durch. Der Sperling war noch nicht zurück. Er packte den Spaten wieder in den Kofferraum, dachte an das gelb-weiße Jäckchen, das in den Händen seiner Frau entstand, und lächelte. Das Leben konnte so einfach sein.

# Teil 2

# 1

»Xavi, wach auf!«

Birnbaums Schädel brummte. Nachdem gestern der Meteorit hinter Schloss und Riegel gelegt war, hatte er im Heck des Wagens zufällig noch eine halbe Flasche Schnaps gefunden. So verabschiedete er droben auf dem Acker gut gelaunt noch die Sonne, begrüßte den Mond und philosophierte über das Leben im Allgemeinen. Tobias, die kleine Linda, Maria, deren Augen strahlten, die Schwalbe, der Mayer und der Huber und der Machandel, und natürlich der Komet, alle waren sie an seinem geistigen Auge vorbeigezogen. Und ehe er sich versah, hatte die Welt begonnen, sich zu drehen, und er hatte die Flasche mit dem Rest irgendwo auf dem Acker stehen lassen.

»Xaver! Hörst du nicht!«

»Was ist denn?«, brummte er und verkroch sich unter die Decke. Es war längst hell, die Morgensonne, die durch den schneeweißen Tüll vorm Fenster drang, blendete ihn.

»Hörst du nicht die Sirenen?« Marias Stimme war etwas schrill, wie immer, wenn sie aufgeregt war.

Birnbaum zog sich die Decke von den Ohren. »Ich höre nichts …«

»Jetzt sind sie gerade vorbei! Das waren Polizeiwagen, mindestens ein halbes Dutzend. Vom Küchenfenster hab ich die blauen Lichter gesehen. Ich glaube, die sind zu unserm Acker raufgefahren.«

»Was?« Birnbaum setzte sich auf und wischte sich die Haare aus der Stirn. »Wie spät ist es denn?«

»Gleich halb neun. Ich hab schon den ganzen Kuhstall fertig.«

Wieder zwickte ihn das Gewissen. Die arme, fleißige Maria. Und er, der Nichtsnutz und Trunkenbold … Dann klangen erneut Sirenen durchs Fenster, das Maria aufgerissen hatte, und Birnbaum sprang aus dem Bett.

»Kruzifix, du hast recht! Die fahren tatsächlich zum Acker!«

In weniger als zwanzig Sekunden hatte er sich Hemd und Hose übergezogen und war in die Schuhe gesprungen, an denen noch Erde klebte.

»Willst du keinen Kaffee?«, rief seine Frau hinter ihm her.

Aber er war schon zur Tür hinaus und klemmte sich hinters Steuer des Wagens.

Die Konkurrenz, dachte er. Oder die Mafia. Sie haben den Kometen gestohlen. Und der Sperling, der wahrscheinlich betrunken zur Hütte zurückgekehrt ist, hat es heute früh entdeckt. Wenn das stimmte, würde er ihm den Hals umdrehen, dem nichtsnutzigen Bengel, dem Naseweis mit seinem Angeberauto und seiner Sonnenbrille im Haar …

Die Blaulichter am Waldrand flackerten weithin sichtbar. Birnbaum trat aufs Gas und fuhr mit durchdrehenden Reifen quer über den Acker, geradewegs auf die Stelle zu, wo ein halbes Dutzend uniformierter Polizeibeamter zusammenstand.

»Was ist los?«, rief er, aus dem Wagen springend.

»Sie dürfen hier nicht weiter«, sagte ein junger Polizist, der nicht aus der Gemeinde war.

»Das werden Sie mir nicht verbieten«, sagte Birnbaum von oben herab. »Dies ist mein Grund und Boden, und ich gehe, wohin ich will!«

Er täuschte sich, denn sofort sprang ein weiterer Kollege herbei, wedelte mit Handschellen und redete irgendwas von Widerstand gegen die Staatsgewalt. Birnbaum begann sich aufzuregen. Dann entdeckte er den Kainbacher Josef, der ebenfalls zu dieser Trachtengruppe gehörte und mit ihm im Kommunionsunterricht gesessen hatte.

»Xaver«, sagte der Kainbacher. »Böse Sache. Du kannst hier jetzt nicht einfach herumtrampeln und Spuren zerstören.«

»Ja, Himmelherrgott, was ist denn los? Ist was mit dem Meteoriten?«

»Indirekt«, sagte der Kainbacher. »Aber eigentlich geht es um die Leiche da drüben.«

»Leiche?« Birnbaum blieb die Spucke weg. »Was für eine Leiche?«

In der Nähe des Meteoriten lag ein Bündel auf dem Boden.

»Dieser junge Mann. Der Wissenschaftler aus München. Dieser Spatz.«

»Der Sperling?« Birnbaum ließ die Arme sinken, erschüttert und ungläubig. »Das kann doch nicht sein, Josef!«

Der Kainbacher, der in seinem Leben auch noch nicht viele Leichen gesehen hatte, nickte betrübt. Er war blasser als sonst unter seiner Mütze.

»Erschlagen haben sie ihn, den armen Burschen.«

Birnbaum schluckte heftig. »Aber das gibt's doch nicht! Ich habe ihn doch gestern Abend noch gesehen, und da war er putzmunter und wollte gerade in den Ort reinfahren!«

»Was sagen Sie? Sie haben ihn gesehen?«

Eine große ältere Frau mit silberdurchwirktem Haar, die Jeans und Turnschuhe trug, löste sich aus einer Gruppe, die um den Meteoriten herumstand, und trat näher. Anscheinend hatte sie Ohren wie ein Luchs. Sie stellte sich als Kommissarin Wintersruh aus Traunstein vor. Ihr Assistent Bichler, der ihr auf dem Fuß gefolgt war, hatte ein schmales Gesicht und sah mit seiner Goldrandbrille aus wie der Streber vom Dienst.

»Sie sind der Besitzer des Ackers? Birnbaum, Xaver?«, fragte die Kommissarin.

Birnbaum nickte schweigend.

»Und Sie haben den Herrn Sperling gestern Abend noch gesehen?«

»Ja«, sagte Birnbaum ernüchtert. »Ich habe gestern Abend das Gitter da angebracht. Und dem Sperling habe ich gesagt, dass er derweil ein Bier trinken gehen soll.«

»Um welche Uhrzeit war das?«

Birnbaum zuckte die Achseln. »So genau weiß ich das nicht mehr. Halb neun vielleicht, so ungefähr.«

»War Ihre Uhr stehen geblieben?«

»Nein, Frau Kommissarin. Meine Uhr läuft immer. Aber ich schaue halt nicht alle fünf Minuten nach der Zeit, wenn ich am Arbeiten bin.«

Ein Mensch, der von Kopf bis Fuß in einer weißen Plastikumhüllung steckte, trat zu ihnen. Spurensicherung, dachte Birnbaum, denn er hatte solche Gestalten schon im Fernsehen gesehen.

»Da sind jede Menge Schuhspuren, die nicht zu dem Toten gehören. Und eine fast leere Schnapsflasche haben wir gefunden. Wenn wir Glück haben, befinden sich DNA-Spuren darauf.« Bichler rieb sich die Hände.

Birnbaum ließ die Seifenblase platzen. »Also, die Schuhspuren können auch von mir sein. Und den Schnaps, den habe ich getrunken. Gestern Abend, nachdem ich das Gitter angebracht hatte.«

»Sie kommen hierher, um zu trinken?«, fragte der enttäuschte Bichler.

»Ich komme zum Arbeiten her. Und wenn ich Lust habe, dabei einen Schluck zu trinken, dann geht das niemanden was an«, sagte Birnbaum grantig.

»Eine ganze Flasche Schnaps?«, fragte der Grünschnabel. »Und danach sind Sie mit dem Wagen gefahren, ja?«

Birnbaum antwortete nicht.

Die Kommissarin war weiser als ihr Assistent. »Das interessiert uns doch gar nicht, Herr Birnbaum. Aber es hat den Anschein, dass Sie der Letzte waren, der den Herrn Sperling lebend gesehen hat.«

Ein schwarzer Wagen mit Milchglasscheiben kam den Weg zum Acker raufgerumpelt, und Birnbaum grauste es.

»Sie könnten uns einen Gefallen tun, Herr Birnbaum, und einen Blick auf den Toten werfen.«

Birnbaum schluckte. »Muss das sein?«

»Es wäre schon eine große Hilfe, und es liegt ja wohl auch in Ihrem Interesse ...«

Birnbaum stapfte hinter der Kommissarin her. Vor dem plastikbedeckten Bündel, das etwa zwanzig Meter von dem Meteoriten entfernt lag, blieben sie stehen. Die Kommissarin nickte einem Kollegen zu, der ein Köfferchen mit allerlei medizinischem Handwerkszeug neben sich stehen hatte.

»Können Sie schon etwas zum Todeszeitpunkt sagen, Doktor?«

»Zwischen ein und drei Uhr früh«, antwortete der Doktor.

»Als die Nacht am schwärzesten war«, murmelte die Kommissarin und lüftete die Plastikdecke. Darunter lag tatsächlich der Sperling, ganz blass und zusammengekrümmt, fast wie ein Kind, das sich versteckt. Sein gebügeltes Hemd und die Jeans waren dreckig von der Ackererde. Der Angriff musste ganz überraschend gekommen sein. An seiner linken Schläfe klaffte ein blutiges Loch.

Birnbaum wurden die Knie weich. »Ich habe ihn zwar nicht so furchtbar gern gemocht, weil er sich immer so aufgespielt hat. Aber das habe ich ihm nicht gewünscht, dem armen Jungen ...«

Er wischte sich eine Träne aus den Augenwinkeln.

»Es ist also der Herr Sperling? Ist das sicher?«, fragte die Kommissarin.

»Ja, natürlich, das ist er.«

»Und Sie sagen, dass Sie ihn gegen halb neun gestern Abend zuletzt gesehen haben, als er nach Palling reinfahren wollte?«

»Er wollte ein Bier trinken gehen. Und was essen wahrscheinlich. Er war verärgert, weil ich mit dem Gitter kam, um den Kometen zu verriegeln. Damit wäre seine Nachtwache eigentlich überflüssig geworden, hat er gemosert.«

»Wollte er dann zurück nach München fahren?«

»Nein. Er wollte noch mal in der Hütte übernachten, auf dem Feldbett.«

»Trug er diese Kleidung, als Sie ihn sahen?«

»Ich glaube schon. Allerdings hatte er sich noch so eine dünne Jacke über das T-Shirt gezogen.«

»Und danach haben Sie ihn nicht mehr gesehen?«

Birnbaum ließ den Kopf hängen. »Nein. Ich hab das Gitter angebracht und bin dann noch ein Weilchen da gesessen und hab ein paar Schluck getrunken. Und dann bin ich heimgefahren.«

»Und Sie können nicht sagen, wann das ungefähr gewesen ist? Wie lange brauchen Sie denn gewöhnlich für eine Flasche Schnaps?«, fragte der Kriminalassistent frech.

»Es war nur eine halbe Flasche«, sagte Birnbaum ungnädig. »Eher noch weniger. Und es könnte halb elf gewesen sein, als ich hier weg bin. Vielleicht dreiviertel elf. Aber später ganz sicher nicht.«

»Hört man die Uhr vom Kirchturm nicht?«

»Normalerweise schon. Aber ich hab halt nicht darauf geachtet. Ich hab nachgedacht.«

»Gut, Herr Birnbaum«, sagte die Kommissarin. »Dann fahren Sie jetzt heim und halten sich zu unserer Verfügung. Mein Kollege Bichler wird nachher noch zu Ihnen kommen und das Protokoll aufnehmen.«

Birnbaum räusperte sich. »Nicht dass es pietätlos klingen soll, aber was ist mit dem Meteoriten? Ist er noch da?«

»Er liegt unberührt unter dem Gitter. Da haben Sie wohl gerade im rechten Moment den richtigen Einfall gehabt, Herr Birnbaum.«

»Darf ich noch einmal nachschauen gehen?«

Das durfte Birnbaum nicht, um keine Spuren zu zerstören, aber er glaubte der Kommissarin mit der tiefen Stimme, die jetzt leise schimpfend auf ihrer Uhr herumklopfte.

Als Birnbaum weg war und die Spurensicherung begann, ihr Handwerkszeug zusammenzuräumen, blieb Kommissarin Wintersruh noch einmal sinnend an der vergitterten Grube stehen. Sie schüttelte den Kopf. »Eigentlich müsste es doch der Traum eines jeden Geologen sein, von einem Meteoriten erschlagen zu werden.«

»So weit geht die Liebe zum Beruf wohl doch nicht«, sagte Bichler, der hinzugetreten war. »Außerdem ist der junge Mann ja nicht von dem Meteoriten erschlagen worden, sondern wegen des Meteoriten. Mit einem stumpfen Gegenstand, wie es aussieht. Und das macht einen feinen Unterschied, Chefin. Ich glaube, an diesem Fall werden wir ordentlich zu knacken haben.«

»Das befürchte ich auch«, sagte die Kommissarin mit einem fatalistischen Unterton.

## 2

Am liebsten hätte sie das Klingeln ignoriert. Nun wusste er es also.

»Was zum Teufel fällt euch ein, eine solche Sauerei zu produzieren?«, schrie er ihr ins Ohr.

Offenbar hatte er die Regionalschau im Radio gehört, die über den Leichenfund auf dem Pallinger Weizenfeld ausführlich berichtet hatte.

»Wir dachten, er schläft …« Sie ärgerte sich über ihr eigenes Gestotter. »An dem Stein war plötzlich ein Gitter angebracht, mit einem dicken Schloss. Der Igor hat es mit dem Brecheisen versucht, aber vergeblich, und dann …«

»Was für Stümper habe ich nur um mich versammelt! Hättest du diesen Burschen denn nicht beschäftigen können? Hättest du ihn nicht fortlocken können?«

»Ich habe es wirklich versucht«, sagte sie demütig und hasste sich selbst dafür.

»Du bist doch wirklich zu gar nichts mehr nütze! Wenn bei mir die Polizei auftaucht, werde ich alles von mir weisen. Dann bist du dran! Du und dieser Dummkopf, der seine Hände nur zum Zuschlagen gebrauchen kann. Ihr werdet ganz allein dafür geradestehen!«

Eine scharfe Entgegnung lag ihr auf der Zunge. Aber sie biss sich auf die Lippen und ließ stattdessen nur ein schwaches »Es tut mir leid …« entschlüpfen.

»Das bedeutet natürlich, dass wir in der nächsten Zeit an den Kometen nicht herankommen. Die Polizei wird eine Weile da herumwimmeln. Wir verhalten uns absolut ruhig, bis etwas Gras über die Sache gewachsen ist, und hoffen, dass er bis dahin nicht nach München oder sonst wohin gebracht wird.«

»Soll ich weiter Kontakt zur Birnbaum halten?«, fragte sie unterwürfig.

Er überlegte einen Moment. »Ja, mach das. Aber nur ganz locker, damit niemand Verdacht schöpft. Du hattest ja vorher nichts mit ihr zu tun. Nur, um auf dem Laufenden zu bleiben, was den Kometen betrifft.«

## 3

Am frühen Nachmittag fuhr Monika Schwalbe auf dem Mooshamer-Hof vor und heulte fast eine Stunde lang, ehe sie ein Wort herausbrachte. Maria brachte ihr einen Pfefferminztee und streichelte ihr den Arm.

»Der Patrick …«, schluchzte sie immer wieder. »Niemals hätte einer von uns allein dort oben Wache halten dürfen!«

»Aber Sie glauben doch nicht wirklich, dass es die sogenannte wissenschaftliche Konkurrenz war, die ihn umgebracht hat?«, fragte Birnbaum mit einem Räuspern. »Es würde meinen Glauben doch sehr erschüttern, wenn Wissenschaftler sich gegenseitig die Köpfe einschlagen, nur weil sie einander die Wurst auf dem Brot nicht gönnen.«

»Der Meteorit ist weit mehr als ein Stück Wurst auf dem Brot«, heulte die schöne Wissenschaftlerin. »Und für einige unserer Gegenspieler würde ich meine Hand nicht ins Feuer legen!«

Maria, die bislang geschwiegen hatte, schüttelte den Kopf. »Ich glaube, Sie haben sich da in etwas verrannt, Monika. Das war bestimmt ein ganz gewöhnlicher Räuber, den die Polizei bald fassen wird.«

»Jedenfalls bin ich heilfroh, dass Sie gestern Abend noch das Gitter angebracht haben, Herr Birnbaum«, sagte die Schwalbe und putzte sich die Nase. »Aber der arme Patrick …«

Sie weinte wieder.

Birnbaum tätschelte ihr freundlich die Schulter, obwohl seine Frau diesen gewissen Blick bekam.

»Vielleicht könnte man den Meteoriten nach dem Herrn Sperling benennen«, sagte er großzügig. »Der Sperlings-Meteorit. Davon hat er zwar nichts mehr, aber immerhin hat er doch sein Leben gelassen, um ihn vor Diebeshand zu retten.«

Monika nickte. »Das wäre schon eine nette Idee, Herr Birnbaum, und vielleicht auch ein kleiner Trost für Patricks arme Mutter, die nur ihn allein hatte …«

Auch Maria, die den jungen Mann ja nur flüchtig gekannt hatte, konnte nun die Tränen nicht mehr zurückhalten. In diesem Moment klopfte es an der Dielentür, und Kommissarin Wintersruh trat mit ihrem Assistenten ein.

»Gut, dass ich auch Sie hier antreffe, Frau Schwalbe«, erklärte sie. »Dann kann der Herr Bichler Ihre Aussage auch gleich protokollieren.«

Monika wischte sich die Augen trocken. »Ich habe den Patrick gestern kaum gesehen. Ich war mit dem Herrn Birnbaum fast den ganzen Tag in München beim Anwalt, und erst nachdem ich ihn hier am Hof abgesetzt hatte, bin ich kurz rausgefahren zum Acker und habe mit dem Patrick ein paar Worte gewechselt. Er war dran mit der Nachtwache. Ich bin dann weiter nach Traunstein, wo ich bei einer Freundin übernachtet habe.«

»Seit wann gab es diese Nachtwachen?«

»Seit ein paar Tagen erst. Seit dieser Depp von der Zeitung den Fund breitgetreten hat, um genau zu sein. Der Meteorit ist sehr wertvoll für unsere Forschungen. Es wäre dumm und leichtsinnig gewesen, ihn ganz unbeaufsichtigt da draußen zu lassen.«

»Und nur Sie und der Herr Sperling haben die Wachen gehalten?«

»Nein, ich nicht. Das haben die Kollegen nicht zugelassen, und mir war es recht. Ein Mitarbeiter vom Institut und zwei Studenten aus dem Projekt wollten sich beteiligen. Für den Patrick war es die zweite Nacht. Und nun …« Die silbernen Fäden auf den rosigen Wangen begannen wieder zu glänzen.

»Es hätte also jeden treffen können«, stellte die Kommissarin sachlich fest. »Dass an diesem Tag ausgerechnet der Herr Sperling Nachtwache hielt, war demnach reiner Zufall?«

Monika Schwalbe zuckte mit den schmalen Schultern. »Was heißt Zufall? Wir haben halt einen Plan gemacht, wer wann Zeit hat.«

»Ich wollte auch nur feststellen, dass es sich bei dem Verbrechen nicht um einen gezielten Anschlag gegen Herrn Sperling als Person handelt, sondern tatsächlich um einen Versuch, den Meteoriten zu stehlen. Herr Sperling hatte bloß das Pech, dass er derjenige war, der in dieser Nacht in der Hütte schlief.«

Maria stellte unterdessen eine Brotzeit mit Brezen und Weißwürsten auf den Tisch, und die Traunsteiner Kommissarin bediente sich dankbar.

»Wissen Sie denn schon, was genau vor sich gegangen ist?«, fragte Xaver Birnbaum, der entgegen seiner Natur keinen Bissen hinunterbekam.

»Aufgrund der bisherigen Erkenntnisse der Spurensicherung hat der Herr Sperling wohl geschlafen, als jemand versuchte, das Gitter aufzubrechen«, gab der Assistent freimütig Auskunft. »Wir haben an dem Betonring und dem Schloss deutliche Kratz- und Hebelspuren entdeckt. Wahrscheinlich entstand dabei mehr Lärm als beabsichtigt, jedenfalls genug, dass der Herr Sperling in der Hütte aufwachte. Dann kam es zu einer Konfrontation, wobei der Unbekannte mit dem gleichen Metallstück zuschlug, mit dem er zuvor versucht hatte, den Rost zu öffnen. Das kann ein großer Schraubenzieher gewesen sein, ein Kuhfuß oder ein Stück Metallrohr. Ferner haben unsere Kollegen jede Menge Schuhspuren gefunden. Aber in den letzten Tagen sind dort oben so viele Menschen herumgelaufen, dass es schwierig sein wird, aus dem Wirrwarr die Spuren des Täters zu finden. Und was Reifenspuren betrifft, sieht es leider ähnlich aus. Da sind ja Dutzende von Wagen herumgekreuzt.«

Die Schwalbe zögerte. »Da fällt mir gerade ein, dass uns gestern, als ich mit dem Herrn Birnbaum nach München gefahren bin, ein ganzes Stück lang ein Wagen folgte.«

»Was für eine Marke? Und konnten Sie sehen, wer am Steuer saß?«, fragte Kommissarin Wintersruh, die dem Gespräch aufmerksamer folgte, als es den Anschein hatte.

»Die Marke habe ich nicht erkannt. Ein großer silberner Wagen. Wer am Steuer saß, konnte ich nicht sehen. Dafür war er zu weit weg.«

»Und der ist Ihnen tatsächlich gefolgt?«

»Vielleicht ist er nur zufällig ein Stück in die gleiche Richtung gefahren«, sagte Birnbaum einschränkend. »Und ich habe ihn auch gar nicht gesehen.«

»Das klingt nicht sehr ermutigend.« Die Kommissarin schob ihren Teller zur Seite und erhob sich. »Wir fahren jetzt nach Palling rein. Wenn der junge Mann gestern Abend dort im Gasthaus war, wird sich ja jemand an ihn erinnern können.«

Sie legte eine Karte mit ihren Kontaktdaten auf den Küchentisch und nahm noch eine Breze für unterwegs mit.

Maria, die die ganze Zeit nicht viel gesagt hatte, räumte das Geschirr in die Spüle, während es hinter ihrer Stirn pochte wie von einem Trommelfeuer.

# 4

Als der Xaver in der Scheune verschwunden und auch die Monika wieder davongebraust war, legte Maria das Geschirrtuch beiseite und ging hinauf in das kleine Zimmer neben dem Speicher, wo das Bügelbrett stand und frisch gewaschene Wäsche über einer Stuhllehne hing. Leise schloss sie die Tür hinter sich. Vor dem Fenster stand ein kleiner Tisch mit einem bequemen Sessel, den die Klara ausrangiert hatte. Von hier aus hatte man die ganze Auffahrt im Blick. Am Fensterbrett blühte eine weiße Orchidee. Auf dem Tisch stand ein Laptop, nicht das neueste Modell, aber noch gut in Schuss, ebenfalls ein Präsent ihrer Schwester, die glaubte, in ihrem Job nur mit Hochglanztechnik konkurrenzfähig zu sein.

Maria ließ sich in den Sessel fallen und schaltete das Gerät ein. Niemand störte sie hier. Der Tobias hatte einen eigenen Computer in seinem Zimmer, und der Xaver saß nicht gern vor einem Bildschirm, er interessierte sich mehr für die praktische Arbeit. Hier oben erledigte sie die Korrespondenz mit dem Finanzamt und dem Bauernverband und was sonst noch so anfiel. Ihre neueste Errungenschaft war ein Stick für den mobilen Internet-Empfang, den sie sich gewünscht hatte, als der Xaver ihr zum Hochzeitstag im Februar wieder ein Halstuch schenken wollte. Nun konnte sie in den freien Momenten, die ihr zwischen Haushalt und der Arbeit im Stall blieben, durchs Web surfen. Dabei vergaß sie manchmal ganz die Zeit. Sie verkaufte die abgelegte Kleidung vom Tobias in einer Internetbörse, las Artikel über biologischen Landbau und Pestizidrückstände, die sie für den Xaver ausdruckte, und hatte sich im Forum der bayerischen Landfrauen angemeldet, wo Links zu den Kulturseiten der gesamten Region inklusive eines umfangreichen Veranstaltungskalenders zu finden waren.

Das Laptop summte gleichförmig. Es dauerte stets eine Weile, bis alle Programme hochgefahren waren. Maria schloss für einen Moment die Augen. Sie war entsetzlich müde. Ihre Gedanken zerfaserten. Die Aufregung des Tages hatte die Übelkeit wieder aufleben lassen. Sie kam in Wellen, ihr ganzer Leib krampfte sich zusammen, so als wollte er das kleine Leben am liebsten wieder loswerden.

Vielleicht bin ich doch zu alt, dachte sie flüchtig und haderte mit sich selbst wegen ihrer geringen Widerstandsfähigkeit. In ihrer Kehle saß ein Schluchzen. Vor ihrem geistigen Auge huschte das Lächeln vom Herrn Sperling vorbei.

Es gab da nämlich eine Kleinigkeit, die sie für sich behalten hatte. Ein paar Tage vor seinem Tod war der junge Mann auf dem Hof aufgekreuzt, um nach Monika Schwalbe zu suchen, die zum verabredeten Zeitpunkt nicht auf dem Acker erschienen war. Auf dem Hof hatte er sie natürlich auch nicht angetroffen, aber stattdessen war er Maria begegnet, die gerade im Garten die Wäsche abnahm. Sie hatten ein Weilchen geplaudert. Er hatte ihr den Wäschekorb ins Haus getragen, und sie hatte ihn ein Stück von ihrem frisch gebackenen Strudel kosten lassen. Der Xaver wusste nichts davon, und zwei oder drei Tage lang hatte sie so ein warmes Gefühl in sich getragen, wie kleine Geheimnisse es manchmal mit sich brachten. Der Xaver trieb sich ja pausenlos mit der Monika herum, warum also sollte sie nicht mit dem Herrn Sperling plaudern und einen Kaffee trinken? Vielleicht hatte sie sich ein wenig in ihn verguckt, in sein jungenhaftes Lächeln und seine blitzenden Augen. Und es war ja auch völlig harmlos und ohne Bedeutung gewesen. Und jetzt, wo der Patrick tot war, machte es auch gar keinen Sinn mehr, davon zu erzählen.

»Ich bin doch wirklich eine blöde Kuh«, murmelte sie leise.

Auf dem Computer war inzwischen der Bildschirmschoner aufgeflackert, ein goldrauschender Sonnenuntergang am Meer. Maria war noch nie am Meer gewesen. Mit dem Handrücken wischte sie sich eine Träne weg. Sie hätte der Mutter vom Patrick gern einen Brief geschrieben, traute sich aber nicht, Monika Schwalbe um die Adresse zu bitten.

»Was für ein Elend!«, seufzte sie und klickte die Netzverbindung an. Der Sonnenuntergang verschwand.

Bislang hatte sie das Gerenne um den Meteoriten herzlich wenig interessiert. Sie wusste nicht einmal genau, was ein Meteorit war, und weder der Xaver noch die Monika hatten es für nötig befunden, es ihr zu erklären. Sie gab das Wort in die Suchmaschine ein.

»Ein Meteorit ist ein Festkörper kosmischen Ursprungs, der die Atmosphäre durchquert und den Erdboden erreicht hat.«

Diese Kommissarin aus Traunstein schien nicht dumm zu sein. Sie hatte einen sehr durchdringenden Blick, wirkte nur manchmal etwas zerstreut. Ihr dünner Assistent mit der Brille war bestimmt eine fleißige Ameise. Die bestürzten Gesichter vom Xaver und von der Monika. Ob wirklich ein Wagen den beiden gefolgt war, als sie nach München fuhren? Vielleicht bildete die Monika sich das nur ein. Die Leute vom Geologischen Institut nahmen sich sehr wichtig. Aber für wen sonst könnte der Meteorit so eine Bedeutung haben, dass er nicht einmal vor einem Mord zurückschreckte?

Maria legte den Kopf ein wenig schräg. Ihre Denkerhaltung, wie der Tobias es nannte, der ein aufmerksamerer Beobachter war als ihr Mann. Die Monika hatte den Meteoriten auch mal als Kometen bezeichnet. Marias Finger klimperten auf dem Tastenbord. »Ein Komet ist ein kleiner Himmelskörper, der von einer nebeligen Hülle umgeben ist, der sogenannten Koma. Das auffälligste Kennzeichen ist jedoch der Schweif.«

Es folgten detaillierte astronomische und physikalische Angaben, die sie rasch überflog. Im letzten Absatz wurde es wieder interessanter: »In der Antike und im Mittelalter wurden Kometen oft als Boten des Unglücks angesehen.«

Sie schaute aus dem Fenster. Der Tobias spielte in der Auffahrt mit seinem Fußball. Trat ihn immer wieder gegen das Holzgatter. In der Ferne wetterleuchtete es. Da war doch noch etwas anderes, ganz weit hinten in einem Winkel ihres Kopfes, schon fast vergessen. Irgendein Wortspiel, das sie nicht mehr zusammenbekam.

»Unglücksbote«, murmelte sie. »Oder ein Geschenk des Himmels. Ein Schatz, nach dem sie alle suchen. Durch die Fügung eines Blitzes …«

Wer hatte das gesagt? Vielleicht der Patrick, während er den Strudel aß?

»Wenn ich mich nur erinnern könnte!« Aber ihr Kopf war wie vernagelt.

Von unten schlug sechsmal die Küchenuhr. Maria seufzte. Die Kühe warteten aufs Futter, und danach warteten der Xaver und der Tobias aufs Abendbrot. Die Übelkeit war fast verschwunden. Und je früher sie mit der Hausarbeit fertig war, desto eher würde sie wieder ein halbes Stündchen Ruhe finden. Alles in allem war die Kommissarin nicht sehr überzeugend gewesen. Drei Weißwürste hatte sie verzehrt und den ganzen Radi. Aber ihre Fragen waren sehr allgemein und oberflächlich geblieben, so als würde sie noch im Dunkeln stochern.

# 5

Der Aschenbecher quoll über vor Kippen. Ihre Zungenspitze spielte an der Unterlippe. Sie steckte sich ein Bonbon in den Mund, um nicht schon wieder zu rauchen. Vor sich sah sie immer noch das Blut, dick war es aus dem Schädel des jungen Mannes getropft. Sonderbarerweise hatte ihr das nichts ausgemacht, obwohl es doch Menschenblut war.

»Menschenblut«, sagte sie zum dritten Mal.

Es war ganz grau gewesen im Mondlicht. Aber selbst wenn der helle Tag es rot gemacht hätte, hätte es sie nicht geschreckt. Ganz unbeteiligt hatte sie zugeschaut und sich hinterher eine Zigarette angezündet. Vor Blut hatte sie sich noch niemals geekelt. Es hatte sie immer erregt. Sie mochte den Geruch, so wie sie auch den Geruch von Feuer und verkohlendem Holz mochte und den Geschmack von bitteren Kräutern. Sie hatte viel probiert im Leben. Wer schwankend war, den ließ es fallen. Wer sich fürchtete, den brachte es um.

Nun griffen die Krallen doch nach den Zigaretten. »Der Einzelne ist nichts, die Gruppe ist alles …«

Dieser ganze Schmarrn! Seit dreizehn Jahren war sie dabei. War eine der Ersten gewesen. Hatte alles gegeben, alles getan. Ihre kostbare Lebenszeit verschwendet für das Seelenheil der Gemeinschaft und für *ihn*.

»Hohepriester!«, stieß sie böse hervor. »Wie blöd bin ich eigentlich gewesen?«

Als sie ihn kennenlernte, war sie jung gewesen. Immer auf der Suche nach dem nächsten Kick. Hatte keine Wurzeln geschlagen, keine Familie gegründet, kein Apfelbäumchen gepflanzt. Da war das wie ein weiteres Abenteuer gewesen. Ein Kelch, aus dem sie trinken durfte, angefüllt mit süßer Bedeutsamkeit. Die Einweihung, die Prüfungen. Und er, der große Meister, die verborgene Eminenz mit dem ausdruckslosen Beamtengesicht, der ein Funkeln in den Augen hatte, dem sie nicht gewachsen war. Er konnte seine Worte so gut setzen, dass es keinen Widerspruch gab. Die Menschen waren Marionetten, und er war der große Puppenspieler, der die Fäden hielt.

Sie warf die Kippe aus dem Fenster. Um Macht ging es, nichts anderes. Der Rest war Dekoration. Die Feiern, Rituale, das Gefühl von Gemeinschaft und Stärke. Die Dummheit der Menge war sein Kapital. Die ersten Jahre mit ihm waren wirklich großartig gewesen, wie ein endloser Rausch. Sie waren viel gereist. Er hatte Seminare gehalten, seine Ideen verbreitet. Sich die Taschen mit Geld gefüllt. Und sie stets an seiner Seite. Dann war er sesshaft geworden und hatte die Gruppe um sich geschart. Und sie war plötzlich nicht mehr gut genug gewesen, war immer mehr an den Rand geraten. Er hatte sie fallen lassen, behandelte sie wie Dreck. Zwang sie, in diesem abgelegenen Kaff zu leben, aus irgendwelchen nicht nachvollziehbaren Gründen. Wahrscheinlich nur, um sie spüren zu lassen, wie bedeutungslos sie war.

Gar nichts war ihr geblieben. Keine Familie und kein Apfelbäumchen. Nichts, was ihr gehörte. Nicht einmal seine Aufmerksamkeit. Sie war gerade noch gut genug, die Drecksarbeit zu übernehmen, die Kastanien aus dem Feuer zu holen und den Kopf hinzuhalten, wenn es brenzlig wurde.

Sie griff bereits nach dem nächsten Glimmstängel. »Du vergisst, wie viel ich für dich getan habe«, knirschte sie. »Wenn man mich erwischt, werde ich nicht allein hochgehen! Du solltest besser Angst vor mir haben, statt mich schlecht zu behandeln.«

Sie starrte auf das Labyrinth an der Wand, das ihr plötzlich Angst machte.

»Oder bin ich diejenige, die sich fürchten muss?«

## 6

Sechs Tage später, nachdem alle rechtsmedizinischen Untersuchungen abgeschlossen waren, wurde Patrick Sperling in München beigesetzt. Maria war in der Früh nach Palling geradelt, um Semmeln zu holen, und schlüpfte bei der Gelegenheit noch schnell in die Kirche. Sie dachte an das bubenhafte Lächeln und zündete eine Kerze an. Danach fuhr sie heim und ging in den Gemüsegarten, um Unkraut zu zupfen, den Kopf voll mit traurigen Gedanken. Zu Mittag bereitete sie Kartoffelsalat und saure Nierchen zu, und um zwanzig vor eins stieg sie mit ihrem Sohn ins Auto, um nach Trostberg zu fahren.

Während er seine rhythmische Gymnastik machte, erledigte sie die Einkäufe, so wie immer, und machte ihren Rundgang durch die kleine Innenstadt. Die Sonne brannte, und plötzlich sah sie Sterne. Ihr wurde ganz schwindelig. Bei der Andreaskirche konnte sie nicht mehr weiter. Sie stellte ihre Tasche ab und blieb einen Moment stehen, stützte sich an die Mauer. Ihr war, als wollte ihr Kopf zerplatzen. Sie streckte die Hände unter den spärlichen Wasserstrahl des Kana-Brunnens, um den Puls ein wenig zu kühlen. Der metallene Frosch im Brunnenbecken glotzte sie an, und ganz in Gedanken ließ sie einen Finger über seinen Kopf hingleiten.

»Du armes Ding sitzt hier auch so ganz allein …«

Und in diesem Moment tauchte sie wieder auf, die Langner, ganz unvermittelt und fast an der gleichen Stelle wie eine Woche zuvor.

»Da bist du ja wieder, Maria!«, rief sie eine Spur zu freundlich.

»Ja, da bin ich wieder«, sagte Maria, die ganz plötzlich eine Gänsehaut auf den Armen bekam. »Es ist ja auch wieder Dienstag, und der Tobias hat Sportunterricht.«

»Und du vertreibst dir derweil die Zeit damit, Frösche zu streicheln, ja?« Die Therese hatte ein kleines Funkeln in den Augen. Man wusste nie, ob sie wirklich meinte, was sie sagte. »Glaubst du, er wird sich in einen Prinzen verwandeln? Oder gefällt es dir einfach, wenn sie glatt und fest sind?«

Warum musste eigentlich alles, was sie von sich gab, so anzüglich klingen? Am liebsten hätte Maria sich verdrückt. Aber dann wurde ihr schlagartig wieder übel, sie sah den Frosch plötzlich doppelt, und der Mund der Langner öffnete und schloss sich, ohne dass sie etwas hörte. Auf ihrer Netzhaut zerplatzen farbige Funken. Sie musste sich festhalten. Die Langner reichte ihr den Arm und redete ihr gut zu, beinahe mütterlich nun. Und dann war es nicht mehr möglich, einfach wieder fortzugehen wie beim letzten Mal. Die Therese wiederholte die Einladung zum Kaffeetrinken, und sie setzten sich in ein Café, das ganz versteckt in einer Seitengasse lag und wo Maria vorher noch nie gewesen war. Die Therese fühlte ihr den Puls und bestellte ihr zum Kaffee einen frisch gepressten Orangensaft.

»Ist da etwa was Kleines unterwegs, oder täusche ich mich, Maria?«

Maria errötete ein wenig, denn das hatte sie noch nicht herumerzählen wollen, aber da sie das Kind auch nicht verleugnen wollte, nickte sie notgedrungen.

»Sieht man es mir etwa schon an?« Ihr Lächeln war ein wenig blass.

»Aber Unsinn, nicht die Spur! Ich kann nur zwei und zwei zusammenzählen. Dein Mann läuft mit derart stolzgeschwellter Brust durch die Gegend! Und das letzte Mal, als wir uns trafen, bist du vor dem Schaufenster mit den Babykleidern gestanden. – Da wünsche ich dir aber alles Gute!«

Sie lächelte und drückte Marias Hand. »Und ausgerechnet jetzt habt ihr diesen Ärger am Hals. Der Komet aus eurem Feld und dieser tote junge Mann … Wenn ich dir irgendwie helfen kann, lass es mich wissen!«

Eigentlich ist sie doch ganz nett, ganz egal, was die Leute sagen, dachte Maria und entspannte sich ein wenig.

Therese Langner hatte viel zu erzählen. Sie berichtete von weiten Reisen nach Asien und Guatemala, wobei nicht ganz deutlich wurde, ob sie wirklich dort gewesen war oder ob sie die Orte aus Filmen kannte. Dann kam sie auf alternative Formen des Zusammenlebens zu sprechen, die sich im Grunde gar nicht so sehr vom Leben in den sogenannten primitiven Gesellschaften unterschieden, wo jeder seine Pflichten hatte und im Dienst an der Gruppe Erfüllung fand. Sie sprach witzig und gewandt und hatte dabei ein sehr anziehendes Glänzen in den Augen, sodass es fast unmöglich war, sich ihr zu entziehen. Fast zwanzig Minuten ließ Maria den Tobias an der Sporthalle warten, ehe sie sich erinnerte, dass es Zeit war, ihn abzuholen.

Seltsam, dachte sie, als sie später zu Hause ihre Einkäufe in die Schränke räumte. Was hat diese Person nur an sich, dass sie einen dazu bringen kann, sich für fremdartige Dinge zu interessieren und dabei völlig die Zeit zu vergessen?

# 7

Am späten Nachmittag des gleichen Tages kam Monika Schwalbe mit geröteten Augen nach Palling. Sie trug, als sie auf dem Mooshamer-Hof vorfuhr, noch den schwarzen Rock, mit dem sie auf der Beerdigung gewesen war, und ein Spaghettiträgerhemdchen in der gleichen Farbe.

»Arbeit tut mir am besten«, sagte sie, als Maria fragte, ob sie nicht besser ein paar Tage Urlaub machen wolle. »Ist Ihr Mann denn auch da, Frau Birnbaum?«

»Im Kuhstall«, sagte Maria ärgerlich. »Beim Ausmisten. Da wollen Sie doch sicher nicht hingehen mit Ihren Schuhen?«

Aber sie hatte die Schwalbe unterschätzt. Ohne Ziererei streifte sie die hochhackigen Sandalen ab und fischte aus dem Kofferraum ihres Wagens ein paar Gummistiefel, mit denen sie sonst auf dem Acker herumlief.

Xaver Birnbaum führte gerade ein ernstes Gespräch mit einem der Kälber, das nicht ordentlich fressen wollte, als die junge Doktorandin sich auf einen Heuballen setzte.

»Wie war es denn?«, fragte er vorsichtig.

»Wie soll es gewesen sein?«, erwiderte Monika Schwalbe seufzend. »Traurig natürlich. Die arme Mutter hat sich am Grab die Augen ausgeweint. Wenn ihre Verwandten sie nicht gestützt hätten, wäre sie zusammengebrochen.«

»Ich wünschte fast, dass ich diesen verdammten Kometen nie gefunden hätte«, sagte Birnbaum mit betroffener Miene. »Er bringt nur Ärger und Unglück, fast so, als würde ein Fluch darauf lasten.«

»Ein Fluch? Das ist Unsinn, Herr Birnbaum. Der Meteorit kann ja nichts dafür, dass die Menschen sich um ihn streiten. Er ist schon ein tolles Ding, trotz allem. Wir werden weiterkämpfen, nicht wahr?«

Birnbaum nickte.

»Ja, das werden wir. Und ich kann ja auch gar nicht mehr zurück. Ich habe den Acker nicht bestellen können mit all dem Gerenne, und auf meinem Konto auf der Bank sammeln sich nur Nullen. Und wenn ich daran denke, dass in ein paar Monaten das Kleine da sein wird und dass ich nicht mal das Notwendigste anschaffen kann, einen Kindersitz und eine neue Wiege … Dann könnte ich einfach nur kotzen!«

»Ja, das Leben ist schon ab und zu ein Haufen Mist«, sagte die Schwalbe und wischte sich über die Augen, wo schon wieder ein paar Tränchen rannen.

Birnbaum, der im Grunde ein weichherziger Mann war und dem die Sorgen selbst über den Kopf wuchsen, legte seinen Arm um sie und drückte sie kurz an sich. Eine freundliche und beinahe väterliche Geste, die auch vollkommen ohne Bedeutung geblieben wäre, hätte nicht ausgerechnet in diesem Moment Maria den Stall betreten, ganz leise, getrieben von der Neugier, was die Schwalbe und ihr Mann schon wieder zu besprechen hatten. Sie sah, was sie nicht hätte sehen sollen, hielt sich die Hand vor den Mund und ergriff die Flucht. Stolpernd, blind vor Tränen, rannte sie hinauf in ihre kleine Dachkammer.

Diese Monika war eine ganz falsche Ziege, mit ihren engen T-Shirts, unter denen sie den Busen wackeln ließ! Wenn sie auftauchte, rasierte sich der Xaver auch an einem Wochentag und parfümierte sich mit dem Aftershave ein, das sie ihm vorletztes Weihnachten geschenkt hatte. Wenn die Monika etwas wollte, bewegte er sich viel schneller, als wenn sie, Maria, ihn mal bat, eine Besorgung zu machen. Letztens hatte die Monika einen Rock getragen, der ihr kaum über den Allerwertesten reichte. Und sie selbst würde demnächst wie ein Walross aussehen, mit geschwollenen Beinen und schweren Hüften und mit ihren Arbeitshänden, die immer rau blieben, so oft sie sie auch eincremte.

Maria drückte sich die verarbeiteten Hände vor die Augen. »Vielleicht sollte ich einen Koffer packen und zu meiner Schwester fahren. Mir irgendwo eine Arbeit suchen und ein neues Leben beginnen. In der Papierfabrik in Trostberg würde ich bestimmt eine Anstellung bekommen. Oder als Küchenhilfe in einem Hotel in Prien oder Gstadt. Oder vielleicht sollte ich richtig weit fortgehen, vielleicht nach Rosenheim, und in einer Gaststätte bedienen …«

Bei dem Gedanken, ihren Mann und ihren Sohn und den Hof tatsächlich zu verlieren, schluchzte sie heftig auf. Dann erfasste sie plötzlich eine riesige Wut.

»Ich werde doch nicht davonlaufen und dieser dummen Schnepfe das Feld überlassen!«, rief sie erbost und schlug mit der Faust aufs Bügelbrett, dass es krachte.

## 8

Als Monika Schwalbe etwas später die Tür ihres Wagens öffnete, stand plötzlich eine ziemlich aufgelöste Frau Birnbaum neben ihr und funkelte sie mit dunklen Augen an. Ein paar Strähnen hatten sich aus ihrem Haarknoten gelöst, was ihr ein überraschend verwegenes Aussehen verlieh.

»Ja, was ist denn?«, fragte die junge Frau erstaunt.

»Hätten Sie einen Moment Zeit?« Marias Stimme klang nicht sehr freundlich, und während sie sprach, legte sie eine Hand auf die Tür des Wagens, als wäre sie durchaus bereit, die Schwalbe auch mit Nachdruck am Einsteigen zu hindern.

Monika Schwalbe war selbst nicht in bester Stimmung. Sie war müde und traurig und begann an dem Kometenprojekt und an ihrer ganzen Doktorarbeit zu zweifeln. »Was gibt es denn?«

»Etwas Persönliches. Und es ist ziemlich dringend.« In Marias Augen zuckten Blitze. Die Schwalbe nickte gehorsam.

Maria deutete hinüber zum Obstgarten, wo ihr Mann oder ihr Sohn sie nicht sehen würden.

»Ist etwas passiert?«, fragte die schöne Wissenschaftlerin mit einem unguten Gefühl, während sie, noch immer in ihren Gummistiefeln, hinter der Bäuerin herlief.

Maria blieb abrupt stehen und schaute sie geradewegs an. »Ich möchte nur verhindern, dass etwas passiert!«

Monika wischte sich langsam eine Strähne aus dem Gesicht und schaute beinahe wie ein Kind, das man für eine nicht begangene Unart bestrafen wollte. »Ich verstehe nicht, was Sie meinen, Frau Birnbaum.«

Maria ergriff das Handgelenk der jungen Frau und drückte ziemlich fest. »Der Xaver ist mein Mann, und ich möchte, dass Sie Ihre Finger von ihm lassen!«

Monika Schwalbe war so verblüfft, dass sie ihr Gegenüber mit offenem Munde anstarrte, hin- und hergerissen zwischen Empörung und Heiterkeit. »Aber Frau Birnbaum, Ihr Mann interessiert mich doch wirklich nicht die Bohne!« Mit einem Ruck befreite sie sich aus Marias Griff.

»Das sah aber eben ganz anders aus!«

»Wie bitte?«

»Vorhin im Kuhstall, wo Sie sich von ihm haben umarmen lassen!«

»Aber … Nun reicht es aber!« Allmählich wurde auch die Monika sauer und blitzte zurück. »Was sollte ich denn mit Ihrem Mann anfangen? Der ist doch so alt, dass er mein Vater sein könnte!«

»So alt ist er auch wieder nicht!«, rief Maria empört. »Der Xaver ist ein attraktiver Mann, und wenn er am Sonntag seinen Staat trägt, schaut sich mehr als nur eine nach ihm um!«

Monika Schwalbe konnte nicht mehr an sich halten. Sie begann zu lachen, prustete beinahe, und stützte sich am Stamm eines Apfelbaums.

»Was ist denn nun so komisch?«, fragte Maria verärgert.

»Sie sind ja eifersüchtig wie ein Schulmädchen, Frau Birnbaum!« Monika wischte sich ein paar Lachtränen aus den Augen. »Wer hätte das gedacht? Und wenn Sie wütend sind, muss man ja richtig Angst vor Ihnen haben!«

Maria schwieg indigniert. Es stimmte, sie hatte sich ein wenig gehen lassen.

»Ich schwöre Ihnen, dass ich nichts von Ihrem Mann will«, wiederholte die Schwalbe, um einen ernsthaften Gesichtsausdruck bemüht.

»Wirklich?«, fragte Maria erleichtert.

»Wirklich. Ich bin doch nicht hier, um mit ihm anzubändeln. Es geht mir nur um den Kometen. Der ist sehr wichtig für mich. Für meine Doktorarbeit, für meine Zukunft. Und vorhin war ich so traurig, wegen dem Patrick …«

Maria erinnerte sich an den traurigen Anlass für Monika Schwalbes Besuch und schämte sich ein wenig für ihren Ausbruch. »Der Xaver hat wohl recht. Die Hormone machen mich manchmal unzurechnungsfähig«, murmelte sie.

»Wollen wir uns nicht lieber vertragen, ja? Es ist doch eh schon alles schwierig genug.« Monika schaute sie bittend an.

»Von mir aus«, sagte Maria und streckte ihr die Hand hin. »Und wir können uns auch gerne mit Du anreden, wenn Sie mögen. Ich heiße Maria.«

»Monika«, sagte die Monika und schlug ein.

## 9

Zur gleichen Zeit saß in der Traunsteiner Polizeiinspektion Kommissarin Wintersruh noch an ihrem Schreibtisch. Ihre Miene wirkte leidend, vielleicht auch gelangweilt. Zusammen mit ihrem Assistenten war sie in München gewesen, um an der Beerdigung des Ermordeten teilzunehmen. Fast der ganze Tag war dafür draufgegangen. Der Erfahrung nach war es nicht ungewöhnlich, dass sich ein Täter, getrieben von Neugier oder Reue, auf dem Friedhof blicken ließ. In diesem Falle aber schien der Täter sich eine solche Dummheit verkniffen zu haben, denn weit und breit war kein Verdächtiger aufgetaucht.

»War doch ohnehin klar, dass das zu nichts führt«, sagte Bichler, der ewige Besserwisser. »Sie machen ein Gesicht wie drei Tage Regenwetter! Dabei waren wir uns doch einig, dass ein persönliches Motiv aller Wahrscheinlichkeit nach ausscheidet. Und ein Täter, der es lediglich auf Beute abgesehen hatte, wird kaum zur Beisetzung eines Zufallsopfers kommen. Das interessiert ihn doch gar nicht.«

»Ja, klar«, brummte die Kommissarin. »Beziehungstaten sind ein Klacks. Da entdeckt man das Ende eines Fädchens im Leben des Opfers, und wenn man dieses Fädchen nur sorgfältig genug aufwickelt, landet man irgendwann bei der Sofadecke des Mörders. Man schaltet einen Psychologen ein, der seine Persönlichkeit karikiert, und ist am Ende bass erstaunt, wie zutreffend die bedeutenden Eckpunkte seines Charakters und auch viele kleine Macken getroffen sind.«

»Wir hingegen müssen ganz allein sehen, wie wir uns durchwurschteln.« Bichler blickte über seine Goldrandbrille. »Unser Täter hinterlässt keine Fingerabdrücke, und alle Fädchen, die wir irgendwo auflesen, führen ins Leere.«

Die Kommissarin blickte aus dem Fenster, das auf eine kurz geschorene Wiese hinausging, die ganz gelb und trocken in der nicht enden wollenden Frühsommerhitze lag. »Immerhin hat uns der Ausflug Gelegenheit gegeben, mal wieder Großstadtluft zu atmen und in einem anständigen Biergarten zu rasten.«

»Dass Sie Heimweh haben, ist kein Geheimnis.«

Die Kommissarin hob die Schultern. »Die Mutter von dem toten Sperling ist es, die mir am meisten im Magen liegt. Dreimal täglich ruft sie an, um nach dem Stand der Dinge zu fragen. Und das wird bestimmt so weitergehen.«

»Natürlich wird das so weitergehen. Sie hätten ihr heute früh am Grab eben nicht in die Hand versprechen dürfen, dass wir den Mörder finden werden. Sie sind manchmal viel zu rührselig, Chefin.«

»Ja, da habe ich mich wohl hinreißen lassen«, gestand Helga Wintersruh seufzend ein.

Bichler bohrte weiter in der Wunde. »Schlimm vor allem, da wir dieses Versprechen wahrscheinlich nicht so schnell werden einlösen können. Das Einzige, worauf wir uns im Moment stützen können, sind diese haltlosen Verdächtigungen gegenüber irgendwelchen feindlichen Wissenschaftlern. Da haben sich die Leute vom Geologischen Institut wirklich einen Blödsinn zusammengereimt.«

»Immerhin ist dieser Komet schon ein ganz besonderes Ding …« Die Kommissarin hatte die Lider halb geschlossen und blickte ins Leere, sicheres Anzeichen, dass ein kleines Brainstorming bevorstand. »Wenn wir der Frau Schwalbe und ihrem Professor glauben können, ist er mindestens so einmalig wie die Mona Lisa. Denk doch mal an die Kunstdiebstähle auf Bestellung: Da sitzt irgendwo ein Mensch mit einem Haufen Geld und hat den verrückten Einfall, unbedingt einen echten Da Vinci besitzen zu müssen. Und wenn die Bezahlung stimmt, findet er auch jemanden, der das Wagnis auf sich nimmt und in den Louvre einsteigt.«

»Sie glauben doch nicht wirklich, dass wir es mit einem bestellten Raubversuch zur privaten Erbauung eines exzentrischen Spinners zu tun haben?«

»Warum nicht? Was ist mit dieser Aussage von der Frau Schwalbe, dass ihnen ein silberner Wagen gefolgt ist?«

»Aber das ist doch völlig aus der Luft gegriffen! Das hat ja nicht mal der Birnbaum bestätigen können. Die Frau Schwalbe sieht Gespenster. Und wenn da ein Wagen war, dann war das sicher so ein Zeitungshansel, der geglaubt hat, auf diese Weise Neuigkeiten herauszufinden.«

»Glaube ich nicht. Der hätte das Gespräch mit der Frau Schwalbe oder dem Herrn Birnbaum gesucht, um ihnen was aus der Nase zu ziehen.«

»Aber das sind doch alles Schüsse ins Blaue! Im Grunde haben wir weniger als nichts, und auch Ihre Intuition wird uns nicht retten.«

»Sie sind viel zu pessimistisch, Bichler«, sagte die Kommissarin träge. »Davon bekommt man Magengeschwüre. Das ist medizinisch erwiesen. Und die Lebenszeit verkürzt sich um drei Jahre. Mindestens.«

Bichler seufzte leise. »Gut, Chefin, ich habe verstanden. Wenn Sie unbedingt die Mafia am Werk sehen wollen, will ich Ihnen das Spiel nicht verderben. Es ist nur leider völlig aussichtslos, den Wagen zu finden, da die Frau Schwalbe sich weder die Nummer noch die Marke gemerkt hat. Ein silberner Wagen! Etwa die Hälfte aller neu zugelassenen Wagen in Deutschland ist im weitesten Sinne silberfarben, wenn ich richtig informiert bin.«

»Sie schaffen das schon, Bichler!«

Kommissarin Wintersruh streckte sich und gähnte. Dann klingelte das Telefon, und schon bevor sie abgehoben hatte, wusste sie, dass es wieder die Mutter vom Patrick Sperling sein würde, mit ihrer verweinten Stimme, die ihr für den Rest des Abends Depressionen bescheren würde.

# 10

Die Flasche Bordeaux auf dem Tisch war bereits zur Hälfte geleert. Wie Blut funkelte das dunkle Rot im Kerzenlicht. Das Fenster stand weit offen, der Mond groß und rund wie eine silberne Schale. Bei Vollmond konnte sie niemals schlafen. Ihre linke Hand näherte sich der Kerzenflamme.

»Nur wer sich selbst überwindet ...«, flüsterte sie mit Schweiß auf der Stirn.

In ihrer Handfläche zischte es. Erst dann zuckte sie zurück.

»Den Hebel ansetzen, wo er am wirkungsvollsten ist. Dort, wo er am meisten schmerzt.«

In ihrer Hand pochte es nun. Morgen würde sich die Haut dort abzulösen beginnen.

»Abtötung ...«, flüsterte sie.

Schmerzen ertragen. Stärke beweisen. Sie hatte viel gelernt. Dann schenkte sie sich das Glas wieder voll, presste die schmerzende Hand fest gegen das kühle Glas.

Maria war der Schlüssel. Über Maria führte der Weg zu dem Kometen. Und sie erwartete ein Kind. Ihre größte Schwachstelle. Ihre Achillesferse. Angst musste es sein. Angst machte dumm. Und vertrauensselig. Die Nadeln dorthin stechen, wo die Nerven zuckten. In die Schläfen, hinter die pochende Stirn, ins furchtsame Herz. Um dieses kleine Würmchen zu schützen, würde die dumme Kuh sicher alles tun. Auch hinter dem Rücken ihres Mannes. Ganz bestimmt sogar.

»Ich muss nur einmal an sie herankommen. Sie richtig in die Finger kriegen und ihr ein paar Dinge ins beschränkte Hirn reinstopfen, bis sie zittert und heult und so weich wie Knetmasse wird ...«

Sie drückte die Fernbedienung des CD-Players. Das Alphorn begann zu dröhnen, ganz aus der Tiefe, wie Atemzüge aus dem Maul eines vorzeitlichen Ungeheuers. Eulenschreie, die von den kahlen Wänden ihrer Stube widerhallten.

»Dort, wo es am meisten schmerzt!«, sagte sie mit leichtem Lallen und bohrte sich die eigenen Krallen so fest in die verletzte Hand, dass tiefe rote Male auf der verbrannten Haut entstanden. Dann trank sie das Glas in einem Zug leer.

## 11

Das Gewitter kam nicht näher. Es schien über dem Chiemsee festzuhängen. Die Luft war unerträglich schwül. Seit Stunden wälzte Maria sich zwischen den schweißnassen Laken, halb wach, halb schlafend, gejagt von Träumen, die sie erschaudern ließen. Neben ihr schnarchte ihr Mann ganz ruhig vor sich hin, ein formloses Bündel unter der Bettdecke, die er trotz der Hitze bis zu den Ohren hochgezogen hatte.

Geräuschlos glitt Maria aus dem Bett und trat barfuß ans Fenster. Ihre Pantoffeln klapperten immer, und sie wollte Xaver nicht wecken. Die Fensterflügel waren nur angelehnt. Sie hatte das Gefühl zu ersticken und schob sie auf. Die Scharniere quietschten leise. Draußen regte sich kein Lüftchen, selbst die Blätter der kleinen Pappel neben der Auffahrt verharrten völlig reglos. Nur das Grummeln in der Ferne dauerte an. Der runde Mond versteckte sich hinter einer Wolke.

Plötzlich schrie eine Eule. Maria zuckte zusammen. Das Geräusch war so nahe gewesen, als säße der Vogel direkt über ihr. Der Xaver schlief wirklich den Schlaf des Gerechten, er hatte sich nicht einmal geregt. Ihr aber klopfte das Herz bis zum Hals, und mit einem Mal erinnerte sie sich an den Traum, der sie geweckt hatte.

Auch in ihrem Traum hatte eine Eule geschrien, und eine kalte Hand hatte sich um ihr Herz gelegt und es immer weiter zusammengedrückt, bis sie kaum noch atmen konnte. Durch die Luft streiften schwarze Schatten, vielleicht waren es Fledermäuse, und eine davon verfing sich in ihrem Haar. Spitze, kleine Zähne bleckten. In den Krallen trug der nächtliche Jäger ein totes Küken, dem Blut aus der Kehle tropfte.

»Was für ein Unsinn. Fledermäuse fangen doch gar keine Küken«, flüsterte Maria.

Ein Schauer lief ihr über den Rücken, und plötzlich war sie nicht mehr so sicher, ob sie wirklich wach war und am Fenster ihres Schlafzimmers stand. Vielleicht träumte sie immer noch. Vielleicht war auch das dunkle Bündel dort auf dem Bett gar nicht ihr Mann, sondern unter der Decke verbarg sich ein großer Bär oder vielleicht …

»Der Teufel!«, schrie sie und griff sich ans Herz.

In diesem Moment schreckte sie erneut aus dem Schlaf und rang nach Luft. Mit zitternden Fingern suchte sie nach dem Schalter der kleinen Lampe auf dem Nachtkästchen.

Xaver Birnbaum war hochgefahren. »Was ist denn?«, fragte er mit rauer Stimme.

»Ein Traum. Ein ganz furchtbarer Traum ...«, flüsterte Maria.

»Komm her und mach das Licht wieder aus«, brummte er.

Sie schmiegte sich in seine Arme. Er begann schon wieder zu schnarchen. Das Fenster stand weit offen. Über den Tannen blitzte es nun. Eine Eule schrie. Sie war auf der Jagd.

Es hielt Maria nicht mehr im Bett. Sie würde ohnehin keine Ruhe finden. Ganz leise stand sie auf, nahm ihren Morgenmantel von der Stuhllehne, schlüpfte hinaus in den Flur und schlich sich die Treppe hinauf in das kleine Zimmer mit der Orchidee. Sie machte Licht, schaltete den PC ein und öffnete das Kästchen, in dem sie Glückwunschkarten und Briefumschläge aufbewahrte.

»Wenn man im Dunklen fischt, muss man viele Netze auswerfen ...«

Ihre Großmutter, die gestorben war, als Maria vierzehn war, hatte für jede Gelegenheit ein Sprüchlein parat gehabt, und die meisten davon waren gar nicht dumm gewesen. Viele Netze brauchte es. Die verlorenen Wortspielereien, die irgendwo in ihrem Hinterkopf schliefen, waren erwacht. Ganz plötzlich hatte sie sich erinnert.

»Himmlische Fügung eines Blitzes ...«

Ihre Zähne klapperten leicht. In dem Kästchen lag auch der Artikel aus der Traunsteiner Morgenpost über den Fund des Kometen. Der Xaver hatte ihn fortwerfen wollen, sie aber hatte ihn sorgsam ausgeschnitten. Wort für Wort las sie ihn nun noch einmal. »Ein Haufen übereifriger Forscher und anderer Verrückter auf der Suche nach ihrem persönlichen Heiligen Gral, den sie, Dank der himmlischen Fügung eines Blitzes, nun auf dem Acker des braven Landmanns Xaver Birnbaum entdeckt zu haben glauben ...«

Das war es, was ihr seit Tagen im Kopf herumspukte: Die himmlische Fügung. Und der Komet war kein Unglücksbote, sondern der Heilige Gral.

Maria zog sich den Morgenmantel vor der Brust zusammen. Wie

kam dieser Reporter dazu, so einen hanebüchenen Unsinn zu schreiben? Waren das alles nur Luftblasen? Und was sollte das eigentlich bedeuten: Ein Haufen Forscher und anderer Verrückter ... Wer war damit gemeint? Die Neugierigen aus Palling? Die Zaungäste, die sich eingefunden hatten und das Treiben auf dem Acker belächelten oder mit launigen Sprüchen kommentierten?

»Wahrscheinlich auch eine Luftblase«, murmelte sie. »Vielleicht wollte der Depp einfach nur mit Dreck werfen und sich wichtigmachen.«

Aber wenn er dabei zufällig ins Schwarze getroffen hatte? Oder zumindest in die richtige Richtung?

Auf Zehenspitzen ging Maria nach unten in die Küche und brühte sich einen Kamillentee auf. Wieder in dem kleinen Zimmer, legte sie sich eine Decke um die Schultern und zog die Füße im Sessel hoch. Vorsichtig pustete sie in die Tasse, um den heißen Sud ein wenig abzukühlen. Der frühe Morgen wurde nun doch frisch. Dann klickte sie die Seite der bayerischen Landfrauen an, wo es einen Chatroom gab, der zeitweise recht lebhaft frequentiert war. Die Wally aus Altötting saß um die Zeit auch schon an ihrem PC, weil sie wegen dem Mond nicht schlafen konnte. Bald war Fronleichnam. Die Wally war im kirchlichen Organisationsteam für die Prozession ihrer Gemeinde und suchte noch freiwillige Helfer. Dann fragte sie nach einem Rezept für Wildkaninchen auf Jägerart, und Maria begann die Plauderei zu langweilen.

»Ich habe etwas zu verkaufen«, schrieb sie stattdessen. »Kannst du mir vielleicht einen Rat geben?«

»Hängt davon ab. Sachen von deinem Sohn?«

Maria überlegte einen Moment, bevor sie antwortete. »Eine Art Reliquie. Etwas Außergewöhnliches.«

»Eine Reliquie? Von welchem Heiligen? Oder willst du mich veralbern?«

»Nicht so eine Reliquie. Ein Stein. Man könnte ihn einen Talisman nennen.«

»Da bist du bei mir an der falschen Adresse, Maria. So ein abergläubisches Zeug, das solltest du bei uns nicht loszuwerden versuchen!«

Mist, dachte Maria. Das war ja klar gewesen. Ausgerechnet die

Wally um Rat zu fragen, die alte Spinatwachtel, war auch mehr als dumm.

Als sie die Seite der Landfrauen gerade schließen wollte, kam doch noch eine Antwort, nicht von der Wally freilich, sondern von der Hanna, die sich zugeschaltet hatte: »Versuch es auf einer Esoterik-Seite. Da gibt es Online-Shops, bei denen werden solche Sachen gehandelt. Viel Glück!«

»Esoterik«, murmelte Maria und stützte ihr Kinn auf die Hände, »noch so ein Schmarrn. Was hat denn der Meteorit mit Esoterik zu tun?«

Sie studierte ein weiteres Mal den Zeitungsausschnitt. Das Foto, das den Bericht begleitete, zeigte einen Teil des Weizenackers. Im Vordergrund war die Grube zu erkennen, in welcher der Meteorit lag. Ein Grüppchen Menschen, unter denen der blonde Schopf der Schwalbe hervorstach, beugte sich bedeutungsvoll über ihn. Im Hintergrund war der Waldrand zu sehen und davor eine Reihe Autos sowie eine lang gezogene Gruppe Schaulustiger, die am Feldrain stehen geblieben war. Leute aus Palling wahrscheinlich, oder von den umliegenden Höfen.

»Die Dicke da, das könnte die Meisenbäuerin sein, das neugierige Tratschweib. Und daneben, das ist …«

Maria stutzte. »Das glaube ich ja nicht!«

Das Foto war wegen des Zeitungsrasters nicht besonders deutlich. Sie wühlte in der Schublade des Nähtisches, wo sie eine Lupe verwahrte, mit deren Hilfe sie gelegentlich den Faden in die Maschinennadel fädelte.

»Die Langner!«, rief sie erstaunt.

Da stand tatsächlich die Therese Langner, mit ihrem wallenden Haar und einem ihrer langen Röcke. Sie war auf dem Acker gewesen an jenem Tag! Extra aus Palling war sie heraufgekommen, um sich das anzuschauen. Und dabei tat sie immer so ahnungslos und fragte so beiläufig, als kenne sie die Geschichte nur vom Hörensagen.

»Sehr merkwürdig«, flüsterte Maria und betrachtete nun mit der Lupe aufmerksam jeden einzelnen der Zuschauer. Die meisten konnte sie ohne Weiteres identifizieren. Ziemlich weit am linken Bildrand war die Holzhütte zu erkennen, und daneben, halb im Schatten, stand eine weitere Gestalt, ein Mann im Anzug, wie es schien. Eigentlich sah man nur sein Gesicht, das wie ein heller Fleck beleuchtet war. Hoher Haaransatz, tief liegende Augen, ein kurzer Kinnbart. Aus Palling war der nicht. Unter dem Artikel stand der Name des Verfassers. Er hieß Fred Gartelmann.

»Mit dem muss ich sprechen, daran führt kein Weg vorbei«, beschloss Maria. »Vielleicht hat er noch mehr Bilder gemacht. Und wenn sein Spruch von den Verrückten und vom Heiligen Gral einfach Blödsinn war, werd ich ihm ordentlich was erzählen!«

Unten knarrte die Tür vom Schlafzimmer. Der Xaver ging ins Bad. Es war kurz nach sechs. Sie musste den Kaffee aufsetzen und den Tobias wecken. Ob sie die Monika um Rat bitten sollte?

»Ich könnte ihr ja ein paar Fragen stellen, so wie zufällig. Mal schauen, wie sie reagiert. Sie wird doch auch daran interessiert sein, dass der Mörder vom Patrick bald hinter Gitter kommt.«

Im Vorbeigehen schaute Maria flüchtig in den Spiegel, der neben der Tür hing, und sah die dunklen Ringe unter ihren Augen. Trotzdem fühlte sie sich besser als seit Tagen.

## 12

Am nächsten Samstag, als Maria beim Metzger die Einkaufstasche im Fahrradkorb verstaute, ließ eine schon vertraute Stimme sie zusammenfahren.

»Ja, schau her, die Maria!«

Da war sie wieder, die Langner. Allmählich wurde es wirklich auffällig. Hinter der Ecke kam sie hervor, als hätte sie dort auf der Lauer gelegen.

»Ach, du bist es, Therese … Hast du hier auf mich gewartet?«

Therese Langner lachte wegwerfend. »Aber warum sollte ich denn auf dich warten? Ich freue mich nur, dass wir uns begegnen. Palling ist ja nicht gerade München, und so hat es fast den Anschein, als würdest du mir absichtlich aus dem Weg gehen.«

»Aber nein«, sagte Maria und ärgerte sich, weil sie log, und noch mehr, weil sie so eine schlechte Lügnerin war. Natürlich ging sie der Therese aus dem Weg. Ihre plötzliche Allgegenwärtigkeit war sehr suspekt.

Ihr Lächeln war breit, aber ihre Augen waren unstet. Sie flackerten auf eine beunruhigende Weise, als wäre sie mit den Gedanken eigentlich ganz woanders, immer einen Schritt weiter, die Wirkung ihrer Worte berechnend.

Oder bilde ich mir das nur ein?, dachte Maria.

»Komm doch einmal her«, sagte die Therese und griff nach Marias Hand. »Wie geht es dir denn? Gibt dein Mann auch auf dich acht? Du bist ganz blass, ich glaube, du arbeitest zu viel.«

»Ach wo, es geht mir prima.«

»Du siehst wirklich schlecht aus!« Eine Falte erschien auf der Stirn der Rothaarigen.

Vielleicht hat sie recht, dachte Maria nun. Ich schone mich nicht genug, und der Doktor hat auch gesagt, dass …

»Was sagt denn der Doktor?«, fragte die Hexe in diesem Moment, so als könnte sie Gedanken lesen.

»Dass alles in Ordnung ist.« Maria machte Anstalten, aufs Fahrrad zu steigen.

»Und zu welchem Doktor gehst du?«

»Zum alten Gruber natürlich«, antwortete Maria. So groß war die Auswahl an Gynäkologen in der Gegend nicht.

»Ach, zum Gruber …« Das klang fast so, als halte die Therese nicht viel von ihm.

»Also ich bin zufrieden mit ihm«, sagte Maria so bestimmt, wie sie konnte. »Und damals beim Tobias ist ja auch alles gut gegangen.«

»Freilich, ich will ja auch nichts gegen den Gruber sagen. Und doch, so besonders gut schaust du nicht aus. Deine Haut ist so fahl, als würde etwas an dir zehren. Nimmst du auch genügend Vitamine? Soll ich dir einmal den Puls fühlen?«

»Mein Puls ist ganz in Ordnung, danke.« Maria brachte rasch ihre Hand in Sicherheit.

»Schon gut.« Therese sah plötzlich traurig aus. »Ich will mich nicht aufdrängen. Ich kann es halt nur nicht mit ansehen, wie schlecht es dir geht und wie man dich behandelt. Als wärst du nur eine Magd auf deinem eigenen Hof. Und dein Mann, der sollte sich schämen, ausgerechnet in dieser Zeit …«

Sie biss sich auf die Lippen, als wäre ihr gegen ihren Willen ein Geheimnis entschlüpft. Dann trat sie einen Schritt zurück, als wolle sie sich umdrehen.

»Was meinst du damit?«, fragte Maria, die ihr wie eine Fliege auf den Leim ging.

»Vielleicht sollte ich es besser nicht erwähnen, aber vorhin habe ich ihn gesehen. In Stein, im Gasthof an der Burg, mit dieser Blonden aus München. Ihr Wagen stand an der Straße, und die beiden saßen draußen und tranken Bier.«

Die Langner lächelte. Sie war eine Schlange. Maria, die wegen dem Bier, das ihr Mann mit der Monika trank, schon wieder ein Ziehen im Magen fühlte, machte sich los.

»Ich muss jetzt wirklich ganz schnell heim, Therese, der Bub wartet …«

Sie schwang sich aufs Radl und trat in die Pedale. Die Monika und der Xaver beim Biertrinken, das glaubte sie nie und nimmer. Die Monika war eine Nette, und der Xaver war so ein … beinahe hätte sie Depp gedacht. »So eine treue Seele«, murmelte sie stattdessen. »Er würde mich gewiss nicht hintergehen.«

Es ging bergauf, und Maria kam außer Atem.

»Langsam«, mahnte sie sich. »Es ist doch alles gut. Die verflixte Langner will mir nur einen Floh ins Ohr setzen. Und ich bin auch nicht blass, und der Gruber ist ein guter Arzt. Aber sie hat so eine Art an sich, so eine merkwürdige Weise, von einem Besitz zu ergreifen, dass man sich beinahe fürchten kann.«

Zu Hause wählte sie die Nummer der Traunsteiner Morgenpost. Gestern war Herr Gartelmann nicht rangegangen, und auf seinen Anrufbeantworter hatte sie nicht sprechen wollen. Heute meldete sich zumindest die Telefonistin.

»Tut mir leid, der Herr Gartelmann ist auswärts unterwegs. Worum geht es denn? Vielleicht kann ich Ihnen weiterhelfen?«

»Ach, das glaube ich nicht. Ich habe eine Frage zu einem Artikel, den er vor zwei Wochen geschrieben hat.«

»Ja, dann müssen Sie wohl warten, bis der Herr Gartelmann wieder im Haus ist. Das wird aber erst in zehn Tagen der Fall sein, denn nun ist Wochenende, und in der nächsten Woche hat der Herr Gartelmann Urlaub.«

So etwas habe ich befürchtet, dachte Maria und legte auf.

Als der Xaver vom Feld kam, um Brotzeit zu machen, gab er seiner Frau im Vorbeigehen ein Bussi, und Maria fragte rasch: »Hast du schon Bier getrunken? Du riechst wie ein Fass.«

»Ja, so ein oder zwei«, sagte der Xaver treuherzig und zuckte die Schultern. »Es hat sich so ergeben. Im Gasthof in Stein, mit der Monika und dem Professor Driftel und noch zwei von ihren Kollegen. Eigentlich wollte ich den Zaun richten an der Weide, aber sie haben mich eingeladen. Und ich dachte, bevor die wegen dem Kometen allein etwas besprechen, ist es besser, wenn ich dabei bin.«

»Ist schon recht«, sagte Maria beschämt. »Und was tut sich mit dem Kometen?«

»Nichts. Der Professor und die Monika können auch nichts anderes tun als warten. Der Tod vom Sperling liegt ihnen allen im Magen, und sie wollen nicht so pietätlos sein, gleich wieder zur Tagesordnung überzugehen. Sie lassen den Kometen noch ein paar Wochen ruhen. Unter dem Gitter ist er ja sicher. Im neuen Semester, das im Oktober anfängt, wollen sie das Projekt dann wieder aufnehmen.«

Maria nickte und legte kleine Gürkchen auf das Schinkenbrot, bevor sie ihrem Mann den Teller hinstellte. Aber was zum Teufel wollte bloß die Langner von ihr?

# 13

Ende Juni hing der Kommissarin der Pallinger Fall wirklich zum Hals heraus. Die Statistik besagte, dass ein Mord, der innerhalb der ersten vier Wochen nicht geklärt war, mit großer Wahrscheinlichkeit liegen blieb. Das wurmte sie, denn es gab nicht viele Fälle in ihrer Laufbahn, bei denen sie klein beigeben musste. Sie verbiss sich in die Vorstellung, sie könnte sich in Palling nicht mehr sehen lassen, ohne ihr Gesicht zu verlieren oder zur Zielscheibe spitzer Bemerkungen zu werden.

Bichler hatte seiner Chefin unter vier Augen bereits mehrmals gesagt, dass es sich schädlich aufs Gemüt auswirke, nach Feierabend dieses Zeug zu rauchen. Helga Wintersruh war nicht grundlos vor zwei Jahren von München in den gemächlichen Chiemgau versetzt worden, auch wenn alle Kollegen umsichtig das Wort »Strafversetzung« zu vermeiden suchten oder es zumindest nur hinter vorgehaltener Hand flüsterten.

Der Bildschirm flimmerte seit Stunden. Helga Wintersruh surfte kreuz und quer durchs Internet, mit einer Akribie, die dennoch immer zielloser schien. In den vergangenen Wochen hatte sie aufgrund der Andeutungen der Mitarbeiter des Geologischen Instituts renommierte Wissenschaftler in ganz Deutschland verdächtigen müssen, in eine Art Komplott verstrickt zu sein. Es ziele darauf, die hart umfochtene Theorie des Chiemgau-Impakts zu torpedieren und zu untergraben.

»Und statt froh zu sein, dass diese Vermutungen sich nicht bewahrheiten, sind die Münchener nun fast enttäuscht, wenn ich ihnen sage, dass allem Anschein nach weder die wissenschaftliche Opposition aus Berlin noch die aus Hamburg oder Nürnberg hinter dem Mord an dem Sperling steckt!«

»Ja, einen Feind zu verlieren schmerzt manchmal mehr als der Verlust eines Freundes«, bemerkte Bichler weise. »Diese Herrschaften rotten sich bestimmt nicht gegenseitig aus, die brauchen einander wie die Luft zum Atmen. Wenn es für eine Theorie keine Gegentheorien mehr gibt, ist sie zur Bedeutungslosigkeit verdammt. Wie eine leere Phrase, die ungehört in Raum und Zeit verhallt, sinnlos, wertlos, hoffnungslos.«

»Hören Sie auf zu nerven, Bichler. Setzen Sie lieber einen Kaffee auf.«

»Jawoll, Frau Kommissarin!« Bichler stand stramm und marschierte zur Kaffeemaschine.

Die Kommissarin seufzte. Dieses bebrillte Bürschchen war eine unerträgliche Nervensäge. Aber leider konnte sie sich ihre Assistenten nicht aussuchen, und Bichler war wohl das Kreuz, das sie zu tragen hatte. Wenigstens war er in der Lage, anständigen Kaffee zu kochen.

»Zucker und Milch?«

»Ja, wissen Sie doch. Gehen Sie zufällig noch zum Bäcker?«

»Nein, Chefin. Kein Streuselkuchen nach sechzehn Uhr.«

Helga Wintersruh seufzte und klickte zum x-ten Mal die Dateien mit den Zeugenaussagen durch. Es gab nicht viel Brauchbares. Bestätigt war inzwischen, dass der Sperling am Abend seines Todes ab etwa einundzwanzig Uhr in Palling im Gasthof gesessen hatte.

»Schweinsbraten mit Knödel und zwei Bier. Die Wirtin wusste es noch genau. Die Quittung steckte sogar noch in seiner Hosentasche, als man ihn fand. Wahrscheinlich wollte er sich die Auslagen vom Institut erstatten lassen. Beim Essen schaute er zum Fernseher, der in der Wirtsstube an der Wand hängt und wo die zweite Halbzeit vom Spiel Bayern München gegen Barcelona übertragen wurde.«

»Das ist wirklich ziemlich dürftig. Sind Sie mir böse, wenn ich mich entmutigt fühle, Chefin?«

»Ja«, sagte die Kommissarin. »Entmutigt bin ich selbst schon. Da sollte wenigstens einer im Team Zuversicht versprühen.«

»Was tun wir als Nächstes?«

»Ein weiteres Mal Klinken putzen in Palling. Noch einmal mit der Frau Schwalbe und dem Herrn Birnbaum reden. Und vielleicht auch mit der Frau Birnbaum, die immer so unscheinbar in der Ecke steht.«

»Was sollte die Frau Birnbaum uns schon sagen können?«

»Unterschätzen Sie nie die schweigsamen Frauen. Sie wissen mehr, als Sie glauben, und sehen mehr, als Ihnen lieb ist«, sprach Helga Wintersruh mit mahnend erhobenem Finger.

»Machen Sie mir keine Angst, Chefin!« Bichler grinste. »Inzwischen fühle ich mich in Palling schon ganz heimisch. Die Wirtin vom

Gasthof ist sehr liebenswürdig. Wenn ich am Nachmittag komme, muss ich jedes Mal ihre neuen Tortenkreationen probieren, und den Kaffee gibt es auch noch dazu.«

»Wahrscheinlich hofft sie, auf diese Weise den neuesten Stand der Ermittlungen zu erfahren. Sie halten aber doch Ihre Zunge im Zaum, nicht wahr?«

»Da es ohnehin keine Neuigkeiten gibt, fällt mir das nicht besonders schwer«, erwiderte Bichler gelassen. »Vielleicht sollte ich meinen Job bei der Polizei an den Nagel hängen und hauptberuflich Tortentester werden. Es wäre eine Überlegung wert. Überhaupt hat das Landleben seine guten Seiten. Die Geruhsamkeit, die vielen Wiesen und Felder, diese biederen und aufrichtigen Menschen überall ...«

Die Kommissarin lugte über ihre Lesebrille hinweg, die sie aus Eitelkeit nur selten trug. »Vergessen Sie nicht, dass in dieser trügerischen Idylle ein Mord stattgefunden hat! Die Biederkeit und Aufrichtigkeit der ländlichen Bevölkerung wird oftmals überschätzt. Die grausamsten Verbrechen geschehen meistens dort, wo man es am wenigsten vermutet. In Heustadeln wird nicht nur dem Vergnügen gefrönt, beim Fensterln hat sich schon manch einer das Genick gebrochen, und wenn einem im Kuhstall eine Axt in den Nacken fällt, wird hinterher den armen Viechern die Schuld in die Schuhe geschoben. Mähdrescher und Häckselmaschinen sind ideale Mordwaffen, und es sollen auch schon arglose Menschen mit Gift ins Jenseits befördert worden sein, das sich in einem Zwetschgendatschi oder in der Zuckerkirsche auf einer Sahnetorte versteckte.«

»Nun haben Sie mir wieder Angst gemacht, Chefin«, sagte Bichler düster und packte seine Sachen, um aufs Dorf zu fahren und die Kommissarin allein im Büro schmoren zu lassen.

## 14

Monika Schwalbe ließ sich jetzt nicht mehr ganz so häufig auf dem Mooshamer-Hof blicken. Die Euphorie der ersten Tage hatte sich nach Patrick Sperlings Tod in eine bedrückende Pflichtübung gewandelt. Zweimal in der Woche erschien sie oben auf dem Acker, um Messgeräte abzulesen und Papierrollen auszutauschen. Sie schickte keine Studenten mehr, sondern zog es vor, selbst die Strecke von München herauszufahren. Mitte Juli, als neue Hitzerekorde gemessen wurden, klopfte sie einmal an die Haustür vom Mooshamer-Hof, weil ihr Kreislauf im Keller war. Die Hitze setzte ihr zu. Sie hatte zu lange in der prallen Sonne gestanden und bat um ein Glas Limonade, bevor sie sich auf den Rückweg in die Landeshauptstadt machte.

Maria hatte gerade einen Kirschkuchen im Ofen und machte nebenbei den Abwasch. Als sie die blasse Studentin sah, wischte sie sich schnell die Hände trocken und bat sie herein. Die Monika sprach zunächst nicht viel, aber die Limonade, gefolgt von einer frischen Buttermilch, brachte wieder Farbe auf ihre Wangen. Maria, die vom Xaver wegen ihres niedrigen Blutdrucks ebenfalls dazu verdonnert worden war, an diesem Tag im Haus zu bleiben, war ganz froh, jemanden zum Plaudern zu haben. Sie setzte nach der Buttermilch eine Kanne Kaffee auf und schnitt Monika ein noch warmes Stück Kirschkuchen ab.

»Worum geht's eigentlich bei dieser ganzen Geschichte mit dem Meteoriten?«, fragte sie so nebenbei. »Der Xaver erzählt mir dies und das. Aber so ganz habe ich es immer noch nicht verstanden.«

»Es geht um eine Theorie, und zwar um den Chiemgau-Impakt«, legte die Monika aus, die sich immer freute, über ihr Doktorthema reden zu können.

»Und was ist das?«, fragte Maria wissbegierig. Wenn ein Thema sie interessierte, ließ sie so schnell nicht mehr locker. Ihre Schwester Klara neckte sie manchmal, an ihr sei doch eine Forscherin verloren gegangen, so wie Madame Curie oder Maria Sybilla Merian, und dass sie besser hätte studieren sollen, statt einen Bauern zu heiraten.

»Es geht um den Einschlag eines großen Himmelskörpers, der sich, wie der Name schon sagt, vermutlich hier im Chiemgau zugetragen hat, und zwar während der Keltenzeit«, erklärte die Schwalbe. »Die meisten Kelten rund um den Chiemsee dürften die Katastrophe damals nicht überlebt haben, und ihre Kultur verschwand.«

»Und das versucht ihr zu beweisen? Daran hängt euer Seelenheil?«

Die junge Wissenschaftlerin zuckte mit den Schultern. »Vielleicht nicht unbedingt unser Seelenheil. Aber der Geldsäckel vom Geologischen Institut hängt daran und natürlich unsere persönliche Ehre.«

Maria schaute einen Moment aus dem Fenster, in Gedanken versunken, während die Schwalbe sich den Rest von ihrem Kirschkuchen in den Mund schob.

»Kann ich dich was fragen, Monika?« Maria rückte mit ihrem Stuhl ein Stück näher heran und senkte die Stimme zu einem Flüstern: »Ich habe gelesen, dass Kometen früher bei vielen Völkern als Unglücksboten galten. Ich weiß ja, du bist davon überzeugt, die wissenschaftliche Konkurrenz hätte den Patrick auf dem Gewissen. Aber könntest du dir auch vorstellen, dass es Menschen gibt, die den Kometen an sich bringen wollen, weil sie glauben, er besitzt übernatürliche Kräfte?«

Monika Schwalbe lauschte gebannt.

»Ich habe da nämlich so eine Ahnung«, fuhr Maria fort. »Kennst du das nicht, dass etwas passiert, und du glaubst, du hast es früher schon einmal genauso erlebt? Oder dass du an einen Ort kommst, wo du noch nie gewesen bist, den du aber trotzdem wiederzuerkennen glaubst? Und dass du manche Dinge einfach weißt, ohne es erklären zu können?«

Nun musste Monika Schwalbe lächeln. »Das letzte Phänomen ist mir unbekannt. Das erste nennt man Déjà-vu. Es wird heute mit kleinen Fehlfunktionen der Synapsen im Gehirn erklärt, wodurch diese Eindrücke hervorgerufen werden.«

»Fehlfunktionen im Gehirn ...« Maria schüttelte den Kopf. »Also spinnert bin ich nicht, falls du das meinst!«

»Aber das meine ich auf keinen Fall! Hör mal, Maria, als Wissenschaftlerin überprüfe ich alle Dinge immer ganz genau, bevor ich sie glaube. Andererseits schließe ich aber auch nichts von vornherein aus, nur weil ich es nicht kenne. Vielleicht ist mein eigener Verstand nur zu begrenzt oder bewegt sich zu sehr in festen Bahnen, um alles zu verstehen. Was hast du denn für Ahnungen bezüglich des Kometen?«

»Eigentlich ist es mehr so ein komisches Gefühl. Vielleicht habe ich von der Wissenschaft eine zu hohe Meinung, als dass ich glauben könnte, ein wissenschaftlicher Neider habe den Patrick erschlagen. Ich könnte mir vorstellen, es war jemand, der den Meteoriten für mysteriöse Zwecke nutzen will, um es einmal so auszudrücken.«

»Mysteriöse Zwecke, was meinst du denn damit?«

»Also hier bei uns in Palling lebt eine Frau, die Therese Langner. Dumme Leute bezeichnen sie als Hexe. Natürlich ist sie nicht wirklich eine, aber ich glaube, sie gefällt sich in der Rolle. In Rosenheim hat sie eine normale Arbeitsstelle, Teilzeit, soweit ich weiß, in einem Reisebüro. Aber hier in Palling liest sie den Leuten aus der Hand, sagt ihnen Zaubersprüche auf und so albernes Zeug. Und ich glaube, ihre Kasse brummt nicht schlecht. Und in den letzten Wochen versucht sie immer wieder, mich abzupassen, mit mir ins Gespräch zu kommen. Sie taucht in Trostberg auf, sie taucht beim Metzger auf, und immer tut sie so, als wäre es ein Zufall. Aber das glaube ich nicht. Früher hat sie nie ein Wort mit mir geredet. Erst, seitdem der Komet da ist. Als wollte sie mich aushorchen. Sie nimmt meine Hand, um meinen Puls zu fühlen, auf so eine aufdringliche Art. Und dabei lächelt sie immer nett, sodass ich schon denke, ich bilde mir das nur ein. Und sie sagt mir, ich sehe schlecht aus, sei blass und solle sie mal besuchen. Und neulich, nicht zum ersten Mal, hat sie mir wieder ausgemalt, wie du hinter meinem Mann her bist, oder er hinter dir, und dass ihr mich hintergehen würdet …«

»Das ist ja wirklich eine Hexe!« Monika bekam rote Wangen vor Empörung. »Du glaubst das doch nicht, Maria?«

»Aber Unsinn! Nicht mehr, seit ich weiß, dass du weißt, es würde dir schlecht ergehen.« Maria lächelte dünn. »Aber ich werde halt den Eindruck nicht los, dass die Langner etwas von mir will. Und jedes Mal fragt sie nach dem Kometen. Immer so hintenherum, nie direkt, auf so eine Art, die ich nicht mag. Ob er wirklich die Uhren anhält, will sie wissen, und solche Sachen. Und ob wir ihn noch lange in Palling lassen, oder ob er bald nach München geschafft wird.«

»Sehr verdächtig«, sagte die Schwalbe, halb im Scherz. »Vielleicht solltest du die Kommissarin darüber unterrichten?«

»Bloß nicht! Der brauche ich doch nicht zu kommen mit Ahnungen und Hirngespinsten. Die denkt doch dann gleich, dass bei mir ein paar Synapsen nicht funktionieren. Nein, ich dachte eigentlich daran, der Hexe selber einmal auf den Zahn zu fühlen.«

»Meinst du wirklich? Sind solche Aufregungen nicht zu viel für dich?«, fragte Monika Schwalbe besorgt.

»Aber was denn für Aufregungen! Beim Tobias, da bin ich bis in den achten Monat auf dem Traktor gefahren und habe Kühe gemolken.«

Maria verschwieg, dass der Tobias beinahe im Kuhstall geboren worden wäre, weil sie sich von der Arbeit nicht abhalten lassen wollte und es dann fast nicht mehr ins Haus geschafft hätte. Das Licht der Welt erblickte der Bub auf dem Weg nach Trostberg im Krankenwagen, den der Xaver in höchster Aufregung herbeigerufen hatte. Den Kreissaal hatte sie überhaupt nicht zu Gesicht bekommen.

»Und was willst du tun?«

»Ich jammere der Therese ein bisschen was vor und nehme die Einladung zum Kaffeetrinken an. Dann komme ich auf den Kometen zu sprechen. Oder sie fängt von selbst davon an. Und dann merke ich ja, was sie von mir will.«

»Und du traust dieser Frau Langner wirklich zu, etwas mit dem versuchten Diebstahl und dem Mord zu tun zu haben?« Monikas Zweifel waren noch nicht ganz zerstreut.

»Ich weiß nicht recht«, sagte Maria gedehnt. »Ich will ja niemandem etwas Falsches nachsagen. Aber die Langner benimmt sich schon wirklich sehr merkwürdig in der letzten Zeit.«

»Also, wenn du meinst und wenn es wirklich ungefährlich ist …«

»Aber natürlich ist es ungefährlich. Sie ist ja keine richtige Hexe!« Kurz entschlossen holte Maria das Telefon und wählte eine Nummer, die sie auf einem kleinen Zettelchen in der Tasche ihrer Strickjacke trug.

»Hat sie mir aufgeschrieben«, flüsterte sie.

Nach mehrmaligem Klingeln wurde am anderen Ende abgenommen.

»Therese, ich bin es«, sagte sie in jämmerlichem Ton. »Ich brauch deine Hilfe!«

»Maria?«, fragte die Therese. »Was ist denn los?«

»Ich glaube, der Xaver betrügt mich mit dieser Schnepfe, mit diesem Huhn aus München, so wie du schon vermutet hast.« Sie zwinkerte der Schwalbe zu, die sich ein Lachen kaum verbeißen konnte.

Einen Moment blieb es stumm in der Leitung. Maria spitzte die Ohren. Was waren das für Geräusche im Hintergrund?

»Bist du nicht allein, Therese? Störe ich gerade?«

»Nein, Unsinn! Natürlich bin ich allein. Das Fenster steht offen, und die Nachbarin unten räumt auf ihrem Balkon herum. Komm halt morgen Mittag bei mir vorbei, dann habe ich Zeit, und wir unterhalten uns ein Weilchen.«

»Gut«, sagte Maria und schniefte noch einmal, als hätte sie geweint. »Soll ich etwas mitbringen?«

»Vielleicht ein Foto von deinem Mann. Oder eine Haarlocke. Oder sonst irgendwas, das ihm gehört.«

»Ist gut.« Maria legte auf.

Die Monika hob drohend den Finger. »Das mit dem Huhn und der Schnepfe hättest du dir sparen können!«

Maria aber schaute ganz unschuldig. »Nein, konnte ich nicht. Das hat es glaubwürdiger gemacht.«

## 15

»Therese, du machst doch keine Dummheiten?«

Sie fühlte, wie sie erst rot, dann bleich wurde. Sie lachte nervös.

»Aber Unsinn! Was für Dummheiten sollte ich machen?«

»Alleingänge. Vielleicht fühlst du dich benachteiligt. Glaubst, dass ich dich ungerecht behandele.«

»Ach wo!« Sie war froh, dass er nicht sah, wie sich die Hand, mit der sie den Hörer hielt, verkrampfte, bis die Knöchel weiß hervortraten. »Allein bin ich nichts. Die Gruppe ist alles, und nur gemeinsam sind wir stark ...«

»Ich hoffe, du vergisst das nie.«

Was wollte er denn plötzlich?

Er fuhr fort: »Wie steht es mit der Frau Birnbaum? Hältst du den Kontakt zu ihr?«

»Flüchtig. Sie weicht mir aus. Aber ich bleibe dran, verlasse dich auf mich.«

»Flüchtig, so. Und ich habe mich schon gefragt, ob sie dich vielleicht demnächst mal besucht.«

Ihr Atem ging schneller. Das konnte er doch nicht wissen! Oder ob er ihr Telefon ...?

»Ja, ich denke, dass sie gelegentlich vorbeikommen wird. Und dann werde ich ihr klarmachen, wie schädlich der Komet für sie ist und besonders für das Kind, das sie erwartet. Dann wird sie mir den Weg schon freimachen ...«

»Uns, Therese. Uns wird sie den Weg freimachen. Vergiss das nicht.«

»Wie sollte ich das vergessen«, murmelte sie.

## 16

Therese Langner wohnte in der Nähe der Apotheke, in der ersten Etage eines weißen Häuschens. Vor dessen Tür fand sich Maria am nächsten Tag kurz nach dem Mittagsglockenschlag ein. Sie schaute sich um, bevor sie den Klingelknopf drückte. Musste ja niemand sehen, dass sie die Hexe besuchte.

Ein Hauch von Kräutertee und Räucherstäbchen lag in der Luft, als die Tür sich öffnete. Therese verzog ihre Lippen zu einem aufgesetzten Lächeln, nahm Maria bei der Hand und zog sie in den Duft hinein. An der Flurdecke schwebte ein Mobile mit silbernen Sternen. An der Wand waren zwei ausgestopfte Tiere: ein Frettchen und ein Rabe, die mit starren gläsernen Augen die Besucherin musterten. An der Tür zur Küche klimperte ein Windspiel, dessen Töne in dem leisen Luftzug seltsam disharmonisch klangen.

»Schön, dass du Zeit für mich hast, Therese«, sagte Maria und versuchte, nicht auf die scharfen Zähne des Frettchens zu achten.

»Aber natürlich habe ich Zeit! Komm in die Küche, ich wollte gerade frühstücken.«

Frühstück um zwölf Uhr mittags, dachte Maria.

In der kleinen, gemütlich eingerichteten Küche hielten dunkelrote Vorhänge die Sonnenhitze ab. Marias Blick blieb an der Vergrößerung einer Fotografie hängen, die älteren Datums sein musste. Im Dämmerlicht wirkte sie stark vergilbt.

Therese Langner war darauf zu erkennen, etliche Jahre jünger natürlich, aber eindeutig die Therese. Sie trug ein langes weißes Gewand, fast wie ein Brautkleid, und um sie herum standen und saßen etwa ein halbes Dutzend Herren, alle fein gekleidet, mit dunklen Anzügen und Krawatten. Ob das die Männer waren, die man angeblich des Abends bei ihr einkehren sah? Einer von ihnen, mit einem Kinnbart und tief liegenden Augen, hatte der Therese die Hand auf die Schulter gelegt.

Maria blinzelte zweimal. Aber das war doch dieser Mensch von dem Zeitungsfoto, der oben am Acker neben der Hütte stand!

Therese Langner hatte ihrer Besucherin unterdessen einen der Küchenstühle hingerückt und nötigte sie, sich zu setzen. Auf der

Fensterbank lag ein Stapel mit Heftchen und Zeitschriften, die bedeutsame Namen wie »Mandala Rama« oder »Esoteric Age« trugen. Die meisten hatten irgendwie mit Astrologie zu tun. Eine kräftige Grünpflanze stand daneben. Beim Gießen war Wasser übergeschwappt und hatte die Hochglanzseiten der Hefte aufgeweicht. Die Sonne hatte sie dann beim Trocknen in gleichmäßige Wellen gelegt, die Maria selbstvergessen glatt zu streichen versuchte.

»Was kann ich also für dich tun, Maria?«, fragte die Hexe mit schmalen Augen.

Maria ließ den Kopf hängen wie ein Häufchen Elend. »Ich glaube, du hattest recht, Therese. Die Monika ist eine Schlange. Sie wickelt meinen Mann vollständig ein.«

»Und er lässt sich gerne einwickeln, ja? So sind sie, die Männer«, sagte die Therese mit einem träumerischen Unterton. Vielleicht dachte sie an einen eigenen Verflossenen, den sie trotz aller Zauberkräfte nicht hatte halten können.

Maria sah hinab auf ihre gefalteten Hände. »Vielleicht bin ich einfach nur dumm. Vielleicht sollte ich mich öfter mal hübsch machen für den Xaver, dann würde er mich sicher wieder anschauen.«

Die Therese goss ihr eine Tasse Kräutertee ein und betrachtete sie mit einem unangenehmen Blick. »Aber du musst dich doch nicht auf solche Dinge einlassen! Willst du dich denn selbst erniedrigen? Macht er sich etwa hübsch für dich? Ich wette, er rasiert sich nicht mal jeden Tag und ist dann kratzig wie ein Igel, wenn er zu dir kommt.«

»Ja, schon«, sagte Maria geniert. »Aber das stört mich gar nicht so sehr.«

»Willst du dich etwa in so eine Glitzerpelle zwängen oder in blöde Dessous, nur damit ihm die Augen übergehen? Es geht doch nicht an, dass der Mann dich in deinem Zustand aufregt und vernachlässigt und mit dieser Schlampe herumläuft!«

Maria seufzte nur. Therese wurde geschäftig. Sie schob das Geschirr zur Seite und zündete eine Kerze an für ihren Hokuspokus. Dann holte sie aus einer Schublade des Küchenschranks ein paar Tütchen mit Kräutern und Pulvern, die sie nacheinander in die knisternde Flamme blies. Die Rauchwolken rochen nach Wald und Moos und ein wenig nach Schwefel.

»Was ist das?«, fragte Maria misstrauisch.

Therese Langner antwortete nicht und holte ein silberfarbenes Garnknäuel hervor.

»Hast du ein Bild von deinem Mann dabei?«

Maria zögerte. Dann nestelte sie in ihrer kleinen Handtasche und holte ein altes Foto hervor, aus besseren Tagen, als der Tobias noch klein gewesen und es mit dem Hof gut gegangen war. Der Xavi thronte wie ein König auf dem alten Deutz, mit seinem schiefen Hut, unter dem das Haar noch nicht ergraut war.

Therese Langner lächelte und begann, Silberfäden rund um das Bild zu legen. »Er entgleitet dir, nicht wahr?«, fragte sie mit Schlangenstimme. »Diese Blonde ist wirklich ein Miststück, immer mit ihren knappen Röcken, die so kurz sind, dass man fast ihre Wäsche sieht. Oder trägt sie etwa gar keine Wäsche, das Luder?«

»Woher soll ich denn das wissen?«

»Meinst du, dass der Xaver es weiß?«

Maria senkte beschämt den Blick, obwohl sie der Therese für die Bemerkung am liebsten an die Gurgel gegangen wäre.

»Sei unbesorgt, Maria, ich werde noch viele Fäden schlingen. Dein Wohlergehen liegt mir sehr am Herzen.« Der Mund der Hexe war sehr rot, und ihre Stimme nahm einen unverfänglichen Plauderton an. »Was geschieht denn nun eigentlich mit diesem Stein auf eurem Acker? Weiß man schon sicher, was es ist?«

Maria gab die Arglose. »Ja, es scheint wohl so, dass es sich wirklich um einen Meteoriten handelt. Jedenfalls sagt das dieser Professor aus München, der Chef von der Monika. Ich selbst bin ja noch nicht da droben gewesen und habe ihn noch nicht mit eigenen Augen gesehen, weil der Xaver meint, die Strahlung könnte mir schaden.«

»Da muss ich deinem Mann ausnahmsweise recht geben, auch wenn er sonst ein Depp sein mag!«

»Therese!«

»Tut mir leid, Maria. Aber ein Mann, der dich so schlecht behandelt, kann in meinen Augen gar nichts anderes sein! Was jedoch den Kometen betrifft, wollte ich dir immer schon sagen, dass es gewiss nicht gut und gesund ist, ihn dort oben liegen zu lassen. Besonders für dein Kind nicht. Es könnte vielleicht Schaden nehmen.«

»Vielleicht bleibt er ja nicht mehr lange auf dem Acker«, sagte

Maria schlau und schaute die Therese scharf an. »Ich glaube, er wird bald fortgeschafft, in das Institut von der Monika.«

Die Langner klimperte nervös mit den Wimpern: »So, fortgeschafft wird er? Ja, wann denn? Womöglich schon heute?«

»Demnächst irgendwann. Ich weiß es nicht genau, darum kümmert sich der Xaver.«

»Demnächst also. Nicht dass ich dir Angst machen will, Maria. Aber an deiner Stelle würde ich darauf bestehen, dass das Ding da oben so schnell wie möglich verschwindet. Im Interesse deines Kindes. Es gibt da Berichte über Strahlen, die dem ungeborenen Leben schaden. Es hat schon Fälle gegeben, da kamen Kinder ganz entstellt zur Welt, mit verkrüppelten Gliedern oder mit einem Verstand, der zeitlebens geschädigt war.«

Maria schauderte es. Die Hexe verstand es, die Daumenschrauben anzusetzen.

»Noch einen Kräutertee?«

Ein neuer Schwall von dem grünlichen Sud, der beinahe so wie das Räucherpulver duftete, plätscherte in Marias Tasse. Maria zog die Nase kraus.

»Was ist das eigentlich für ein Tee?«

»Aus Wiesenkräutern«, sagte die Therese. »Nur gute Sachen und alles naturrein.«

»Sammelst du die Kräuter selbst?«

Therese Langner nickte, und Maria erinnerte sich, dass die Tratschweiber in der Bäckerei manchmal zu berichten wussten, sie hätten sie wieder irgendwo in den Feldern herumstreunen sehen, mit ihrem roten Haarschopf und wehenden bunten Röcken.

Das Bild vom Xaver war inzwischen von Silberfäden umschlungen wie von einem Spinnennetz. »Jetzt wird ihm die Lust vergehen, sich mit anderen rumzutreiben!«

Das rote Lächeln der Therese schien in der Luft zu schweben wie die Fata Morgana einer Kirsche. Es war sehr warm in der Küche. Die Luft war gesättigt mit dem Kräuterteearoma.

Maria wischte sich die Stirn, auf der plötzlich Schweißtröpfchen standen. »Und du meinst, das wirkt?«

»Aber sicher, verlass dich nur auf mich. Immer, wenn er eine andere anschaut, wird er nur an dich denken. Du hast sein Herz gefangen wie in einem Netz. Und was den Kometen betrifft, da solltest du nicht warten, bis die anderen handeln.«

»Wie meinst du das?«

»Jetzt bist du schon wieder ganz blass! Meinst du nicht, dass du blutarm bist? Hat der Doktor das überprüft?«

Die Hexe war hinter Maria getreten und ließ die Finger mit den rot lackierten Krallen über ihre Schläfen kreisen. Maria schloss die Augen. In ihrem Mund war immer noch ein Hauch von Moos, der im Nachgeschmack bitterer wurde. Sie war müde, ihre Lider wurden schwer. Das Gemurmel von der Therese klang beinahe wie Bienengesumm und gab ihr das Gefühl zu schweben.

»Glaube mir, das alles ist nicht gut für dich. Und ich würde dich auf keinen Fall im Stich lassen. Ich würde dir helfen, den Kometen fortzubringen.«

»Aber wohin sollte ich ihn bringen?«, fragte Maria naiv.

Die Langner zögerte. »Irgendwohin. Nur weit weg. An einen sicheren Ort, bis er wirklich in das Institut kommt. Ich kenne da genügend Plätze, wo er lagern könnte.«

»Ich glaube, das vergessen wir besser.« Maria richtete sich auf und schob die Finger der Hexe weg. »Das Ding ist ja hinter Schloss und Riegel, und den Schlüssel hat der Xaver.«

Die Therese lächelte so milde, als redete sie mit einem nicht sehr gescheiten Kind. »Aber Maria, es sollte dir doch möglich sein, an den Schlüssel heranzukommen, wenn du deinen Mann schon nicht von der Dringlichkeit der Angelegenheit überzeugen kannst. Ich habe irgendwo noch die Bilder von den geschädigten Kindern. Wie kleine Monster sehen sie aus, und alles durch unbekannte Strahlungen, ganz furchtbar! Die Zeitschrift muss noch hier liegen …«

Sie begann, unter dem Stapel von Illustrierten zu wühlen. Maria stand auf, ohne ihren Tee auszutrinken. Sie hatte es plötzlich eilig.

»Was wünscht du dir denn, dass es wird?«, fragte die Langner zum Abschied und näherte ihre Hand Marias Bauch.

»Ich glaube, der Xaver wünscht sich ein Mädl«, sagte Maria und zog rasch ihre Jacke zu, damit die Hexe sie nicht berührte.

»Wollen wir ihm einen Streich spielen und es einen Buben werden lassen?«

Maria klimperte erschrocken mit ihren dunklen Wimpern, die

noch so lang waren wie in ihrer Jugend. »Ach, mir wäre ein Mädl schon auch ganz recht!«

»Ich glaube, du solltest dir weniger Sorgen machen. Und wegen dem Kometen, da helfe ich dir, mit meinen eigenen Händen«, säuselte der rotgeschminkte Mund.

»Ich denke darüber nach.«

»Dann rufe mich bald wieder an. Du kannst auch gerne noch ein wenig bleiben. Ich mache dir noch einen Tee, ich zünde ein paar Kerzen an, ich reibe dir die Beine ein, damit du dich leichter fühlst, und den Bauch, um die Strahlen abzuhalten …«

»Lass mich vorbei, Therese. Was soll das denn? Man könnte beinahe Angst vor dir haben!«

Therese Langner, deren Mund nun aussah wie eine überreife Tomate, gab den Weg frei, und Maria schlüpfte rasch an ihr vorbei und zur Tür hinaus. Die Kirchturmuhr schlug eins, als sie das weiße Häuschen verließ – nicht ohne sich vorher umgeschaut zu haben, ob auch niemand sie beobachtete.

## 17

In den folgenden Tagen lauerte die Langner überall. Sie passte Maria beim Einkaufen ab, vor der Sporthalle in Trostberg, einmal sogar vor der Kirchentür. Ihr Lächeln zeigte viele Zähne, und immer kam sie mit den gleichen Sprüchen.

»Du siehst heute wieder schlecht aus, meine Liebe.«

»Ach ja?«, entgegnete Maria wortkarg.

»Dein Mann lässt dich bestimmt von früh bis spät arbeiten, nicht wahr?«

»Es ist halt viel zu tun auf dem Hof.« Maria wollte sich rasch verdrücken.

»Er sollte rücksichtsvoller sein! Verwöhnt er dich denn sonst wenigstens, der Xavi?«

»Wie meinst du das?«, fragte Maria unfreundlich. Sie verspürte wenig Lust, Details aus ihrem Privatleben zu erzählen. Außerdem konnte sie es nicht leiden, wenn andere Frauen ihren Mann bei seinem Kosenamen nannten.

Thereses Lächeln war vieldeutig. Mit der Zungenspitze fuhr sie sich über die Lippen. »Du weißt schon, was ich meine, Maria. Unser Liebeszauber, wirkt er denn?«

Maria errötete. Sie schätzte Zweideutigkeiten nicht sonderlich. »Ich denke, es war albern von mir zu glauben, dass er mit der Monika …«

»Vorsicht ist die Mutter der Porzellankiste!«

Maria versuchte, an der Hexe vorbeizukommen, ohne sie zu berühren. Aber die Langner war anhänglich wie eine Klette. Sie fasste sie am Ärmel und hielt sie fest. »Du hast mir noch gar nicht gesagt, wie es mit dem Nachwuchs geht. Ist alles in Ordnung? Weißt du denn schon, was es wird?«

Unwillig machte Maria sich los. Von der Ecke her schaute schon die Bäckerin, die dort mit der Frau Berggrün stand. Die beiden steckten die Köpfe zusammen.

Die Mundwinkel der Hexe zuckten. »Fragst du deinen Arzt denn nicht? Ja, bist du denn gar nicht neugierig, Maria?«

»Ich lasse mich am liebsten überraschen.«

»Also ich an deiner Stelle könnte gar nicht abwarten, alles ganz genau zu wissen!«

Du bist aber nicht an meiner Stelle, dachte Maria.

Die Stimme von der Therese war wieder weich geworden. »Aber es ist doch alles in Ordnung, nicht wahr?«

»Ein bisschen müde bin ich halt manchmal. Der Kreislauf. Das ist wohl normal, wenn man in meinem Alter noch solche Dummheiten macht.«

Die Langner kam ganz nahe, sodass Maria ihren warmen Atem am Ohr fühlte. »Das ist der Komet, der an dir zehrt. Er trägt schädliche Energien in sich, Kräfte vom Anbeginn der Zeit, Spurenelemente, die vielleicht mit dem Urknall entstanden sind und die Auswirkungen haben, die wir gar nicht kennen. Und Menschenblut klebt an ihm, das Blut dieses jungen Mannes, es ist in euren Acker gesickert …«

Maria ergriff die Flucht. Sie lief einfach davon, vorbei an der Kerbel Hanni und der Berggrün, ohne einen Gruß, mit versteinertem Gesicht. Zu Hause versuchte sie, die Monika zu erreichen, doch die war auf eine Exkursion in die Eifel gefahren, um Meteoritenkrater anzuschauen. Maria schloss sich in ihr Zimmerchen unterm Dach ein und trank Kamillentee, bis ihre Gedanken sich wieder beruhigten.

## 18

Am Freitag klingelte es an Therese Langners Tür. Es war schon spät, aber manchmal kamen die Frauen, die etwas auf dem Herzen hatten, erst gegen Mitternacht, in der Dunkelheit, wenn alle Lichter hinter den Fenstern erloschen waren.

Sie stand vom Sofa auf, wo sie vor dem laufenden Fernseher eingeschlafen war. In ihrem Kopf war ein unangenehmes Ziehen. Manchmal vertrug sie den Dunst ihres eigenen Räucherwerks nicht mehr. Ihre Stirn war von drei steilen Falten zerteilt, die sie älter aussehen ließen, als sie war. Ihr Haar stand wirr ab, ihre Augen flackerten leicht fiebrig.

Verdammter Mist, dachte sie, als sie sich im Flurspiegel sah, nahm im Vorbeigehen einen bunten Schal von der Garderobe, den sie sich rasch wie einen Turban um den Kopf wand.

Bestimmt war es die Baumbacher Gerti, die ihren eigenen Schwager in sich verliebt machen wollte. Sie war völlig verrückt nach ihm. Die Wohnungstür besaß keinen Spion, und Therese Langner öffnete ohne Argwohn.

»Guten Abend, Therese.«

Es war wie ein Schlag in den Magen.

»Mit dir hatte ich nicht gerechnet ...« Sie ärgerte sich, weil ihre Stimme zitterte. Wenn er persönlich auftauchte, bedeutete das nichts Gutes.

»Ich hatte Sehnsucht nach dir. Wir haben uns lange nicht gesehen.« Er lächelte unverbindlich. »Willst du mich nicht hereinbitten?«

»Aber natürlich«, sagte sie beflissen und trat zur Seite.

Ohne zu fragen, ging er ins Wohnzimmer und setzte sich auf das Sofa. Er kannte sich aus. Und er fragte nie um Erlaubnis. Therese blieb stehen.

»Einen Cognac? Oder lieber einen Whiskey?«

»Weder noch«, sagte er kühl. »Ein paar Antworten, wenn ich bitten darf.«

»Worum geht es denn?«, fragte sie betont harmlos. »Ich habe auch einen ausgezeichneten Beaujolais. Ich kann die Flasche gern öffnen.«

Er winkte ab, mit einer lässigen Bewegung, so als wollte er eine Fliege verscheuchen. »War das die Birnbaum, die am letzten Samstagmittag bei dir war?«

»Ja, das war sie.« Lügen durchschaute er ohnehin sofort.

»Und wann gedachtest du, mir das zu sagen?«

»Ich hätte es dich schon noch wissen lassen.«

»Vor sechs Tagen war sie hier, und bis jetzt hast du nicht versucht, mich zu erreichen. Du fängst sie vor der Kirche ab und redest auf sie ein. Du hast sie doch schon so weit, nicht wahr?«

»Ich habe versucht, sie auszuhorchen, auf sie einzuwirken. Aber das ist nicht so einfach. Sie ist so schrecklich dumm, so dickfellig …«

»Du versuchst, mich zu hintergehen, Therese.« Seine grauen Augen blickten trübe. »Ich weiß schon lange, dass du nicht mehr loyal bist. Bis jetzt habe ich ein Auge zugedrückt, im Andenken an alte Zeiten. Aber dass du wirklich versuchst, dir den Kometen hinter meinem Rücken anzueignen, geht eine Spur zu weit.«

»Ich schwöre dir, ich habe niemals …«

»Und das ist noch nicht alles. Dazu kommt dein absolut stümperhaftes Vorgehen bei diesem Sperling. Dich im vollbesetzten Gasthof zu ihm zu setzen, vor aller Augen!«

»Woher weißt du eigentlich immer so genau, was ich mache?«, fragte sie mit hasserfüllten Augen.

Die Kälte, die er ausstrahlte, war fast körperlich zu spüren. »Glaubst du wirklich, du bist die Einzige in Palling? Wir sind überall. Und ich erfahre alles. Deine Lästereien, deine Begehrlichkeiten, deine hochfahrende Art und der völlige Mangel an Respekt gegenüber der Gruppe, dessen du dich seit geraumer Zeit befleißigst.«

Sie hatte ihn schon zuschlagen sehen, mit seinen sehnigen, schmalen Händen. Der dicke Ring mit dem grünen Stein hinterließ hässliche Spuren. Was immer sie sagte, es würde nutzlos sein. Sie musste weg. Raus aus der Wohnung, und zwar sofort. Ab ins Auto und weg aus Palling, weg aus Bayern. Irgendwohin, wo er sie nicht fand. Nach Berlin, nach Hamburg, nur weit weg von hier!

»Gib dir keine Mühe«, sagte er gelangweilt, als könnte er Gedanken lesen. »Igor steht unten vor der Tür.«

»Was willst du?«, stieß sie angstvoll hervor.

»Ich brauche keine Leute, die mir in den Rücken fallen. Die versuchen, mich auszubooten, und mir durch ihre Dummheit am Ende noch die Polizei auf die Fersen hetzen.«

»Lass mich in Ruhe!«, schrie sie und blickte sich gehetzt um.

Er hatte sich erhoben, mit einer Behändigkeit, die man ihm vor wenigen Augenblicken gar nicht zugetraut hatte. Sie nahm die weiße Schale vom Tisch und schleuderte sie ihm entgegen. Das Geschirr verfehlte seinen Kopf nur knapp und zerschellte an der Wand. Die Scherben spritzten. Wie ein Blitz war er um den Tisch herum, folgte ihr in den Flur, erwischte sie am Rockzipfel. Vielleicht hätte sie schreien sollen. Vielleicht betteln und flehen. Aber sie war stumm vor Schreck, starrte ihn aus aufgerissenen Augen an.

»Bitte …«, würgte sie hervor.

Der Turban auf ihrem Kopf hatte sich gelöst. Plötzlich hatte er den Schal in seinen Händen. Rasch wie eine Schlange legte er ihn ihr um den Hals und zog mit aller Kraft zu. Die Muskeln seiner Oberarme spannten sich.

»Bitte …«, röchelte Therese noch einmal. Dann sank sie zu Boden, mit weit geöffneten Augen, die nun hervortraten wie bei einem Goldfisch.

Als sie sich nicht mehr regte, ließ er den Schal los. Strich sich die Anzugärmel glatt, fuhr sich über die Haare und sah wieder aus wie ein stiller Postbeamter oder ein ältlicher Musiklehrer. Ohne alle Hast knipste er das Flurlicht aus und verließ die Wohnung.

# 19

»Nun kommt ein Knaller, Frau Kommissarin!« Wenn Bichler, der blasse Musterschüler, zu solchen Worten griff, musste die Sache von einiger Bedeutung sein.

Helga Wintersruh mochte Montage nicht, und der Traunsteiner Alltag nach einem Wochenende in Schwabing mit alten Freunden versetzte sie in leichte Depressionen. Bichler, die unermüdliche Wühlmaus, hatte hingegen etwas Nützliches getan und sich übers Wochenende in einer Pension in Palling einquartiert – trotz der defätistischen Bemerkungen seiner Chefin über Strebertum und Übereifer. Die Pallinger kannten ihn inzwischen alle, aber Bichler, der nette Junge von nebenan, wirkte so harmlos, dass niemand ihm mehr als einen soliden Grundverstand zutraute. An den Abenden hatte er in den örtlichen Wirtschaften gespeist und sein Bier getrunken. Er zeigte sich gesprächig, gab allerlei Anekdoten über angebliche Fälle zum Besten, die er sich problemlos aus den Fingern sog, und hielt die Ohren weit offen.

»Dann packen Sie mal aus«, sagte die Kommissarin, die einen mittelschweren Kater mit sich herumschleppte und selbst nur wenig Lust verspürte, sich mit den Einheimischen rund um den Chiemsee allzu eng zu verbrüdern. Sie hatte gerade einen Kaffee der Marke Extrastark gebraut, der sein bitteres Aroma wie eine Wolke verbreitete. Es war gleich Mittag, und das Zeug musste sie ins Leben zurückholen. Sie goss sich eine Tasse ein, während ihr Assistent beinahe platzte.

»Klatsch und Tratsch sind nach wie vor unsere besten Informationsquellen!«, begann Bichler. Er hatte den Kaffee dankend abgelehnt und goss sich stattdessen ein Tütchen Ringelblumentee auf. »Ich habe noch mal alle Einzelheiten zu dem Abend, an dem der Herr Sperling in der Gaststube saß, zusammengetragen und bin dabei auf ein nicht unbedeutendes Detail gestoßen. Manchmal muss man, damit bei den Leuten der Groschen fällt, einfach nur penetrant genug sein.«

»Was Ihnen ja nicht schwerfallen dürfte«, bemerkte die Kommissarin, die Nase in der Kaffeetasse.

Bichler überhörte solche Seitenhiebe geflissentlich. Kommissarin Wintersruh war eine frustrierte Person, die man nur bedauern konnte.

»Ich habe endlich die Franzi erwischt!«

»Franzi? Wer soll das sein? Ihre neue Freundin?«

»Die Franziska Michelbauer. Es hat mich viel Feingefühl gekostet, bis die Wirtin damit herausrückte, dass an dem betreffenden Abend noch eine weitere Aushilfe gearbeitet hat, die möglicherweise auch eine Aussage machen könnte.«

»Und warum zum Teufel hat die Wirtin das nicht früher gesagt?«, regte Helga Wintersruh sich auf.

Bichler zuckte die Schultern. »Wegen der Steuer. Die Michelbauer Franzi arbeitet halt manchmal so, ohne Steuerkarte und ohne Anmeldung, und die Wirtin dachte, sie würde Ärger bekommen.«

»Mit was für einem Unsinn wir uns herumschlagen müssen! Und wegen was für selbstsüchtigen Regungen eine Mordermittlung dann ins Stocken gerät, da graust es mir!«

»Darum ist eben Diplomatie gefragt«, erwiderte Bichler belehrend. »Die Franzi hat also an jenem Abend ausgeholfen. Sie wohnt in Truchtlaching. Am Samstagabend habe ich sie aufgesucht, und das Gespräch war sehr aufschlussreich.«

»Lassen Sie sich die Würmer doch nicht so aus der Nase ziehen, Bichler! Was hat die Franzi gesagt?«

»Die Gaststube war sehr voll an dem Abend, weil viele Leute eingekehrt waren, um das Fußballspiel zu sehen. Der Herr Sperling saß da bei seinem Schweinsbraten mit Knödeln, als sich eine Dame zu ihm setzte, mit einem Glas Wein in der Hand. Sie suchte offensichtlich das Gespräch.«

Helga Wintersruh spitzte die Ohren. »Was für eine Dame war das?«

»Sie heißt Therese Langner«, sagte Bichler mit einem Tremolo in der Stimme, denn die Spur war gut. »Seit drei Jahren in Palling wohnhaft. Sie suchte wohl Anschluss. Oder vielleicht glaubte sie, der Herr Sperling suche Anschluss. Die Frau Michelbauer meinte, die Langner, das sei so eine, die lasse nichts anbrennen. Der Sperling ist dann aber aufgestanden und gegangen, sobald sein Bierglas leer war, und hat die Langner dumm dasitzen lassen.«

»Haben wir mit dieser Dame im Zuge der Befragungen bereits gesprochen?«

»Ja, haben wir. Ich erinnere mich an sie. Eine ganz aparte Erscheinung. Sie war auch ausgesprochen freundlich. Lebt alleine. Sie hat mir sogar noch einen Kaffee angeboten in ihrer Wohnung, worauf ich aus dienstlichen Gründen aber leider verzichten musste.«

Die Kommissarin grinste. »Vielleicht hätte sie Ihnen auch noch Zucker zum Kaffee angeboten.«

Bichler nickte. »Genau das habe ich auch befürchtet. Der Herr Sperling hat sie an dem Abend jedenfalls ziemlich schnell abblitzen lassen. Die Franzi Michelbauer erwähnte sogar noch, dass sie sich heimlich gefreut habe, weil die Langner, die immer allen Männern den Kopf verdrehen wolle, sitzen gelassen worden war. ›Na, Therese, kein Glück heute?‹, habe sie ihr im Vorbeigehen noch zugeraunt, und die Langner sei ganz eilig fortgelaufen, um auf ihrem Handy zu telefonieren.«

Der Kaffee tat seine Wirkung, und die grauen Zellen der Kommissarin kamen in Schwung. »Das sieht ja fast so aus, als hätte sie versucht, den Patrick Sperling zu umgarnen und in Palling festzuhalten, damit sich auf dem Acker jemand ungestört an den Meteoriten heranmachen kann.«

»Diesen Gedanken hatte ich auch, Chefin«, sagte Bichler bescheiden. »Sie konnte ja nicht wissen, dass der Sperling sich aus Damengesellschaft grundsätzlich nicht allzu viel machte und dass er auf ihre Avancen so schnell die Flucht ergreifen würde. Ich wollte die Frau Langner dann gestern noch aufsuchen, um sie erneut zu befragen. Ich habe auch mehrmals geklingelt. Es hat aber niemand geöffnet.«

»Dann werden wir es eben heute noch einmal versuchen und uns diese Frau Langner mal vornehmen«, sagte Kommissarin Wintersruh und schnappte sich den Wagenschlüssel, ehe ihr Assistent es tun konnte.

## 20

Der Journalist Fred Gartelmann schien ein viel beschäftigter Mann zu sein.

»Aber nur eine halbe Stunde«, sagte er gleich, als Maria ihn am Montag endlich erwischte. »Ich bin auf dem Sprung nach Höslwang. Dort hat ein Kalb mit zwei Köpfen das Licht der Welt erblickt. Wir können uns im Gasthaus in Stein treffen, das liegt auf meinem Weg.«

Der Gasthof in Stein war Maria recht, denn dort war die Wahrscheinlichkeit, dass sie Bekannten begegnete, nicht so groß. Wenn sie in Palling am frühen Nachmittag mit einem Fremden in der Bierstube saß, wusste es in fünf Minuten die ganze Gemeinde. Ihrem Mann sagte sie, dass sie zu Dr. Gruber müsse, zu einer Routineuntersuchung.

»Macht er einen Ultraschall?«, fragte Xaver Birnbaum ganz gespannt. »Und ob man dann schon sehen kann, was es wird?« Der Gedanke, eine kleine Linda zu bekommen, versetzte ihn noch immer in Euphorie.

»Ich glaube nicht«, lächelte Maria und gab ihm einen Schmatzer auf die stachelige Wange. »Es ist noch viel zu klein. Im nächsten Monat vielleicht.«

Sie nahm den Wagen und brauste davon, während er sich zum hundertsten Male frage, was er oben auf dem Acker noch Sinnvolles machen könnte, und ob es zu spät oder zu pietätlos sei, es vielleicht noch mit Winterkartoffeln zu versuchen.

Das Gasthaus zu Füßen der Burg Stein war um diese Zeit nur schwach besucht. Des schönen Wetters wegen hatte man Tische und Stühle nach draußen gestellt. Unter einem blau gestreiften Sonnenschirm saß ein einsamer Mann mit dunkler Brille vor einem Weißbier und schaute gelangweilt in die Gegend.

»Herr Gartelmann?«, fragte Maria. »Vielen Dank, dass Sie Zeit für mich haben.«

»Dann sind Sie die Frau Birnbaum?«

Maria nickte. Sie trug ein weit fallendes Sommerkleid, das alle sich eventuell abzeichnenden Rundungen verbarg, wie sie glaubte. Als die Bedienung kam, bestellte sie einen Kaffee.

»Was kann ich also für Sie tun, Frau Birnbaum?« Gartelmann warf einen Blick auf seine Uhr.

»Das Kalb mit den zwei Köpfen ist sehr wichtig, ja?«, fragte Maria keck.

»Es bringt mir Lohn und Brot«, sagte Gartelmann trocken und nahm die Sonnenbrille ab. Seine Haut war weißlich, er wirkte müde und so, als hätte er in seinem Leben schon bessere Zeiten gesehen.

»Dann werde ich Ihre Zeit nicht überflüssig in Anspruch nehmen und gleich zur Sache kommen.« Maria zog den Zeitungsausschnitt aus der Handtasche. »Es geht um diesen Bericht und um dieses Foto, das Sie Ende Mai auf unserem Acker gemacht haben.«

Gartelmanns gelangweilter Blick wurde plötzlich munter, ein kleiner Funke der Erkenntnis blitzte in seinen Augen. »Birnbaum, natürlich! Die Mooshamer-Bäuerin. Tut mir leid, der Name war mir glatt entfallen. Wie geht es denn in der Angelegenheit? Von dem Mord an diesem jungen Mann habe ich natürlich gehört, aber da ich zu der Zeit krank war, nahm sich ein Kollege der Sache an. Ich habe erst hinterher davon erfahren.«

»Genau deshalb bin ich hier.«

»Wegen dem Mordfall, Frau Birnbaum?« Sofort begann er nach dem kleinen Block zu suchen, den er stets in seiner Jackentasche trug.

»Bitte nicht«, sagte Maria leise und legte ihm eine Hand auf den Arm. »Ich hätte da nur ein paar Fragen.«

Er lehnte sich zurück und sah sie erwartungsvoll an.

»Der Herr Sperling war ein netter Mensch, und ich finde es ganz furchtbar, dass er dort auf unserem Acker …«, begann Maria etwas umständlich. »Und die Kommissarin aus Traunstein und ihr Assistent machen nicht wirklich den Eindruck … Kurzum, es gibt da ein paar Dinge, die mir zu denken geben.«

Sie tippte mit dem Finger auf eine Stelle im Text, die sie markiert hatte. »Was haben Sie gemeint, als Sie schrieben ›Wissenschaftler und andere Verrückte‹? War das nur so eine Phrase, oder gibt es außer den Wissenschaftlern noch jemand anderen, der sich für den Kometen interessiert?«

»Kann es sein, dass ich Sie unterschätzt habe, Frau Birnbaum?«, fragte Gartelmann mit halbem Lächeln.

»Da wären Sie nicht der Einzige«, antwortete Maria gelassen. »Und was meinten Sie mit dem ›Heiligen Gral‹? Oder war das auch nur so ein markiger Spruch?«

Gartelmann seufzte. »Das Kalb mit den zwei Köpfen kann ich wohl vergessen.«

Er winkte der Bedienung, um ein neues Bier zu bestellen. »Das ist eine längere Geschichte, Frau Birnbaum, und keine sehr angenehme. Und ich habe meine Zweifel, ob Sie sich damit wirklich belasten sollten.«

»Das lassen Sie nur meine Sorge sein!«, sagte Maria streng. »Ich kann es nicht leiden, wenn man mich wie eine dumme Landgans behandelt. Ich habe den Patrick wirklich gemocht, und mir ist sehr daran gelegen, dass der Täter hinter Gitter kommt. Es darf doch nicht sein, dass ein Mörder einfach frei herumläuft! Was würde passieren, wenn er noch einmal versucht, den Kometen zu stehlen? Und wenn sich dann zufällig jemand anders in der Nähe befindet, wird der dann auch erschlagen? Das werde ich zu verhindern wissen, Herr Gartelmann, verlassen Sie sich drauf!«

»Ich meinte auch nur, dass es keine erbaulichen Dinge sind, die Sie von mir zu hören kriegen werden. In unserem schönen Chiemgau gibt es nämlich ein paar dunkle Flecken, die niemand gern sehen will und die von gewissen Leuten immer schön in die hinterste Ecke gekehrt werden. Und dort können sie dann blühen und sich ausbreiten wie ein Schwamm.«

»Hier auf dem Foto ist jemand, den ich kenne.« Maria holte die Lupe hervor, die sie vorsichtshalber eingesteckt hatte. »Und zwar ganz da hinten, am Waldrand. Die Frau mit den langen Haaren. Das ist die Langner Therese aus Palling.«

»Ja und? Es sind doch sicher mehr Menschen aus Palling zu sehen.«

»Aber ausgerechnet die Langner!«

»Warum, was ist denn mit der?«

Maria senkte die Stimme. »Das bleibt unter uns, ja? Ich will es nicht morgen in der Zeitung lesen.« Sie hielt ihm die Hand hin und blickte ihn gerade an. Er schlug ein.

»Die Therese Langner ist so etwas wie die Hexe von Palling. Das ist natürlich ein Schmarrn. Aber ich weiß, dass mindestens zwei Dutzend Frauen aus der Gegend sich von ihr die Karten legen und aus der Hand lesen lassen. Und nun schleicht sie mir seit Wochen hinterher, versucht mich auszuhorchen. Ich glaube, sie will mir den Kometen abschwatzen.«

»Und das macht sie zur Mordverdächtigen?«

»Was haben Sie mit den ›Verrückten‹ gemeint, Herr Gartelmann? Was sind das für Leute, mit denen wir es zu tun haben?« Erneut nötigte Maria ihn, durch die Lupe zu schauen. »Dieser Mann hier auf der anderen Seite der Hütte, der so halb im Schatten steht ... Kennen Sie den?«

Gartelmann wurde noch blasser. Er betrachtete Maria Birnbaum sehr genau. »Was ist mit dem?«

»Der ist nicht aus Palling«, sagte Maria. »Ist das auch ein Journalist? Oder ist das einer von den Leuten, die Sie meinten?«

Gartelmann schwieg. Die Hand mit dem Bierglas zitterte plötzlich.

»Vor acht Tagen bin ich bei Therese Langner gewesen«, fuhr Maria fort. »Unter einem Vorwand natürlich.«

»Was für ein Vorwand?«

»Wegen einem Liebeszauber ...« Sie räusperte sich leise. »Ich musste ja irgendwie mit ihr ins Gespräch kommen, um herauszufinden, was sie eigentlich will. Und bei ihr in der Küche hängt ein Bild an der Wand. Eine Fotografie. Die Therese ist darauf zu sehen, in einem weißen Kleid, inmitten einer Gruppe von Männern in Anzügen. Und einer dieser Männer ist der da!«

Auf Gartelmanns Stirn glitzerte ein Schweißtröpfchen. »Und Sie sind sicher, dass Sie sich nicht täuschen?«

»Nein, ich täusche mich nicht! Das Foto ist schon älter, der Mann hatte damals noch mehr Haare, aber ich habe ihn genau erkannt. Ich habe ein gutes Gedächtnis für Gesichter. Und wenn Sie wissen, wer dieser Kerl ist, dann sagen Sie es jetzt. Es geht um die Sicherheit meiner Familie!«

An einem Nachbartisch hatte sich ein Pärchen nach ihnen umgedreht. Gartelmanns Grinsen wirkte gequält. »Schon gut. Nur lassen Sie uns bitte etwas leiser reden. Die Leute denken sonst noch, wir hätten Eheprobleme.«

»Ich warte. Und ich habe Zeit«, sagte Maria, obwohl sie eigentlich keine Zeit hatte. Ein Haufen Arbeit wartete auf sie.

»Sie haben recht, Frau Birnbaum. Ich kenne diesen Mann. Ich hatte schon mit ihm zu tun. Die Therese Langner kannte ich bislang noch nicht. Aber wenn Sie sagen, dass die beiden zusammengehören, sollte es mich nicht wundern. Er hat seine Leute überall. Und er zieht mehr Fäden, als man das für möglich hält.«

Gartelmann nahm einen großen Schluck Bier, sodass nur ein Rest Schaum im Glas zurückblieb, und winkte abermals nach der Bedienung. Für Maria bestellte er noch einen Kaffee.

»Lieber ein Wasser«, sagte sie. »Wenn ich zu viel Kaffee trinke, zittern mir die Knie.«

Die Bedienung verschwand.

Gartelmann sprach so leise, als fürchtete er, das Pärchen am Nachbartisch könnte lauschen. »Ich wollte ja eigentlich nur eine Reportage über den Kometen machen und über die Theorie vom Impakt. Und dann sah ich plötzlich diesen Mann. Ich hatte, wie gesagt, schon früher mit ihm zu tun. Das heißt, ich habe vor vielen Jahren mal eine Recherche begonnen, um seine Machenschaften zu untersuchen. Damals war ich noch beim Rosenheimer Kurier. Ein etwas besserer Job als der jetzige, wie sich denken lässt.«

»Von was für Machenschaften reden Sie?«

Gartelmann zündete sich ein Zigarillo an. »Ich weiß nicht, wie Sie gestrickt sind, Frau Birnbaum. Aber irgendwann steht man vor der Erkenntnis, dass die Welt nicht nur schwarz und weiß ist, nicht einmal hier in unserem gottgesegneten Chiemgau. Ich hatte früher einen sehr guten Freund, den Christian. Wir kannten uns seit der Schulzeit. Sind zusammen in Urlaub gefahren, später war er mein Trauzeuge. Vor etwa zwölf Jahren ist er dann verschwunden.«

Maria legte den Kopf schräg. »Wie meinen Sie das? Einfach so verschwunden, ohne Spuren zu hinterlassen?«

»Verschwunden im Sinne von unbekannt verzogen. Nicht einmal seine Eltern wussten, wo er geblieben ist. Weg aus dem Chiemgau, dachte ich. Und ich konnte es ja verstehen. Vielleicht nach Köln. Oder nach Frankfurt. Davon hatte er manchmal geredet. Eines Tages jedoch, nachdem ich etwa zwei Jahre nichts von ihm gehört hatte, sah ich ihn plötzlich in Rosenheim in der Innenstadt. Ich dachte zuerst, ich spinne. Er sah ganz verändert aus. Schlips und Anzug statt Jeans und Turnschuhe. Die Haare kurz mit Seitenscheitel. So hatte ich ihn nie gesehen, und darum dachte ich zuerst, ich würde mich täuschen. Er stand da vor einem Kaufhaus und verteilte Blättchen. Ich schaute zweimal, dreimal und ging vorbei. Auch er schien mich nicht erkannt zu haben. Am nächsten Tag kam ich wieder vorbei, und wieder stand er da mit seinen Blättchen.«

»Was für Blättchen meinen Sie? Werbezettel oder Zeitungen?«

»Darauf werde ich gleich kommen, Frau Birnbaum. Diesmal ging ich zu ihm hin und ließ mir einen Zettel in die Hand drücken. ›Mensch, Christian‹, sagte ich, ›ich hätte dich beinahe nicht erkannt!‹ Da schaute er ganz irritiert. Ich sah wohl, dass er wusste, wer ich war, aber er tat so zögerlich, als würde er sich schwertun, sich zu erinnern. Er war ganz fremd geworden. So glatt und abweisend. Fast so, als wäre es ihm peinlich, jemanden von früher zu treffen. Ich wollte ihn auf ein Bier einladen, aber er lehnte ab. Ich glaube nicht, dass es daran lag, dass er keinen Appetit auf ein Bier hatte, sondern dass er keine Vertraulichkeiten wollte und alte Freundschaften nicht wieder aufleben lassen wollte.«

»Wie merkwürdig«, murmelte Maria.

Gartelmann nickte. »Ja, sehr merkwürdig. Und es traf mich wirklich ins Herz. Ich kannte seine Eltern und wusste, dass sie sich die Augen nach ihm ausweinten. Als ich ihn darauf ansprach, lächelte er nur ganz sonderbar und meinte, man müsse alte Bindungen lösen, um neue aufbauen zu können. Zuerst verstand ich nicht, was er meinte. Er wollte sich dann auch ganz schnell verabschieden. Eine Telefonnummer könne er mir nicht geben, sagte er. Zum Schluss drückte er mir eines von seinen Blättchen in die Hand. Den restlichen Stapel verstaute er in seiner Umhängetasche und verschwand.«

»Und was war das nun für ein Blättchen?«

»Die Werbebroschüre einer Glaubensgemeinschaft. ›Kinder der Zukunft‹. Als Symbol verwendeten sie ein Sonnenrad.«

»Sonnenrad … Was soll ich mir darunter nun vorstellen?«

»So eine stilisierte Sonne eben, mit Radialen, die wie die Speichen eines Rades aussehen.«

Maria fröstelte es plötzlich. »Könnten Sie mir so ein Ding wohl aufmalen?«

Gartelmann zog einen Kuli aus der Tasche und malte auf seinen Notizblock einen Kreis, der von sechs Linien geteilt wurde. Ein Rad mit Speichen.

»Heiliger Strohsack!«, entfuhr es Maria, die sich mit Flüchen sonst zurückhielt. »So ein Ding habe ich gesehen! Und zwar bei der Therese Langner. Sie trägt es als Anhänger um den Hals.«

In Gartelmanns Gesicht zuckte es, als hätte er einen unerwarteten Schlag erhalten.

»Ich bin mir völlig sicher!«, bekräftigte Maria. »Ich fand es ganz hübsch. Rotgold, glaube ich. Das Symbol erinnerte mich an die Sonnenwendfeiern.«

»Dann gehört Therese Langner also wirklich dazu!«

»Zu den ›Kindern der Zukunft‹?«

»Zu dieser ganzen Organisation, von der die ›Kinder der Zukunft‹ nur einen Ableger bilden.«

»Und was für eine Glaubensgemeinschaft ist das?«

Gartelmann stieß ein hartes Lachen aus. »Glaubensgemeinschaft! Das klingt viel zu seriös. Obskure Sekte, das wäre der bessere Ausdruck. Im Grunde geht es dabei um ganz andere Dinge als Spiritualität und religiöse Erfahrungen. Sie bezeichnen sich selbst als Heiden. Ihre Wurzeln führen sie auf die Kelten zurück.«

»Heiden ... Das ist auch so ein dehnbarer Begriff. Meinen Sie Naturanbeter, die magische Rituale feiern? Barbaren, die das Christentum bekämpfen wollen?«

»Das lässt sich mit drei Worten nicht erklären. Wir sind hier mitten in Europa, im Zentrum der westlichen Welt, wo das Christentum nicht nur eine religiöse Überzeugung, sondern eine gesellschaftliche Tradition ist. Es hat über Jahrhunderte hinweg das soziale Gefüge geprägt und wirkt wie eine alles umgreifende Klammer. Oder eine Fessel, wenn ich ketzerisch sein möchte. Das sogenannte Neuheidentum kann teilweise als Reaktion auf diese strengen Altvätersitten gesehen werden. Dabei geht es um die Besinnung aufs Ursprüngliche, um Naturverbundenheit und persönliche Erleuchtung. Man orientiert sich an germanischen, keltischen oder antiken religiösen Systemen, oft vermischt mit außereuropäischen Glaubensvorstellungen wie beispielsweise dem Animismus.«

Maria zuckte die Achseln. »Habe ich ja gesagt. Naturanbeter. Da gibt es dann heilige Orte und Kraftfelder, jeder Stein und jeder Baum ist beseelt, und überall hausen Götter und Geister.«

»Zumindest haben Sie eine ungefähre Ahnung, Frau Birnbaum.« Gartelmann trank von seinem dritten Glas. »Jeder sucht doch ein bisschen Spiritualität. Eine Möglichkeit der Selbstverwirklichung oder Selbstinszenierung in einer kalten Welt, wo der wirtschaftlich und sozial Schwache ebenso wie der Andersdenkende, der sich mit den bürgerlichen Konventionen nicht arrangieren kann, kaum akzeptiert wird. Die Leute, von denen wir reden, versuchen, die keltische Religion wieder aufleben zu lassen, verquickt mit einer nach meiner Meinung sehr gefährlichen elitären Grundhaltung, zumindest in der Führungsriege des Vereins.«

Maria schaute einen Moment in den Himmel, wo eine kleine Silberwolke in der Form eines Pilzes vorbeizog. »Das klingt alles sehr absonderlich. Wie soll das funktionieren? Soweit ich weiß, sind die Erkenntnisse über die Mythologie der Kelten aber doch äußerst bruchstückhaft?«

»Man könnte sogar sagen, die keltische Mythologie ist verschollen«, verbesserte Gartelmann. »Die Kelten pflegten die gesellschaftlichen und religiösen Inhalte ihrer Kultur nicht schriftlich festzuhalten. Man könnte sie geradezu als schriftfeindlich bezeichnen. Sie zogen die mündliche Tradition vor. Was wir über ihren Glauben wissen, ergibt sich aus archäologischen Funden und einzelnen Berichten römischer oder griechischer Chronisten. Und damit wären wir dann auch an der Wurzel des Problems!«

In Gartelmanns trübe Augen trat ein müdes Funkeln, wie bei einem Tiger, der zu lange in einem Käfig gehalten worden war. »Es gibt nur wenig konkrete Grundlagen, auf die eine religiöse Gruppe sich berufen könnte. Die Idee der keltischen Religion ist wie ein leerer Kessel, der mit fast beliebigen Zutaten gefüllt werden kann. Damit sind Verfälschungen und Interpretationen Tür und Tor geöffnet. Und wo eine Anhängerschar ist, die nicht allzu viele Fragen stellt, gibt es immer auch die Möglichkeit zur Manipulation.«

»Und was für eine Rolle spielt der Mann auf dem Foto?«

»Er heißt Hermann Graue«, sagte Gartelmann. »Oder der graue Hermann, wie er meist genannt wurde. Er ist der selbst ernannte Druide, der Hohepriester der neuen Kelten. Ich würde ihn als absoluten Egomanen bezeichnen. Für ihn ist die religiöse Fassade letztlich nur Mittel zum Zweck, um seine eigenen Ideen durchzusetzen. Im Innern ist die Gruppe so strikt organisiert wie ein kleiner Staat im Staate, eine perfekte Hierarchie, mit dem Druiden an der Spitze und mit einer elitären Führungsriege, die ebenfalls an dem Kuchen partizipiert. Ein ganzes Netz ist das, das rund um den Chiemsee sitzt und bis nach München und Nürnberg reicht. Und dann gibt es natürlich das Fußvolk, das wirklich an die Erlösung glaubt und dafür fleißig zahlt und arbeitet. Eine typische Sektenstruktur. Eigentlich geht es nur um Macht und persönliche Eitelkeiten.«

Maria schwieg einen Moment. Dann schüttelte sie ärgerlich den Kopf. »Ob diese Leute vom Sonnenrad nun nach der Erleuchtung oder nach persönlicher Bereicherung suchen, ist doch letztlich ganz egal. Es hat einen Toten gegeben, das ist der Punkt. Wir müssen handeln!«

Der Journalist seufzte abermals.

»Ihr Eifer ehrt Sie, Frau Birnbaum. Die Sache ist allerdings komplizierter, als Sie ahnen. Ich hatte damals angefangen zu recherchieren, bin aber schon sehr bald auf Widerstand gestoßen. Niemand will ran an das Thema, weil nicht sein kann, was nicht sein darf. Wo diese Leute überall ihre Finger und Fühler haben, steht in den Sternen. Die gesamte Vereinigung teilt sich in mehrere Untergruppen, von denen jede für sich als Verein agiert. Da gibt es dann beispielsweise die ›Kinder der Zukunft‹, wo auch mein alter Spezl Christian gelandet war. Ein ziemlich exklusives Grüppchen. Ein Kreis von größtenteils hochqualifizierten und gesellschaftlich wohlsituierten Personen, die sich in den Kopf gesetzt haben, ihr Erbgut nur untereinander weiterzugeben, um auf diese Weise ihre Kinder an die Spitze der Gesellschaft zu katapultieren. Sie machen sogar Werbung für diesen Mist, in Lifestyle-Zeitschriften und Hochglanzmagazinen, schön verbrämt unter einem weltanschaulichen Deckmantel.«

»Das erinnert mich an alte Zeiten, von denen ich dachte, dass sie in der Vergangenheit ruhen«, sagte Maria dumpf.

»Es sind echte Arschlöcher«, sagte Gartelmann lakonisch. »Ihre Philosophie gleicht der des Lebensborns. In der Nähe von Nürnberg unterhalten sie sogar ein eigenes kleines Hospital, um sich auf klinischem Wege und unter strengen Auflagen fortzupflanzen. Eine elitäre

Seilschaft, die sich für was Besseres hält. Dann gibt es den ›Heimatverein Sonnenrad‹. Das klingt zunächst freundlich und harmlos. Aber bei der Polizei lagen schon damals Anzeigen wegen Nötigung und wegen des Verdachts auf Volksverhetzung vor. Seltsames, verqueres Gedankengut, das sich auf die Annahme stützt, dass das Volk der Kelten sich erheben wird und durch seine geistige Überlegenheit die Weltherrschaft erlangt.«

»Aber das ist ja lächerlich! Wie dumm muss man sein, um auf so etwas hereinzufallen?«

Wie eine Schildkröte hockte Gartelmann auf seinem Stuhl und zog den Kopf zwischen die Schultern. »Sehnsucht lässt sich ausnutzen, Frau Birnbaum. Wo sind die Grenzen? Was ist noch legitim, und wo wird spirituelle Führerschaft zur Diktatur? Willige Opfer scheinen sich immer zu finden, fast so, als würden die Leute Schlange stehen, um ordentlich eins aufs Maul zu kriegen. Und sofern es einem Grüppchen gelingt, sich den Anschein einer religiösen Vereinigung zu geben, wird das Grundrecht der Religionsfreiheit geltend gemacht, das sich wie ein Schutzmantel über alle Ungereimtheiten senkt. Und wenn die Mitglieder irgendwann merken, dass sie betrogen oder auch nur benutzt wurden, dann … Lebewohl.« Der leidend wirkende Klatschkolumnist, dem man die Menge des absorbierten Weißbiers inzwischen deutlich anmerkte, unterstrich seine letzte Äußerung mit einer Geste des Halsabschneidens.

»Ich habe den Christian damals noch einmal getroffen«, fuhr er fort. »Etwa ein Jahr später. Er sah viel schlechter aus. Heruntergekommen. Unrasiert. Sein Anzug hatte Falten. Er verteilte noch die gleichen Blättchen, diesmal in Wasserburg. Aber seine Augen waren unruhig geworden. Er wollte immer noch nicht mit mir reden. Er dürfe es nicht, flüsterte er mir zu. Und dann drückte er mir die Hand, als würden wir uns nie mehr wiedersehen. Zwei Monate später fand man ihn in einem Waldstück bei Obing. Er hatte sich aufgehängt. Ohne Erklärung, ohne einen Brief. Nicht einmal von seinen Eltern hat er sich verabschiedet. Als ich von dem Selbstmord hörte, fuhr ich zu dem Waldstück, um ein paar Zeilen zu schreiben. Und da erkannte ich den Christian. Er sah furchtbar aus, schmutzig und abgemagert, als hätte er sich wochenlang versteckt. Im ersten Moment erkannte ich ihn kaum. Ich stand völlig unter Schock. Die Ermittlungen wurden rasch eingestellt. Ein Selbstmord eben, was sollte man machen.«

Gartelmann brauchte noch ein Bier für den Rest der Geschichte. Er schaute sich schon wieder nach der Bedienung um. »Vor vier oder fünf Jahren ging das Gerücht, der graue Hermann sei tot. Als ich ihn dann neulich durch puren Zufall unter den Schaulustigen auf dem Acker entdeckte, traute ich meinen Augen nicht. Ich dachte, mich trifft der Schlag!«

»Warum haben Sie damals, als Ihr Freund starb, nicht weiterrecherchiert?«

»Maulkorb, wenn Sie verstehen, was ich meine.« Gartelmanns Grinsen war eine traurige Grimasse. »Die Sache wurde zu heiß. Der Rosenheimer Kurier knickte plötzlich ein und wollte mich nicht mehr beschäftigen, unter einem fadenscheinigen Vorwand. Graues Einfluss reicht weit. Er hat seine Finger an so vielen Stellen drin, da würde Ihnen schwindelig werden! Seitdem mache ich beim Traunsteiner Morgenblatt den Kleinkram. Berichte über Kälber mit zwei Köpfen und ähnlichen Blödsinn. Ich bin ja froh, dass ich überhaupt noch arbeiten kann.«

Er sah plötzlich sehr alt aus. Zusammengesunken hielt er sich an seinem Glas fest.

»Und die Polizei hat sich nie für Ihre Erkenntnisse interessiert?«

»Die Polizei!« Er schnaufte. »Denen muss man doch zuerst die Beweise auf den Tisch legen, sonst fangen die gar nicht an zu ermitteln. Verschwörungstheorien, heißt es dann. Und hinter dem Rücken lächeln sie über einen. Oder zeigen einem den Vogel. Und am Ende liegt man irgendwo mit einem Messer im Rücken oder mit eingeschlagenem Schädel, oder hat zumindest eine Verleumdungsklage am Hals.«

Maria schaute zur Uhr. Es war spät geworden. Der Xaver machte sich bestimmt schon Sorgen. »Sie sollten zur Polizei gehen, Herr Gartelmann. Zur Kommissarin Wintersruh. Der Mord an Patrick Sperling darf nicht ungesühnt bleiben!«

»Und woher weiß ich, dass die Kommissarin Wintersruh oder ihr Assistent oder sonst jemand aus dem Präsidium nicht auch zum Sonnenrad gehört?«, fragte Gartelmann mit gelangweilter Miene.

»Mit Paranoia ist uns nicht gedient. Man kann nicht das Leben lang kneifen, nur wegen einer schlechten Erfahrung!«, sagte Maria entschieden und erhob sich. »Ich für meinen Teil werde alles tun, damit die Sache aufgeklärt wird.«

»Passen Sie auf sich auf, Frau Birnbaum!«, rief Gartelmann ihr nach und schaute sich wieder nach der Bedienung um.

# 21

»Das hat aber gedauert!«, sagte Xaver Birnbaum, als der alte Passat endlich in der Einfahrt hielt.

»Es war so schrecklich voll. Am liebsten wäre ich gegangen, aber ein neuer Termin hätte wieder eine ganze Woche gedauert.« Maria zuckte nicht einmal mit der Wimper bei der kleinen Lüge.

»Schon recht …« Birnbaum lächelte wie ein Schulbub. »Ich wollte dich überraschen und habe Pfannkuchen gemacht. Leider sind sie ein wenig schwarz geworden.«

»Nicht nur ein wenig, wie es scheint.« Maria rümpfte die Nase, während sie in die Küche trat. Es roch angebrannt, und in der Tonne neben der Spüle lag ein verkohltes Häufchen.

»Das war der erste. Der war misslungen«, sagte Birnbaum schulterzuckend. »Die anderen sind besser geworden.«

Die Pfannkuchen waren tatsächlich genießbar, Tobias hatte seine Hausaufgaben ebenfalls erledigt, und Maria lehnte sich entspannt in ihrem Sessel zurück. Nach dem Essen verschwand der Xaver noch mal in die Scheune, weil der Motor des Traktors stotterte, und Tobias wollte nach Palling, wo er zum Videospielen verabredet war.

»Ich fahre dich hin«, sagte Maria und zog sich die Strickjacke über.

»Ich kann auch mit dem Radl fahren.«

»Ich weiß. Aber ich will noch bei Brigid im Gasthof vorbeischauen. Wenn sie für die Saison noch Torten braucht, kann ich auch welche backen.« Das war schon die zweite kleine Lüge, und sie ging ihr ebenso geschmeidig von den Lippen wie die erste.

In Wirklichkeit wollte sie natürlich zur Langner. Um den Liebeszauber zu erneuern. Oder sich aus der Hand lesen zu lassen oder sonst etwas. Vor allem aber, um einen zweiten Blick auf das Foto in der Küche zu werfen. Vielleicht konnte sie noch andere Männer erkennen. Vielleicht war der eine oder andere in den vergangenen Wochen in Palling herumgestrichen. War es nicht möglich, dass einer von diesen Anzugträgern der Mörder vom Patrick war?

Der Tobias stieg beim Ortsschild aus, sein Spezl wohnte gleich an der ersten Ecke. Maria winkte ihm nach. Sie fuhr noch zweihundert

Meter weiter und stellte den Wagen bei der Kirche ab, denn das war unverdächtig. Rasch ging sie in die Seitenstraße hinein, wo Therese Langner wohnte. Plötzlich hielt sie inne. Am Ende der Straße flackerte Blaulicht. War die Polizei der Therese auf die Schliche gekommen?

»Das wär zu schön, um wahr zu sein«, murmelte Maria bei sich, während sie ihren Schritt beschleunigte. Tatsächlich, der Streifenwagen stand vorm Hauseingang der Langner, und daneben parkte der rote BMW, mit dem die Kommissarin Wintersruh damals auf dem Hof vorgefahren war. Ein Grüppchen Schaulustiger hatte sich um die Wagen versammelt und deutete zum Stubenfenster der Hexe hinauf. Die Gesichter waren gespannt bis betreten.

»Das ist ja furchtbar …«, flüsterte jemand.

»Vielleicht musste es einmal so kommen …«

»Seit zwei Tagen hatte niemand sie gesehen …«

Die Kerbel Hanni machte einen langen Hals.

»Was ist denn passiert?«, fragte Maria. Ihr Magen verschlang sich zu einem Knoten.

»Die Langner hat's erwischt«, flüsterte die Bäckerin hinter vorgehaltener Hand. »Jemand hat ihr die Gurgel umgedreht!«

Der Boden unter Marias Füßen bebte, die Knie wurden ihr weich. In diesem Moment bog der schwarze Wagen des Bestatters um die Ecke, und es wurde still. Zwei Männer gingen mit einer Bahre die schmale Stiege hinauf. Oben am Fenster war für einen Moment das Gesicht des blassen Kriminalassistenten zu sehen.

»Wer hat sie entdeckt?« Maria hörte ihre eigene Stimme wie aus großer Ferne.

»Die Polizei selbst«, raunte die Hanni. »Diese Kommissarin und ihr Lehrbursche. Die wollten mit der Therese reden und haben bei ihr geklingelt. Das sagt zumindest die Frau Berggrün, die Lehrerin, die in der Etage darunter wohnt. Und weil die Langner auf das Klingeln nicht geöffnet hat, sind sie hinaufgegangen, um an die Tür zu klopfen. Da haben sie so einen Geruch bemerkt, einen widerwärtigen, sagt die Berggrün. Und dann haben sie die Tür aufgebrochen. Im Flur, da ist sie dann gelegen, die Therese, schon ganz grün im Gesicht, mit wirrem Haar und hochgeschobenen Röcken, und die Augen haben starr zur Decke geblickt.«

Gleich wird mir übel, dachte Maria, und ging zwei Schritte von der Hanni weg, um nicht noch mehr Einzelheiten zu erfahren.

Die Kommissarin kam aus dem Haus. Der Trupp von der Spurensicherung drängte sich an ihr vorbei in den schmalen Flur. Helga Wintersruh erkannte Maria sofort und zog sie ein Stückchen zur Seite.

»Frau Birnbaum, ist das ein Zufall, dass ich Sie hier treffe, oder wollten Sie zur Frau Langner?«

»Ist das wichtig?«, fragte Maria, die tief atmete, um den Anfall von Übelkeit zu überwinden.

»Schon ziemlich wichtig«, sagte die Kommissarin mit ihrer tiefen Stimme. »Hatten Sie denn Kontakt mit der Frau Langner?«

»Ja, aber nur ganz flüchtig.«

»Wie flüchtig?«

Maria zögerte eine kleine Sekunde. »Vielleicht finden Sie es lächerlich. Aber die Therese, ich meine, die Frau Langner, die hatte einen bestimmten Ruf …«

Die Kommissarin runzelte die Stirn.

»Mit einem Wort, ich habe einen Zauber bei ihr machen lassen …«

»Einen Zauber?«

»Einen Liebeszauber, wenn Sie es unbedingt wissen müssen. Wegen meinem Mann. Wenn man so lange verheiratet ist, da ist man sich manchmal nicht mehr sicher …«

»Wollen Sie mich veralbern, Frau Birnbaum?«

»Aber nein! Die Therese hat solche Dinge gemacht. Handlesen und Wahrsagen und Kartenlegen.«

»Und Liebeszauber?«

»Alle Arten von Zauber.« Maria sah sie bittend an. »Aber würden Sie meinem Mann wohl nichts davon sagen? Das wär mir sehr unangenehm. Er lacht mich sonst nur aus, weil ich so dumm bin.«

»Keine Sorge«, brummte die Kommissarin. »Liebeszauber interessieren mich nicht. Wann und wie oft sind Sie denn bei der Frau Langner gewesen?«

»Nur ein einziges Mal«, sagte Maria rasch. »Am vorletzten Samstag.«

»Und nun wollten Sie gerade wieder zu ihr?«

»Nein, bewahre! Ich habe nur meinen Buben nach Palling gebracht, er trifft sich hier mit Freunden.«

Die Kommissarin sah keinen Grund, die Mooshamer-Bäuerin weiter zu befragen. Ein harmloseres Landei war ihr selten begegnet. Liebeszauber, auf was für Ideen die Leute kamen!

In diesem Moment wurde die Bahre mit der Toten, die mit einem weißen Laken zugedeckt war, aus dem Hausflur getragen. Ein Raunen wie ein Windzug ging durch die Menschen. Zwei oder drei bekreuzigten sich, ein paar andere wandten den Blick ab.

»Wo fangen wir an?«, fragte der farblose Bichler seine Chefin.

»Fragen Sie mich was Leichteres! Wie ich soeben erfahren habe, betätigte sich die Dame in ihrer Freizeit als Wahrsagerin, Kartenlegerin und so weiter. Es wäre also interessant zu wissen, wer sie aufgesucht hat und mit welchen Anliegen.«

Bichler seufzte. »Wieder Klinkenputzen?«

»In einem Nest wie Palling, das ja nicht gerade Palermo ist, kann man wohl kaum annehmen, dass zwei Morde so kurz nacheinander nicht zusammenhängen. Und gerade in dem Moment, wo wir Therese Langner aufsuchen wollten, weil sie im ersten Fall verdächtig ist, hat sie prompt das Zeitliche gesegnet.«

»Das war keiner, dem sie die Handlinien falsch gelesen hat. Das hat jemand getan, der eine Mitwisserin loswerden wollte«, bemerkte Bichler missmutig.

Die beiden Männer in Schwarz hatten die Bahre abgestellt, um die Tür vom Wagen zu öffnen, als eine plötzliche Böe durch die kleine Straße fegte, eine Handvoll Staub aufwirbelte und das weiße Laken lüftete. Das Gesicht der Toten wurde sichtbar, käsig bleich, fast gräulich, die roten Haare wie ein brennender Busch. Die Augen waren gnädigerweise geschlossen. Um den Hals hing festgezurrt ein buntseidener Schal, dessen lange Fransen im Wind spielten. Die spitze Zunge hing der Hexe aus dem rot geschminkten Mund.

Maria, die sich gerade davonschleichen wollte, erstarrte. Sie fühlte sich schwanken, die Welt drehte sich plötzlich, dann wurde alles schwarz um sie.

# Teil 3

1

Xaver Birnbaum bekam den Schreck seines Lebens, als seine Frau vom Assistenten der Kommissarin nach Haus gebracht wurde, der ihn mit knappen Worten von den Vorfällen in Kenntnis setzte. Nun lag Maria im Bett und konnte nicht aufhören zu weinen. Der eilig herbeigerufene Dr. Gruber, der zu den wenigen seines Berufsstandes gehörte, die auch nach Feierabend noch Hausbesuche machten, konstatierte einen leichten Schock sowie Überarbeitung und verordnete für mehrere Tage strikte Bettruhe. Als Maria etwas einwenden wollte, wurde er streng.

»Wenn Sie sich nicht schonen, dann garantiere ich für nichts, Frau Birnbaum. Sie sind nicht mehr die Jüngste, was das Kinderkriegen angeht.«

Das saß. Maria schluckte heftig. Das Gesicht des Doktors wurde etwas milder.

»Ich kann Sie natürlich zu nichts zwingen. Aber bis Dezember ist es noch eine Weile hin. Wie wollen Sie das durchhalten, wenn Sie so weitermachen? Ihre Beine sind ziemlich geschwollen, was wohl an der Hitze liegt, aber auch ganz einfach daran, dass Sie zu viel herumlaufen. Die Herztöne des Kindes sind normal. Aber ihr eigener Blutdruck ist ziemlich niedrig. Gehen Sie nicht so viel in die Sonne. Bleiben Sie in der Mittagshitze am besten im Haus, in einem Zimmer, wo Sie es ruhig und kühl haben. Und keine unnötigen Aufregungen. Entspannen Sie sich. Lesen Sie ein schönes Buch. Oder machen Sie Handarbeiten. Etwas, das Sie ablenkt.«

»Und die Arbeit? Wer soll die ganze Arbeit tun, wenn ich mich ausruhe?«

»Was ist denn wichtiger, die Arbeit auf dem Hof oder die Gesundheit des Kindes? Solche Aufregungen können böse Folgen haben.«

Der Doktor brauchte nicht weiterzureden. Maria zog sich die Bettdecke bis zur Nase hoch und schwor sich, keinen Schritt mehr zu machen. Sie würde sich ab sofort weder um die Kühe oder das leibliche Wohl von Mann und Sohn kümmern noch der Polizei die Arbeit abnehmen und Ermittlungen auf eigene Faust führen. Für ein paar Tage quartierte sich ihre Schwester Klara im Gästezimmer ein, trieb den Xaver und den Tobias dazu an, sich im Haushalt nützlich zu machen, und verwöhnte Maria mit gebratenem Rehrücken, selbst gemachten Windbeuteln und anderen Leckereien.

Nach einer Woche fühlte Maria sich gut genug, um wieder aufzustehen. Sie schickte Klara nach Hause, werkelte ein bisschen in der Küche herum und saß die meiste Zeit in ihrem Sessel am Fenster, machte Kreuzworträtsel oder strickte. Nach fünf weiteren Tagen wurde ihr das langweilig. Sie stieg aufs Fahrrad, um in Palling einkaufen zu gehen und ein bisschen Tratsch zu hören.

Therese Langner war inzwischen begraben. Niemand hatte sich gemeldet, um sich ihrer Leiche anzunehmen. Sie schien gar keine Familie gehabt zu haben, oder zumindest keine, die sich um ihre letzte Ruhe und ihre Hinterlassenschaft kümmerte. Auf dem Weg vom Metzger zum Bäcker machte Maria einen Abstecher in die Kirche, um eine Kerze für sie anzuzünden. Ganz gleich, was die Therese auf dem Kerbholz gehabt hatte, so ein Ende hatte sie nicht verdient, das verdiente niemand. Vielleicht hatte man sie nur benutzt? Und als sie nicht mehr nützlich war, hatte man sie aus dem Weg geräumt wie ein altes Möbel.

Während Maria mit gefalteten Händen vor der Heiligen Jungfrau kniete, ließ sie in ihrer Erinnerung noch einmal das lange Gespräch mit Fred Gartelmann Revue passieren. Fünfmal täglich ermahnte sie sich selbst, sich nicht mehr einzumischen, aber je mehr sie sich ermahnte, desto schlimmer wurde es, und am Ende dachte sie die ganze Zeit an nichts anderes mehr als an die Morde.

»Das ist Aufgabe der Polizei«, murmelte sie noch, als sie durch die Seitentür die Kirche wieder verließ und über den Friedhof ging, statt direkt auf die Straße, was der übliche Weg gewesen wäre. Das Grab von Therese Langner lag in der allerhintersten Ecke, direkt an der Mauer, und sah ziemlich trostlos aus. Niemand kümmerte sich darum. An den Rändern begann bereits Unkraut zu sprießen, das ging schnell im Sommer. Brennnessel und Nachtschatten, das waren ja wohl Hexenkräuter. Keine Blumen, keine Schleifen. Noch nicht einmal ein Kreuz war aufgestellt worden. Nur ein kleines weißes Plastikschildchen zeigte an, wer hier begraben lag.

»Du hast ein falsches Spiel gespielt, Therese. Und am Tod vom Patrick Sperling hast du sicher deinen Anteil gehabt«, murmelte Maria mit gefalteten Händen. »Mit wem hast du dich bloß eingelassen? Worum ging es dir? Und war es das wert, dafür zu sterben?«

Eine heftige Böe fegte durch den Baum, der auf der anderen Seite der Mauer stand, und ließ die Blätter rauschen. Ob die Therese immer noch das rotgoldene Sonnenrad um den Hals trug, das ihre Zugehörigkeit zu der Sekte zeigte? Die Kommissarin aus Traunstein kannte die Zusammenhänge ja gar nicht. Und der Gartelmann war bestimmt zu feige gewesen, sich bei ihr zu melden.

Maria bückte sich, um eine vorwitzige Distel auszurupfen, und in diesem Moment spürte sie zum ersten Mal eine wirkliche Bewegung in ihrem Bauch, ein winziges Händchen oder Füßchen, das sie stieß. »Ich habe hier nichts verloren. Das alles schadet mir. Ich sollte besser auf den Doktor hören …«

Und sie ging davon, so schnell sie konnte, die Hände gegen den Leib gepresst, und mit einem so heftigen Herzschlag, dass sie ihn im Halse fühlte.

Am Nachmittag rief sie noch einmal bei Fred Gartelmann an. Aber er meldete sich nicht. Vielleicht erkannte er ihre Nummer auf dem Display und wollte nicht mit ihr reden.

»Haben Sie das von der Therese Langner gehört?«, sprach sie ihm auf die Mailbox.

Er musste es ja gehört haben. Aber seine ganze Art, die mangelnde Energie und das viele Bier, das er sich reingeschüttet hatte, ließen nicht darauf schließen, dass sie in ihm einen Verbündeten finden würde.

In den Nächten träumte Maria wieder schlecht. Regelmäßig zwischen zwei und drei Uhr früh schreckte sie schweißgebadet hoch. Es ging so weit, dass sie sich vorm Einschlafen zu fürchten begann und sich abends stundenlang mit Handarbeiten und Kreuzworträtseln wach hielt. Ihr Mann war beunruhigt und konsultierte heimlich den Doktor, der für Maria Baldrianpillen aufschrieb. Maria war verärgert, gleichzeitig sehnte sie sich nach einer ruhigen Nacht und fing an, die Pillen zu nehmen. Sie halfen jedoch nicht, oder zumindest nicht so schnell und so gut, dass sie sich wirklich erleichtert gefühlt hätte. Die Träume wurden wirrer, aber sie verschwanden nicht.

Manchmal lag alles wie hinter einem Nebel, in dem sie nur einige Details erkennen konnte. Die Therese war tot. Ihre gebrochenen Augen starrten ins Leere, eine lange Zunge schlängelte über die roten Lippen. Eine Schlange war sie gewesen, die Therese Langner. Das Frettchen mit seinen spitzen Zähnen verfolgte Maria durch die Dunkelheit. Es sprang von der Wand und huschte ihr unter die Röcke. Es biss sie in die Beine und fauchte dabei wie eine tollwütige Katze. Und der Rabe kam angeflogen, setzte sich auf ihre Schulter und versuchte, ihr ein Auge auszuhacken. Dann schreckte sie hoch und wälzte sich den Rest der Nacht in den feuchten Kissen.

Sie wurde blass, ihre Lippen waren spröde, obwohl sie sich gesund ernährte. Sie fühlte sich schon müde, wenn sie nur die Federbetten aufschüttelte. Dann musste sie sich immer setzen. Ihr Atem war kurz, die Knie taten ihr weh.

»Baldrian hilft mir ebenso wenig wie Obst und Vitamine«, flüsterte sie. »Nicht die Symptome muss man bekämpfen, sondern die Ursachen. Und solange ich weiß, dass der Mörder noch frei herumläuft, werde ich nicht wieder ruhig schlafen können.«

# 2

Das goldene Rad funkelte in der Sonne, schimmerte auf ihrer nackten Haut. Das Fenster war weit geöffnet, um die frische Morgenluft einzulassen. Die duftigen Gardinen bauschten sich. Auf dem Nachtkästchen lagen Bücher, die sie vor dem Schlafengehen las: Rhetorik, Psychologie und Traktate über soziale Intelligenz.

Die Klugheit beherrschte die Dummheit. Menschenführung war ein intellektueller Akt, Charisma nur das schmückende Beiwerk, das den Köder leichter durch die Kehle gleiten ließ. Das Schmieröl der Demagogie. Mit dem Kopf musste man handeln, nicht mit den Händen. Mit dem Verstand musste man töten, nicht mit den eigenen Krallen. Das taten nur Tiere. Und Menschen, die sich nicht unter Kontrolle hatten.

»Hühnerblut an den Fingern«, murmelte sie. »Wer das nötig hat, hat nichts verstanden. Stählerne Klingen wetzen, statt mit der Schärfe des Verstandes zuzuschlagen. Wer so vorgeht, hat ausgedient. Der steht der Zukunft im Wege. Der hat auch in der Gruppe nichts mehr verloren. Das Alte abstreifen, damit das Neue sich entfalten kann.«

Die Langner mit ihren Hexenkunststücken. Mit ihren nikotingelben Fingern und ihrer Vorliebe für Zweideutigkeiten. Mit den piepsenden Küken in der Einkaufstasche, wenn sie ganz nervös vom Markt kam.

»Unterste Stufe!«

Sie stellte sich in die Morgensonne, die ihre weiße Haut leuchten ließ wie Alabaster. Makellos schön war sie, ihr Gesicht ebenmäßig und rein, die Stirn jugendlich glatt.

Die Langner mit ihren wehenden Röcken und dem zerzausten Haar, hoffnungslos veraltet, grenzenlos banal. Die Welt hatte sich geändert, und wer nicht Schritt hielt, den spie sie aus.

»Unterste Stufe. Untragbar!«

Dummheit und Disziplinlosigkeit. Es war gut, wenn sie verschwanden.

## 3

In der ersten Augusthälfte gingen ein paar kräftige Gewitter nieder und brachten etwas Abkühlung. Die beiden Morde von Palling waren immer noch ungelöst, und allmählich begann das erste Gras darüber zu wachsen. Monika Schwalbe schickte einen Urlaubsgruß aus Griechenland. Die Karte zeigte eine Ansicht von Delphi, und neben den allgemeinen Grüßen fand sich ein PS: »Liebe Maria, die Verehrung von Steinen hat Tradition. Wenn du wieder Kirschkuchen bäckst, habe ich ein paar Neuigkeiten für dich.«

»Die Kirschzeit ist vorbei«, murmelte Maria. »Aber wenn du kommst, kannst du frischen Apfelkuchen haben.«

Die Schwalbe kam zehn Tage später, braun gebrannt und ausgesprochen guter Dinge. Maria hatte im Obstgarten einen kleinen Tisch gedeckt, und der Xaver sah es gern, dass sie Ablenkung hatte, statt zu arbeiten oder zu grübeln. Da es auf seinem eigenen Acker in diesem Jahr nichts zu ernten gab, half er bei den Nachbarn mit und verdiente so ein Zubrot. Das war besser als nichts, und als er seinen Kaffee ausgetrunken hatte, machte er sich wieder auf den Weg.

»Bei Frauengesprächen störe ich doch nur«, erklärte er mit einem Grinsen, worauf die Schwalbe die Stirn runzelte, während Maria bestätigend nickte.

Die blonde Wissenschaftlerin ließ sich schon das zweite Stück Kuchen schmecken. »Also ehrlich, Maria, dein Apfeldatschi ist noch besser als dein Kirschkuchen, und wenn ich auch nur die geringste hausfrauliche Begabung hätte, würde ich dich um das Rezept bitten.«

»Aber da dir diese Begabung leider völlig abgeht, wirst du auch künftig lieber hierherkommen, um dir den Magen vollzuschlagen«, meinte Maria lächelnd.

Die Schwalbe nickte zustimmend. »Du kennst mich schon ganz gut. Aber was waren das eben für bedeutsame Blicke von deinem Mann, als ich nach dem dörflichen Leben fragte?«

Maria hob die Schultern. »Er wollte halt nicht, dass ich dir sofort erzähle, dass es einen zweiten Mord gegeben hat. Aber da du es spätestens beim Bäcker ohnehin zu hören bekommst, kann ich es dir auch selber sagen.«

Die Kuchengabel, die die Monika gerade vollgeladen hatte, blieb auf halbem Weg zum Mund stehen. »Du meinst, noch ein Mord im geruhsamen Palling? Das ist hier ja schlimmer als in München, und ich dachte, ich hätte nichts versäumt! Wer wurde denn umgebracht?«

»Therese Langner«, sagte Maria leise. »Du weißt doch, die Frau, zu der ich gegangen bin wegen dem Liebeszauber.«

»Ach du Scheiße!«, entfuhr es Monika. »An diesen Unsinn hatte ich gar nicht mehr gedacht. Und nun ist sie tot? Und wirklich ermordet?«

»Schon vor vier Wochen. Man hat sie erwürgt. Sie sah ganz furchtbar aus. Ich kann ihr Gesicht nicht vergessen, und manchmal sehe ich es noch im Traum. Ich wollte gerade noch einmal zu ihr gehen, da trug man sie auf einer Bahre hinaus.«

»Das ist unfassbar! Aber du glaubst doch nicht, dass dieser Mord auch mit dem Kometen zu tun haben könnte?«

»Wenn hier kurz nacheinander zwei Morde geschehen, müssen sie doch zusammenhängen! Therese Langner war bei dem Mord am Patrick beteiligt, das hat sich inzwischen bestätigt. Deswegen wollte die Polizei ja zu ihr. Die Michelbauer Franzi hat ausgesagt, die Langner hätte damals versucht, mit dem Patrick anzubandeln, als er im Gasthof saß.«

»Und woher weißt du das?«, fragte die Schwalbe.

»Von der Brigid vom Gasthof. Und die weiß es von der Franzi selbst, die an dem Tag bei ihr ausgeholfen hatte.«

»Und was war mit diesem Gartelmann, mit dem du reden wolltest?«

»Ein bedauernswerter Mensch«, sagte Maria, nachdem sie der Schwalbe das Gespräch kurz zusammengefasst hatte. »Wir haben uns in Stein getroffen, am gleichen Tag, als die Therese tot gefunden wurde. Er steckte so voller Angst, dass er nicht wusste, ob er besser reden oder den Mund halten sollte. So erging er sich in halbgaren Andeutungen und bekam deswegen gleich schon wieder Angst. Ich habe seitdem nichts mehr von ihm gehört, und auf meine Anrufe meldet er sich nicht. Aber trotzdem habe ich noch einen weiteren Faden gefunden.«

»Dann lass mal hören!«, sagte Monika Schwalbe gespannt.

Maria holte einen Zettel hervor, auf dem sie etwas notiert hatte.

»In seinem Zeitungsartikel erwähnt der Gartelmann auch den Heiligen Gral. Ich fragte ihn danach, aber eine richtige Antwort habe ich nicht bekommen. Wir hatten uns an den anderen Dingen festgebissen. Aber ich habe im Internet nachgeschaut: Der Gral ist ein heiliger Gegenstand, dem göttliche und segenbringende Kräfte zugeschrieben werden. Überlieferungen beschreiben ihn als ein wundertätiges Gefäß, entweder in Form einer Schale, eines Kelchs oder eines Steines. Er soll Glückseligkeit und ewige Jugend bieten.«

»Ich habe mich mit dem Thema zu Beginn meines Studiums auch mal am Rande befasst«, bemerkte Monika Schwalbe. »Vom Charakter her ist der Gral eine Art Reliquie. In der christlichen Tradition wird er oft interpretiert als die Schale, in welcher das Blut Christi aufgefangen wurde. Wie alle Reliquien gehört er im Grunde in die Kategorie der Fetische und Talismane – auch wenn ein paar brave Katholiken mir für diese Ansicht vielleicht gern den Hals umdrehen würden.«

Maria überhörte die kleine Provokation.

»Meiner Meinung nach hat der Gral hauptsächlich einen symbolischen Wert«, fuhr Monika fort. »Viele Menschen scheinen ihn allerdings für einen realen Gegenstand zu halten. Generationen von Glücksrittern haben danach gesucht.«

»Und in Anbetracht der Tatsache, dass es viele Spinnerte auf der Erde gibt, könnte doch vielleicht jemand unseren Meteoriten für den Gral halten beziehungsweise für ein besonders anbetungswürdiges Heiligtum. Oder meinst du nicht?«

»Natürlich. Keine dumme Idee, auch wenn es im ersten Moment etwas absurd klingen mag …« Die Schwalbe zwirbelte eine ihrer langen Strähnen zwischen den Fingern, wie immer, wenn sie in ihrem Gedächtnis kramte. »Es ist schon ein paar Jahre her, da hatte sich bei uns mal ein falscher Student ins Institut reingeschleust, der angeblich über Rutilquarze forschen wollte. In Wirklichkeit ging es ihm darum, die Quarze zu stehlen. Glücklicherweise stellte er sich sehr stümperhaft an und wurde gleich erwischt. Er hat behauptet, die Quarze seien von Außerirdischen auf die Erde gebracht worden, und er müsse sie zu einem bestimmten Muster zusammensetzen, dann würde eine geheimnisvolle Botschaft erscheinen, mit deren Hilfe er die Welt vorm Untergang retten könne … Er war völlig durchgedreht! Er hielt sich für einen Auserwählten. Man hat ihn dann in eine Anstalt gebracht, und ich glaube, da sitzt er immer noch.«

»Siehst du!«, sagte Maria mit leisem Triumph.

Monika spann den Faden weiter. »Der Gral, das ist vielleicht ein bisschen weit hergeholt. Aber du hast recht, wir sollten den Kometen als Symbol nicht unterschätzen. Immerhin hält er die Uhren an, wofür wir noch keine Erklärung haben. Im übertragenen Sinne könnte das Stehenbleiben der Zeit mit dem Ort der ewigen Jugend in Verbindung gebracht werden. Die Größe von Religionen liegt bekanntermaßen in ihrer Fähigkeit, die Welt zu interpretieren und Unerklärliches so zurechtzubiegen, dass es in eine bestimmte Weltsicht passt.«

»Wenn wir also davon ausgehen, dass der Verein Sonnenrad oder einer seiner Ableger hinter den Morden stecken, wie könnte dann konkret die Verbindung zu unserem Meteoriten aussehen?«, fragte Maria.

»Hmm …«, machte die Schwalbe. »Das wird schwierig, aber nicht unmöglich. Da weder keltische noch heidnische religiöse Traditionen in gebrauchsfertiger Form überliefert sind, wird es sich bei den Ritualen einer keltischen Sekte im Endeffekt um ein Konglomerat von Versatzstücken handeln, die aus den wenigen Überlieferungen zusammengesucht und mit jeder Menge freier Interpretation sowie Wunschdenken und pragmatischem Interesse ergänzt sind. Der Meteorit könnte dabei den Charakter eines Fetischs erhalten, der mit übernatürlicher Kraft aufgeladen ist. Ein Talisman, der über Wunderkräfte verfügt. Damit ähnelt er in gewissem Sinne dem Gral der Legende, wenn man diesen Bogen spannen will.«

»Wir müssen diesen Bogen nicht unbedingt spannen«, sagte Maria, während sie der Münchenerin noch einmal Kaffee nachschenkte. »Es geht ja nur um die Idee an sich. Um das Konzept von Magie, das den Stein auf unserem Acker zu einem Objekt der Begierde macht.«

Monika nickte. »Okay, wenn es darum geht, kann ich noch etwas beitragen: In der Antike waren Steinkulte weit verbreitet. Besondere Steine wurden schon immer verehrt, bei den Phöniziern und auch bei den alten Griechen. Manche dieser heiligen Steine waren Meteoriten. Die Tatsache, dass sie im wahrsten Sinne des Wortes vom Himmel kamen, hob sie aus der Masse hervor. In Griechenland war dem Apollon ein besonderer Stein geweiht. Das war der heilige Stein Omphalos in Delphi.«

»Darum die Postkarte aus Delphi?«

»Wenn man so direkt mit der Nase auf einen Steinkult gestoßen wird, bleibt einem ja nichts übrig, als Postkarten zu verschicken.« Die Schwalbe lächelte. »Der Omphalos markierte für die Griechen den Nabel der Welt. Der Sage nach soll auch er ›vom Himmel gefallen‹ sein. Im Forum Romanum war ebenfalls ein heiliger Stein aufgestellt, der den Römern als Mittelpunkt der Welt galt.«

»Womit wir also – wenn auch auf krummen Wegen – tatsächlich bei heiligen Meteoriten gelandet wären«, stellte Maria fest.

Monika Schwalbe nickte wieder. »Im Auge behalten müssen wir aber vor allem eines: Wenn wir die Thesen vom Herrn Gartelmann als Tatsachen betrachten, gehen die Morde auf das Konto einer strikt durchorganisierten Sekte. Und die leitenden Köpfe dieser Sekte sind mit Sicherheit keine spirituell entrückten Mystiker oder versponnenen Gralssucher. Das sind Leute, die ganz genau wissen, was sie wollen. Gut organisierte Machtmenschen, die ein ganzes Phantasiegebäude von Magie und Ritualen errichtet haben, um möglichst viele ihrer mit weniger Verstand begabten Mitmenschen in ihre Schlingen zu ziehen und auszunutzen. Dieser ganze Schmarrn von der Wiederauferstehung der Kelten ist doch nichts anderes als ein geschickt konstruiertes Luftschloss. Und je subtiler es ausgeschmückt wird, umso glaubhafter erscheint es, desto größer ist die Anziehungskraft und desto zahlreicher die Mitglieder.«

»Und mit einem echten wundertätigen Meteoriten im Schatzkästlein hätte man auch gleich den schlagenden Beweis für die eigene Interpretation der Welt und die verehrungswürdige Knute, mit der man das Fußvolk auf den Knien hält«, vervollständigte Maria.

»Für diese Formulierung könnte ich dich küssen!«, rief die Schwalbe enthusiastisch und machte sich mit dem Kugelschreiber eine kleine Notiz in ihrer Handfläche. »Ich werde das gelegentlich verwenden, wenn du nichts dagegen hast.«

»Schenk ich dir«, sagte Maria lächelnd.

Monika Schwalbe trank ihren letzten Schluck Kaffee. Dann stand sie auf. »Heute Abend ist eine Party in Schwabing. Da darf ich nicht fehlen.«

»Aber lass dich bald wieder blicken, ja?«

»Sicher«, sagte die Schöne, bereits im Gehen begriffen. »Und was machst du jetzt, Maria?«

»Die Kühe füttern, was denn sonst«, sagte Maria mit einem kleinen Anflug von Wehmut in der Stimme.

# 4

»Die übliche Befragung. Zum dritten Mal. Aber sie haben nichts. Kein Grund zur Sorge.« Ihre Stimme klang kühl.

»Bist du sicher?«

Sie hatte es sich auf dem Sofa bequem gemacht, die Beine hochgelegt, das Telefon zwischen Ohr und Schulter geklemmt. »Diese Kommissarin macht immer den Eindruck, als wäre sie bekifft. Kriegt die Zähne kaum auseinander. Ihr kleiner Assistent mit dem Spitzmausgesicht ist der Stichwortgeber. Wenn er nichts sagt, starrt sie vor sich hin, als würde sie bunte Farben an den Wänden sehen.«

»Wir sollten sie nicht unterschätzen.«

»Aber auch nicht überschätzen«, sagte sie lässig und schob sich eine Trüffelpraline in den Mund. Er war sehr aufmerksam. Und er wusste, was sie mochte. Belgische Schokolade, französisches Parfüm, ab und an ein paar Perlen. Sie schwärmte für Perlen, und er wusste, was er an ihr hatte.

»Du kannst dich auf mich verlassen«, sagte sie mit einer samtigen Katzenstimme. »Sobald es Neuigkeiten gibt, erfährst du es sofort.«

Nach dem Gespräch ging sie ins Bad und ließ heißes Wasser in die Wanne laufen, dem sie einen großen Schuss Rosenöl beifügte. Die ganze Wohnung duftete nach Rosen.

»Das Alte muss verschwinden, damit das Neue Platz findet.« Sie ließ ihren seidenen Kimono fallen und stieg langsam ins Wasser. »Das Neue ist die Zukunft.«

Sie tauchte ein in den weichen Schaum und schloss genießerisch die Augen.

»Ich bin das Neue«, flüsterte sie. »Ich bin die Zukunft.«

# 5

»Der Typ scheint ein Spinner zu sein. Gartelmann. Klatschkolumnist bei der Morgenpost.« Aus ihrem Ordner zog Kommissarin Wintersruh eine Seite der Traunsteiner Morgenpost, auf welcher der Artikel über den Kometenfund in Palling rot markiert war. »Er ist derjenige, der diesen Schwachsinn hier verbrochen hat!«

Bichler warf einen kurzen Blick darauf. »Kenne ich. Und was will er von uns?«

»Keine Ahnung. Vielleicht hat er Gewissensbisse, weil er so einen Müll geschrieben hat. Oder er will sich wichtigmachen. Er schwatzte etwas von einer Sekte, die nach der Weltherrschaft strebt.«

Auf Bichlers Stirn standen die Falten wie Fragezeichen. »In welchem Zusammenhang?«

»Im Zusammenhang mit den Morden in Palling.«

»Und Sie glauben, dass er ein Spinner ist, Chefin? Können wir es uns erlauben, ihn nicht anzuhören?«

»Wir werden ihn ja anhören. Er sitzt im Flur auf der Bank. Holen Sie ihn rein, wenn Sie die Nerven haben, sich mit ihm auseinanderzusetzen.«

»Vielleicht weiß er tatsächlich was«, sagte Bichler. »Bei Ihrer defätistischen Grundhaltung ist es kein Wunder, dass unsere Aufklärungsraten stagnieren.«

Die Kommissarin zuckte die Schultern. »Ich habe nur etwas gegen Querulanten. Und so einer scheint der Gartelmann zu sein. Vor einigen Jahren haben die Kollegen in Rosenheim eine ganze Akte über ihn gefüllt.«

Gartelmann hatte auch während der langen Wartezeit die Sonnenbrille nicht abgesetzt.

»Tut mir leid, dass Sie warten mussten«, sagte Bichler höflich und bot ihm einen Platz an. »Was können wir für Sie tun?«

»Ich möchte eine Aussage machen bezüglich der Morde von Palling«, sagte der abgehalfterte Journalist und räusperte sich.

»Da sind wir aber gespannt«, bemerkte die Kommissarin halblaut von ihrem Platz aus.

»Wollen Sie keine Notizen machen?« Gartelmann war sofort misstrauisch, als Bichler keine Anstalten machte, Papier und Stift hervorzuholen.

»Lassen Sie erst einmal hören, Herr Gartelmann. Und dann werden wir sehen, wie wir weiter verfahren.«

»Und setzen Sie bitte diese Mafiosi-Brille ab«, sagte Helga Wintersruh mit ihrer herben Stimme. »Wir sind hier nicht in einem schlechten Gangsterfilm.«

Unter seiner Brille sah Gartelmann recht jämmerlich aus. Er hatte zu viel getrunken in den letzten Tagen. Rasiert hatte er sich offenbar ebenso lange nicht.

»Ich hätte nicht übel Lust, Sie wieder nach Hause zu schicken!«

»Sie ist immer so, lassen Sie sich nicht irritieren«, beschwichtigte Bichler, der immer den Netten des Teams gab.

»Ich habe lange überlegt, ob ich überhaupt herkommen soll. Und vielleicht hätte ich es besser gelassen«, sagte Gartelmann mürrisch.

»Warum? Weil die Geschichte, die Sie uns auftischen wollen, so unglaubwürdig klingt?« Die Kommissarin winkte mit ein paar frisch ausgedruckten Seiten. »Sie sind uns nicht unbekannt, Herr Gartelmann! Besser gesagt, unseren Kollegen in Rosenheim nicht. Vor neun Jahren haben Sie da mal ganz ordentlichen Wirbel gemacht, um es so auszudrücken. Haben Gott und die Welt beschuldigt, an einer Verschwörung beteiligt zu sein. Einen Menschen in den Tod getrieben zu haben. Und später nahmen Sie alles zurück. Wer soll Ihnen denn noch glauben?«

Gartelmann wurde ärgerlich, was ihm besser zu Gesicht stand als die stille Duckmäusermiene. »Fragen Sie sich doch mal, warum ich damals so plötzlich alle Aussagen widerrufen habe! Man hat mich unter Druck gesetzt, Frau Kommissarin! Ihre Kollegen hatten nicht das geringste Interesse, die Wahrheit aufzudecken.«

Er machte Anstalten, sich zu erheben. Bichler warf seiner Chefin einen bösen Blick zu. »Bleiben Sie doch, Herr Gartelmann. Möchten Sie einen Kaffee? Und sagen Sie uns bitte endlich, worum es geht.«

»Um den hier geht es!« Gartelmann, der die Zeitungsseite mit seinem eingerahmten Artikel auf dem Schreibtisch der Kommissarin hatte liegen sehen, stand energisch auf und tippte auf das Foto.

»Wen meinen Sie?« Bichler beugte sich über Gartelmanns Hand.

»Aber das ist ja die Frau Langner! Chefin, haben Sie gesehen, dass unser zweites Mordopfer auf diesem Foto ist?«

»Nein«, brummte die Kommissarin irritiert. »So genau habe ich es mir nicht angeschaut.«

»Hier im Hintergrund. Das ist sie, oder ich müsste mich sehr täuschen!«

»Natürlich ist sie es!«, sagte Gartelmann grob. »Aber um sie geht es gar nicht, sondern um diesen Mann hier, auf der anderen Seite der Hütte. Der mit dem Anzug und dem Kinnbart.«

»Ist mir bislang nicht aufgefallen«, gab die Kommissarin zu. »Mittelgroß. Unauffälliger Typ. Wer soll das sein?«

»Das ist Hermann Graue. Traurig, dass man die Polizei erst mit der Nase auf die dicksten Fische stoßen muss! Wenn Sie sich die Mühe machen, in Ihren Akten nachzuschauen, werden Sie einiges über ihn finden.«

Das ließ Bichler sich nicht zweimal sagen. Er huschte zurück an seinen Rechner. »Hermann Graue«, murmelte er, während er den Namen eingab.

Das bislang mäßige Interesse der Kommissarin begann zu wachsen. »Und dieser Mann hatte Kontakt mit der Therese Langner? In welchem Verhältnis standen die beiden zueinander?«

»Das weiß ich nicht genau«, gab Gartelmann zu. »Die Frau Langner kannte ich gar nicht, bis mich vor ein paar Wochen jemand auf sie aufmerksam machte.«

»Wer?«, hakte die Kommissarin sofort nach.

Nun schaltete Gartelmann auf stur. »Meine Quellen kann ich nicht nennen!«

»Hören Sie, Herr Gartelmann«, begann Helga Wintersruh ungehalten, »wenn Sie sich nur wichtigmachen wollen, kriegen Sie dicken Ärger, dafür sorge ich! Stehlen Sie uns nicht die kostbare Zeit. Sie können nicht hier aufkreuzen, geheimnisvolle Andeutungen machen und dann nichts sagen wollen. Das ist Behinderung der Polizeiarbeit, im schlimmsten Falle sogar Deckung einer Straftat …«

»Maria Birnbaum«, sagte Gartelmann, der sich leicht ins Bockshorn jagen ließ.

»Wie bitte?«

»Maria Birnbaum«, wiederholte der Mann mürrisch. »Sie hat die

Frau Langner auf dem Foto entdeckt, und weil ich den Hermann Graue kannte, haben wir uns ein wenig ausgetauscht.«

»Ausgetauscht, na wunderbar! Ausgerechnet die Birnbaum, diese kleine Feldmaus, pfuscht uns in die Arbeit!«

»Bingo!«, rief Bichler in diesem Moment von seinem Schreibtisch. »In den Akten ist tatsächlich einiges über Hermann Graue zu finden.«

»Ist er denn der Mann auf dem Foto?«

»Das könnte schon hinkommen. Ich habe hier ein altes Polizeifoto vorliegen. Die Augen, die hohe Stirn … Ich würde sagen, er ist es. Und er ist kein unbeschriebenes Blatt, Chefin. Bereits in den 1990er Jahren geriet er in seiner Rolle als Vorsitzender vom ›Heimatverein Sonnenrad‹ ins Blickfeld des bayerischen Sektenbeauftragten.«

»Und was ist das für ein Verein?«

»Eine Gruppe elitärer Klugscheißer, die glaubt, das Exklusivrezept für den Weg ins Licht gefunden zu haben«, resümierte Bichler, der die Akte rasch überflog. »Sie propagierten die Renaissance des keltischen Volkes, das einstmals die Welt beherrschen wird. Und der Anführer dieser netten Exoten, der sich selbst gern als Druide titulieren ließ, war besagter Hermann Graue.«

»Habe ich es nicht gesagt?«, bemerkte Gartelmann mit gelangweilter Miene.

Bichler druckte die Seite aus. »Die waren damals ziemlich aktiv. Haben öffentliche Veranstaltungen gemacht, heidnische Sonnenwendfeiern mit angeblich keltischem Liedgut und Segnungen des Druiden. Wäre ja nicht das erste Mal, das jemand versucht, sich so ein Zeug zunutze zu machen. Identitätsstiftende Traditionen unter Hintanstellung der historischen Realität. Und am Ende hat man eine regelrechte Sekte, deren Mitglieder wie die Kletten aneinanderkleben und für ihren großen Meister alles tun würden.«

»Genau der Schrott, den ich nicht leiden kann«, bemerkte die Kommissarin trocken.

»Vor fünf Jahren wurde Hermann Graue als Vereinsvorsitzender von einem weniger radikalen Nachfolger abgelöst. Graue hatte es anscheinend verstanden, seine Mitglieder zu allerlei Dummheiten zu veranlassen. Es gab Unterschlagungen zu Gunsten des Vereins, Ankauf von ländlichen Immobilien in abgelegenen Gegenden durch

Strohmänner, Gebäuderuinen, die überversichert wurden und dann prompt niederbrannten. Offenbar hatte der Druide gute Beziehungen zu den Blitzen. Dann stand Nötigung im Raum, vielleicht sogar Erpressung. Und möglicherweise Zuhälterei, in dem Sinne, dass junge Frauen und Mädchen, die dem Verein angehörten, für allerlei Vergnügungen zur Verfügung stehen mussten, wenn der Druide es befahl. Graue wird nicht schlecht daran verdient haben. Und irgendwie ist ihm gelungen, seinen Verein so interessant zu machen, dass gut betuchte Leute sich um die Mitgliedschaft geradezu rissen.«

Die Kommissarin rollte mit ihrem Stuhl heran, um ihrem Assistenten über die Schulter zu blicken. »Und was bekamen sie dafür im Gegenzug?«

Bichler, der es nicht ausstehen konnte, wenn ihm jemand auf die Pelle rückte, stand auf, um sich einen Kaffee einzugießen. »Dafür muss man zunächst einmal verstehen, wie so eine Sekte funktioniert«, dozierte er, wobei er den Kaffeelöffel wie einen kleinen Taktstock schwang. »Zum einen gibt es die charismatische Führungspersönlichkeit, um die herum sich die Gruppe gebildet hat. Das ist der Erleuchtete, dessen Wort innerhalb der Gruppe ebenso schwer wiegt wie für andere Leute die Gesetzestafeln Moses. Er erhebt für sich den Anspruch auf das Monopol der Wahrheit, womit folgerichtig auch seine Handlungen exklusiv konzessioniert sind. Er verkündet den Weg zum Heil. Und das Erreichen dieses Heils rechtfertigt die jeweilige religiöse Praxis.«

»Die Disziplin beim Verein Sonnenrad und seinen Ablegern ist rigoros«, trug nun Gartelmann bei. »Wer nicht spurt, fliegt. Oder bezahlt mit dem Leben. Die Gruppe verlangt Gefolgschaft und Unterordnung bis zur Selbstaufgabe. Sogar das Privatleben wird kontrolliert. Alte Sozialbeziehungen werden unterbunden. Es gibt Kontaktverbote, Trennungsbefehle sogar innerhalb der eigenen Familie, Kontrolle jeglicher Kommunikation. Wer die Wahrheit der Sekte nicht anerkennt, gilt als verloren oder minderwertig und hat in letzter Konsequenz keine Existenzberechtigung.«

Bichler nickte. »Das Wort des Führers ist Gesetz. Und mit diesem Absolutheitsanspruch geht das Bewusstsein der Mitglieder einher, eine Elite von Auserwählten und Geretteten zu sein. Ein Privileg, für das man einiges tun muss: Loyalität beweisen, Gehorsam üben, wirtschaftliche Unterstützung geben.«

»Wirtschaftliche Unterstützung meint in dem Fall, dass die Mitglieder dem Hermann Graue das Geld nur so in den Arsch geblasen haben«, bemerkte Gartelmann zynisch. »Mein Kumpel Christian, der auch auf diesen Verein reingefallen war, hatte sogar Schulden gemacht, um seine Beiträge und Sonderscherflein zu zahlen, damit der große Meister sich den Klorollenhalter vergolden lassen konnte. Seine Eltern haben den ganzen Mist hinterher abgestottert.«

»Mäßigen Sie sich, Herr Gartelmann.« Die Kommissarin hielt ihm ihren Teller mit Schokoladenkeksen hin. »Wenn dieser Möchtegern-Druide wirklich so viel Dreck am Stecken hat, werden wir ihn kriegen!«

»Jetzt muss ich aber lachen! Wie wollen Sie ihn kriegen, wenn er doch seit Jahren tot ist?«

»Wie bitte?«, fragten die Kommissarin und ihr Assistent wie aus einem Munde.

»Zumindest ist das die Information, die ich seit etwa fünf Jahren hatte«, murrte der abgewrackte Schreiberling.

»Bichler!«

Bichler begann sofort wieder auf seine Tastatur einzuhacken. »Da stimmt tatsächlich etwas nicht! Und nun erinnere ich mich auch: Da gab es doch vor ein paar Jahren einen Todesfall in Verbindung mit einem Brand in einer Scheune, bei dem ein Hermann Graue ums Leben gekommen war. Damals waren Sie noch nicht zu uns gestoßen, Chefin. Aber ich erinnere mich noch gut.«

»Das ist er!«, nickte Gartelmann verbissen. »Der graue Hermann! Aber er ist nicht tot, wie Sie sehen. Der ehrenwerte Herr Ex-Vorsitzende stand vor wenigen Wochen noch auf Birnbaums Acker, um den Kometen zu begutachten, ganz in der Nähe von Therese Langner, die diesen Tag nicht lange überlebte!«

»Wenn das stimmt, dann haben wir es entweder mit einem Zombie zu tun oder mit einem ganz dicken Betrug!«

»An Zombies pflege ich nicht zu glauben, dann schon eher an die Schlechtigkeit der Welt«, bemerkte die Kommissarin.

Bichler traten Schweißtropfen auf die Stirn. Er klickte mit der Maus, bis er das entsprechende Aktenzeichen gefunden hatte, und überflog den Eintrag: »Hermann Graue, erster Vorsitzender des wegen Betrugs und Nötigung in die Schlagzeilen geratenen Vereins Sonnenrad, kam im März 2007 ums Leben. Möglicherweise durch eigene Hand, aber das konnte nie eindeutig geklärt werden. Er hatte sich an einem Balken in seiner eigenen Scheune in Amerang aufgeknüpft. Da durch einen merkwürdigen Zufall die Scheune bei dieser Gelegenheit abbrannte, konnte man seinen Tod jedoch nicht mehr genau rekonstruieren. Ereignet hatte sich das Ganze, nachdem es gehäuft zu Anzeigen gegen den Verein gekommen war, jedoch bevor die Sache vor Gericht ging. Gerade so, als hätte sich der graue Hermann mit dem Selbstmord der Justiz entziehen wollen, aus schlechtem Gewissen und als eine Art Schuldeingeständnis. Es gab allerdings Ungereimtheiten. Kleinigkeiten, die nicht stimmig waren. Der umgeworfene Stuhl zu Füßen des Erhängten war eigentlich zu niedrig, um sich per Strick selbst zu entleiben. Aber man gab sich zufrieden. Der Eifer war nicht allzu groß. Am Ende war man froh, die angekohlte Leiche identifiziert zu haben, und Ruhe kehrte ein.«

»Wer hat die Identifizierung denn vorgenommen?«, fragte Kommissarin Wintersruh. Wer Leichen identifizierte, die fünf Jahre später wieder munter durch die Gegend liefen, verdiente zumindest eine Vorladung.

»Hermann Graue hatte keine Familie. Daher wurde die Identifizierung von einer Bekannten vorgenommen, Mitglied im Verein Sonnenrad, und der Name war …« Bichler klickte ein weiteres Mal. »Therese Langner!« Er sprang von seinem Stuhl auf. »Verdammt noch mal, die Langner! Das ist doch nicht zu fassen!«

»Täuschen Sie sich auch nicht?« Die Kommissarin war ebenfalls aufgesprungen.

»Ich kann doch lesen! Hier steht es: Identifiziert durch Langner, Therese, geboren am 12. Juli 1971. Damals noch wohnhaft in Rosenheim.«

»Das passt doch prima!« Nun hielt es auch Gartelmann nicht mehr auf seinem Stuhl. Mit geballten Fäusten lief er auf und ab. »Sie hat dem Graue damals einen Gefallen getan. Hat es ihm ermöglicht, sich dem Verfahren zu entziehen, unterzutauchen und mit einem neuen Namen ein neues Leben zu beginnen. Oder sein altes Leben weiterzuführen und die gleichen Ziele weiterzuverfolgen, nur mit einer neuen Identität. Er war ihr verpflichtet. Sie hätte ihn jederzeit auffliegen lassen können. Und wegen der Geschichte mit dem Kometen gerieten sie irgendwie in Streit …«

»… und Graue nutzte die Gelegenheit, eine alte Mitwisserin und lebende Zeitbombe endlich loszuwerden«, beendete die Kommissarin den Satz. »Bleibt die Frage, wer der Tote in der Scheune war.«

Gartelmann zuckte die Achseln. »Der graue Hermann wird mehr als einen Feind gehabt haben und mehr als einen untreu gewordenen Anhänger, den man bei dieser Gelegenheit loswerden konnte. Der Verein wählte nach Graues Ausscheiden einen neuen Vorsitzenden. Das ist seit fünf Jahren Waldemar Winkel, der davor bereits Zweiter Vorsitzender war. Wahrscheinlich war er Graue schon damals ergeben. Vielleicht ist er nur seine Marionette, sein Strohmann, der noch immer streng nach den Anweisungen des unsichtbaren Puppenspielers arbeitet.«

»Dann müssen wir also nur noch herausfinden, unter welchem Namen der Hermann Graue jetzt lebt und wo er sich versteckt hält«, stellte die Kommissarin sachlich fest.

Bichler grinste schief. »Das klingt ja ganz einfach, Chefin!«

## 6

Xaver Birnbaum war schon den ganzen Tag nervös. Zum wiederholten Mal marschierte er den Rain seines ehemaligen Weizenfeldes entlang. An einem Stock in der Erde hing noch ein Rest von dem rot-weißen Flatterband, mit dem die Polizei den Schauplatz des Mordes vor fast drei Monaten abgesperrt hatte.

»Dieser ganze Mist bringt mich noch um!«

Ein Sperling, der in einem herbstlichen Strauch gerastet hatte, flatterte erschrocken auf. Der Fluch schien in der Mittagsluft zu schweben. Aber jetzt war es ohnehin zu spät. Dieses Jahr ging nichts mehr, der Acker blieb eine Brache. Das Geologische Institut hatte ihm eine kleine Ausgleichszahlung in Aussicht gestellt, wenn er den Wissenschaftlern dafür ständigen Zugang zu dem Meteoriten gewährte. Davon abgesehen, dass die Zahlung viel zu gering war, um die ausgefallene Ernte zu ersetzen, passte es Birnbaum nicht in den Kram, dass man ihm Vorschriften machte, wann und wo er mit seinem Traktor fahren durfte und wo nicht. Die Wissenschaft herrschte wie ein gestrenger Gottvater über seinem Boden. Er war auf seinem eigenen Land nur noch ein gehorsamer Ministrant, der das Glöckchen läuten und andächtig lauschen durfte, wenn Professor Driftel oder seine Kollegen gelehrte Zeremonien abhielten und die Bestätigung ihrer Hypothesen predigten. Noch nicht einmal Wegezoll durfte er nehmen, wenn er sich keinen Ärger einhandeln wollte.

Birnbaum trat gegen ein paar Steine und fluchte. Am meisten schmerzte es ihn, seine Frau so enttäuschen zu müssen. Der Geldsegen, von dem er ihr, seinem Sohn und dem kleinen Ungeborenen ein angenehmes Leben hätte finanzieren können, würde nicht kommen, so viel war inzwischen klar.

Nachdem er genug geschimpft hatte, ging Birnbaum nach Hause. Aber auch dort gelang ihm nichts. Beim Flicken des Kaninchenstalls schlug er sich mit dem Hammer auf den Finger, und sein Gesicht lief rot an vor lauter Anstrengung, sich einen weiteren Fluch zu verkneifen. Es wäre besser gewesen, er wäre mitgefahren zum Doktor.

War doch egal, was die anderen dachten. Sollten sie ihn doch einen Weiberknecht und ein Weichei nennen, weil er stundenlang beim Frauenarzt im Wartezimmer saß und Händchen hielt. Stattdessen war die Klara dabei, und das konnte ewig dauern, denn die Klara war eine schwatzhafte Elster, und sie würde mit der Maria sicher noch hierhin und dorthin fahren und tratschen und ihn schmoren lassen, bis es dunkel wurde.

Murrend machte er den Stall fertig und ertappte sich dabei, dass er das schwarze Kaninchen unverhältnismäßig lange im Arm hielt und ihm den Nacken kraulte, was sonst nicht seine Art war.

Wahrscheinlich werde ich alt, dachte er mit einer Mischung aus Missmut und Zufriedenheit. Ein sentimentaler alter Sack. Fehlt noch, dass ich hier einen Streichelzoo einrichte.

Er schob das Kaninchen zurück in den Stall und pflückte noch ein bisschen Löwenzahn, den er durchs Drahtgitter steckte. Dann endlich kam Klaras Wagen auf den Hof gefahren. Birnbaum blieb hinter dem Holzstapel stehen. Maria stieg aus, mit ihrem geblümten Halstuch und einem Lachen im Gesicht, sodass er am liebsten gleich zu ihr hingelaufen wäre. Aber erst musste die Klara fort sein.

Als der Wagen vom Hof fuhr, verschwand Maria in der Diele, und nun hielt ihn nichts mehr. Er nannte sich selbst einen Trottel, weil er in der Zwischenzeit ja wenigstens ein paar Blumen hätte pflücken oder den Abendbrottisch hätte decken können. Maria hatte das Halstuch abgenommen und stellte Teller auf den Tisch, als er durch die Tür gepoltert kam. Ihr Bauch kam ihm nun viel runder vor als am Morgen.

»Alles gut?«, fragte er ohne Umstände, wie es seine Art war.

»Ja, alles gut«, nickte sie und strahlte plötzlich, wie er es zuletzt gesehen hatte, als der Tobias das Laufen lernte.

Er setzte sich, stand wieder auf und wusste kaum, wo er bleiben sollte.

»Und, konnte man schon sehen, was es wird?«

Sie tat so, als habe sie die Frage nicht gehört.

»Was wird es denn?«, drängelte er.

»Ein Mädl wird es«, sagte sie, nachdem er noch drei Mal hatte bitten müssen. »Der Doktor hat es mir gezeigt, auf dem Ultraschall.«

Sie zog ein schwarz-weißes Bildchen aus ihrer Tasche. Xaver Birnbaum erkannte nichts darauf, auch nicht, als sie es ihm erklärte. Aber das machte nichts. Wenn die Maria es sagte, würde es schon stimmen.

»Nun wird alles wieder gut«, sagte er und drückte sie ganz fest.

Maria war erstaunt, denn solche Ausbrüche kannte sie nicht von ihm. Sie strich ihr dunkles Haar wieder glatt und nahm die Kaffeetassen aus dem Schrank, während ihr Mann sich an das Fensterbrett lehnte und ganz seltsam auf ihre Leibesmitte starrte.

»Darf ich den Namen aussuchen?«

Vielleicht hat er einen kleinen Sonnenstich, dachte sie. Er ist den ganzen Tag auf dem Acker gewesen, und die Septembersonne ist tückisch.

»Wenn du magst, darfst du. Hast du dir denn schon einen ausgedacht?«

Wenn er jetzt Monika sagte, würde sie ihn umbringen. Mit der Bratpfanne erschlagen würde sie ihn, ohne mit der Wimper zu zucken.

»Linda«, sagte er, ohne zu zögern.

»Ist das auch eine Freundin von dir?«

»Aber Unsinn! Lass doch endlich diesen Schmarrn. Ich denke nur, dass es ein schöner Name ist.«

»Denke ich auch«, sagte Maria. »Aber irgendwann erklärst du mir schon, wie du ausgerechnet darauf kommst, ja?«

»Irgendwann«, sagte Birnbaum, dessen Hände allmählich weniger zitterten und der sich ausmalte, wie er nach dem Abendbrot noch auf eine Runde nach Palling ins Gasthaus gehen und dem ganzen Dorf erzählen würde, dass er bald eine kleine Tochter bekam. Und dass es von nun an wieder aufwärtsgehen würde mit dem Hof.

# 7

Der Meteorit war der Schlüssel. Die Eintrittskarte in die Führungsriege. Er hatte sich nun mal auf den Meteoriten kapriziert, auch wenn es im Grunde lächerlich war. Bestimmt überschätzte er das Ding, so wie er sich selbst überschätzte. Vielleicht würde er bald anfangen, seine eigenen Lehren zu glauben. Auch er wurde langsam …

»Alt!«

Er begann, Fehler zu machen. Weigerte sich, sein Gesicht chirurgisch verändern zu lassen, weil er sich vor Operationen fürchtete. Wollte in dieser engen Gasse bleiben, in diesem Laden im Hinterhof, statt nach München zu ziehen. Er hatte Komplexe, und das stand einem Führer nicht gut zu Gesicht. Er wurde undiszipliniert und …

»Schwach!«

Die anderen schienen es nicht zu merken. Nach außen hin war seine Autorität ungebrochen, und sie kuschten, wenn er sich nur räusperte. Aber sie blickte tiefer. Kannte ihn aus nächster Nähe. Sah das Zittern seiner Fingerspitzen, wenn es Entscheidungen zu treffen galt. Seine Nerven hatten gelitten. Er sprach noch immer von der Langner, wie sie gewesen war, als sie jung war, über ihr Lachen, ihre verborgenen Qualitäten. Dann sah er hinab auf seine Hände, die das Leben aus ihr herausgewürgt hatten, und in seinen Schläfen zuckte es.

»Ein Jahr noch, vielleicht zwei«, sagte sie zu sich. »Dann ist er reif. Und dann bin ich da.«

Auf der Mitte ihres Tisches war auf einem rosafarbenen Teller eine Pyramide mit den köstlichsten Pralinen arrangiert. Den ganzen Morgen schon. Und sie hatte keine einzige angerührt. Ihre leichteste Übung, auch wenn ihr das Wasser im Mund zusammenlief. Disziplin hieß das Zauberwort. Wer sich nicht selbst befahl, der würde immer unfrei sein.

Sie betrachtete sich im Spiegel. Das Mittagslicht gleißte. Um ihren Kopf lag der Widerschein der Sonne wie eine glänzende Aureole. Jeden Tag wurde sie stärker. Ihre Tugenden waren Schönheit, der Hunger nach Macht und die Geduld einer lauernden Raubkatze.

# 8

»Ich glaube, diesmal treffen wir ins Schwarze, Chefin!«

»Haben Sie die Nacht hier im Büro verbracht?«, fragte die Kommissarin misstrauisch.

»Die halbe Nacht«, gab Bichler zu. »Um vier Uhr bin ich nach Hause.«

»Und jetzt schon wieder auf den Beinen?« Sie konnte sich nur wundern, denn ihr Assistent sah so frisch und rosig aus, als käme er aus dem Urlaub.

»Ringelblumentee statt der schwarzen Brühe, die Sie sich reinschütten. Obst und frische Luft statt Nikotin und Kekse, dann würden Sie auch gesünder aussehen!«

Kommissarin Wintersruh murmelte etwas, was nicht zu verstehen war. Bichler ließ sich nicht beeindrucken.

»Ich habe gründlich recherchiert. Der Verein Sonnenrad war und ist auch in Palling tätig, genau wie in den meisten Gemeinden rund um den Chiemsee. Inzwischen allerdings in aller Stille, nicht mehr mit so viel Brimborium wie damals, zu Graues Zeiten. Nach wie vor werden unter Obhut des Vereins allerdings jedes Jahr sogenannte Sonnenwendfeiern abgehalten.«

»Sonnenwendfeiern gibt es dutzendweise, und die meisten enden naturgemäß in prächtigen Besäufnissen«, sagte die Kommissarin, die die hiesigen Bräuche bereits kennengelernt hatte. Viel Bier und ein wenig Kontemplation.

»Das mag sein. Aber die Feiern vom Sonnenrad waren etwas anders geartet. Vielen Leuten sind sie noch gut im Gedächtnis, und zwar meist in positiver Weise. Zwar gab es auch dort Wurstbuden und Bierausschank, dazu allerdings pseudokeltische Folklore statt bayerischer Klänge, Tänze zu Schalmeien und Dudelsack und dazwischen buntes Treiben, ähnlich wie diese Mittelaltermärkte, nur eben auf keltisch getrimmt. Das alles in einem eher kleinen Rahmen, familienfreundlich und gemütlich, keine Gelage, keine Prügeleien. Nachts wurden zur allgemeinen Gaudi große Feuerräder abgebrannt, auf die Strohpuppen gebunden waren. Auch das ist nicht so ungewöhnlich, niemand hat sich was dabei gedacht, und die Tatsache, dass der Verein nebenbei Flugblätter und selbst gedruckte Heftchen verteilte, wurde kaum wahrgenommen.«

»Haben Sie zufällig so ein Flugblatt auftreiben können?«

»Habe ich.« Bichler wühlte in seiner Aktentasche.

Das Flugblatt bestand aus einer gefalteten Doppelseite im DIN-A5-Format. Als Logo trug es ein schwarzes Rad in einem Kreis und beschränkte sich im Grunde darauf, die Programmpunkte der Festlichkeit aufzuzählen. Ganz unten auf der Seite befanden sich Name und Privatanschrift des grauen Hermann, wobei seine Privatanschrift in Amerang sich mit der damaligen offiziellen Anschrift des Heimatvereins deckte.

»Auf den ersten Blick ganz harmlos.«

»Ja, auf den ersten Blick«, sagte Bichler vieldeutig. »Auf den zweiten Blick scheint das Vereinsleben jedoch seine Tücken gehabt zu haben. Mehrere ordentliche Mitglieder des Vereins sind spurlos verschwunden, unbekannt verzogen oder ganz plötzlich verstorben. Zum Beispiel ein gewisser Hubert Grandel aus Freutsmoos. Er hat damals, kurz bevor Hermann Graue sein Leben aushauchte, Selbstmord begangen. In diesem Fall scheint es allerdings ein echter Selbstmord gewesen zu sein. Zumindest hat es vonseiten der Kollegen keine anderen Erkenntnisse gegeben.«

»Weiß man, warum er sich umgebracht hat?«

Bichler schüttelte den Kopf. »Nicht genau. Er war einer derjenigen, die den Verein angezeigt hatten. Wegen Nötigung und Erpressung.«

»Und da hat man nicht weiter untersucht? Was für eine verdammte Nachlässigkeit!«, brauste die Kommissarin auf.

»Acht Tage später hat dann der graue Hermann das Zeitliche gesegnet, oder zumindest eine Person, die unter seinem Namen begraben wurde. In Seeon gehörten der Softwareentwickler Heinz Erdmann und seine Frau Julia dem Verein an. Sie sind wenige Wochen nach Graues Ableben fortgezogen, mitsamt ihren drei Kindern. Nach München, heißt es, aber Genaues weiß man nicht. Niemand hat je wieder etwas von ihnen gehört.«

»Frag sofort in München beim Einwohnermeldeamt nach, ob die Familie Erdmann dort aufgetaucht ist. Nicht dass am Ende eine ganze Familie vom Erdboden verschwunden ist, und niemanden hat es interessiert!«

Bichler machte sich eine Notiz. »Ferner gab es einen Julius Zarm, polnischer Staatsbürger«, fuhr er fort. »Ein Feinmechaniker, der in Traunreut gemeldet war und sich zwischenzeitlich als Erntehelfer verdingte. Als er in Rosenheim endlich eine gute Stelle fand, verschwand er seltsamerweise nach seinem dritten Arbeitstag. Auch in seiner Wohnung wurde er nie wieder gesehen.«

»Vielleicht ein Mietnomade?«

»Wohl kaum. Er hat all seinen persönlichen Besitz zurückgelassen.«

»Und er war ein eingeschriebenes Mitglied im Verein Sonnenrad?«

»Ja, seit einem Jahr. Er hatte keine Familie in Deutschland. Vielleicht suchte er Anschluss, Geselligkeit.«

»Und er ist nie wieder aufgetaucht?«

»Nein.«

»Merkwürdig. Vielleicht ist er nach Polen zurückgegangen?«

»Nachdem er endlich richtige Arbeit gefunden hatte? Sehr unwahrscheinlich. Ferner gibt es noch ein weiteres Detail, das mit dem Treiben des Vereins zusammenhängen könnte: In den Wäldern des Pallinger Berges sind noch heute Hochäcker zu erkennen, wellige Mulden und Wälle, die auf die echten Kelten zurückgehen dürften. Auf den Lichtungen dort haben im Laufe der letzten Jahre mehrmals kleinere Feuer gebrannt, immer nachts und weithin sichtbar. Niemand weiß, wer für diese Feuer verantwortlich war, denn eigentlich ist es natürlich verboten, im Wald zu zündeln. Am nächsten Tag fand man immer nur die kalten Feuerstellen.«

»Auch noch in jüngerer Zeit?«

Bichler nickte. »Zum letzten Mal angeblich im Juni. Ungefähr zur Sonnenwende. Einmal fand ein Landwirt an so einer Feuerstelle einen Hühnerkadaver. Ohne Kopf und ausgeblutet. Er dachte, das wäre wohl ein Fuchs gewesen oder vielleicht der Hühnerhabicht. Obwohl Fuchs und Habicht den Kadaver ja wahrscheinlich nicht liegen gelassen hätten. Hinter der Hand flüstert man, die Langner sei gelegentlich gesehen worden, wie sie sich in den Wäldern herumtrieb. Vielleicht hatte die Dame seltsame Vorlieben. Vielleicht hat sie ihre eigenen religiösen Zeremonien veranstaltet, bei denen sie die Hauptrolle spielte. Vielleicht hatte sie sich zu sehr verselbstständigt, war der Sekte untreu geworden, was sie zu einer ganz konkreten Gefahr für den wandelnden Toten Hermann Graue werden ließ.«

Kommissarin Wintersruh war aufgestanden und öffnete das Fenster, um sich verbotenerweise eine Zigarette anzuzünden. Bichler warf ihr einen strafenden Blick zu, was seine Chefin jedoch geflissentlich ignorierte.

»Da fehlt ein Glied in der Kette«, stellte sie zum wiederholten Mal fest. »Wer liegt in dem Grab von Hermann Graue?«

»Meinen Sie, wir sollten eine Exhumierung beantragen?«

Die Kommissarin schüttelte den Kopf. »Ich kann mir nicht vorstellen, dass das noch was bringt. Die Leiche war doch schon damals halb verkohlt, und nach fünf Jahren wird nicht mehr als ein bisschen Staub und Asche übrig sein.«

Bichler machte sein kluges Mausgesicht. »Und es fehlt noch ein zweites Glied. Es muss eine Person in Palling geben, die Hermann Graue – wo und in welcher Identität er auch immer nun stecken mag – auf dem Laufenden hält. Jemand, der die Verbindung zwischen ihm und dem Verein aufrechterhält. Ein Mittler, ein Zuträger, ein Informant, der ihn warnt, wenn es brenzlig wird, und der ihm vielleicht auch einflüstert, was jetzt zu tun ist.«

»Wenn es eine solche Person tatsächlich gibt, wird sie schwerlich aufzuspüren sein. Wahrscheinlich handelt es sich nicht um ein eingeschriebenes Vereinsmitglied, sondern eher um eine persönliche Vertraute.«

»Sie meinen, cherchez la femme, Chefin?«

Helga Wintersruh zuckte die Schultern. »Warum nicht? Würde mich gar nicht überraschen, wenn ein so großer Meister und Druide eine ganze Reihe von glühenden Verehrerinnen hat, die bereit sind, alles für ihn zu tun. Morgen Nachmittag werden wir beide ein weiteres Mal nach Palling fahren und die Wohnung von der Langner unter die Lupe nehmen. Die ist immer noch versiegelt, alles unverändert. Vielleicht haben wir etwas übersehen. Vielleicht finden wir irgendeinen Hinweis, wo der graue Hermann sich verborgen hält.«

## 9

Am nächsten Morgen rief Monika Schwalbe überraschend auf dem Mooshamer-Hof an und bat Xaver Birnbaum, er möge doch kurzfristig noch einmal mit nach München zu Dr. Hasenpfeffer kommen. Birnbaum hatte eigentlich vorgehabt, den Traktor zu reparieren, der wieder einmal seine Mucken hatte, am Nachmittag wollte er dann mit seiner Frau nach Traunstein, um einen Kindersitz auszusuchen und sonst noch ein paar Kleinigkeiten, die sie bald brauchen würden. Aber Maria war ohnehin wieder wortkarg. Sie hatte sich ins Bügelzimmer verkrochen und sprach kein Wort.

»In Ordnung«, sagte Birnbaum missmutig. »Der Traktor kann warten. Holen Sie mich ab? Ich bin nicht sicher, ob mein Wagen die Strecke durchhält.«

Eine halbe Stunde später war die Schwalbe da. Sie hatte wieder einmal bei ihrer Bekannten in Traunstein übernachtet. Zweimal wöchentlich fuhr sie zum Acker hinauf, betrachtete den Kometen von allen Seiten, so weit das Gitter, das streng verschlossen blieb, es zuließ, und warf ihre mobilen Messgeräte an. Es änderte sich nichts: Die Uhren blieben stehen, und die Mobilfunknetze funktionierten nicht, wenn man dem Ding näher als dreißig bis vierzig Meter kam. Diese Entfernung variierte gelegentlich leicht, wenn sich beispielsweise eine Gewitterfront näherte. Dann konnte sich die Reichweite des Meteoriten auf bis zu fünfzig Meter ausweiten. Das war aber auch alles, und solange die Wissenschaftler den Kometen nicht herausnehmen und genauer analysieren konnten, stagnierte die Forschung.

Birnbaum quetschte sich auf den Beifahrersitz des Golf. Das Fenster des Bügelzimmers unterm Dach stand ein bisschen offen. Die Gardine bewegte sich leicht. War das der Wind? Oder stand Maria da oben und schaute ihnen nach?

»Was will der Hasenpfeffer denn von uns?«, fragte Birnbaum, während die Schwalbe den Motor aufheulen ließ.

»Er hat einen ziemlich fiesen Brief bekommen, vom Anwalt unserer Gegner.«

Birnbaum war überrascht. »Unserer Gegner? Ja, haben wir denn jetzt konkrete Gegner?«

»Sie waren immer da, auch wenn sie sich nicht blicken lassen und auch wenn die Polizei behauptet, bei der wissenschaftlichen Gegenseite nur auf Unschuld und Ahnungslosigkeit gestoßen zu sein.«

Birnbaum räusperte sich. Es war besser, das Thema nicht zu vertiefen. Manche Leute brauchten Feinde. Und wenn sie keine hatten, dann machten sie sich eben welche. Auf der A 8 gerieten sie in einen Stau vor einer Baustelle, der sich über sechs Kilometer hinzog, was ihre Ankunft in Dr. Hasenpfeffers Büro um gute anderthalb Stunden nach hinten verlagerte. Birnbaum versuchte, seine Frau mit dem Handy zu erreichen, um ihr zu sagen, dass er erst am Nachmittag wieder zurück sein würde, aber sie meldete sich nicht. Wahrscheinlich lag das Telefon unter einem Berg Bügelwäsche, oder sie hatte es in der Küche liegen lassen, während sie die Hühner fütterte.

Dr. Hasenpfeffer war ein aufmerksamer Mann, und so ließ er diesmal einen Kaffee für Herrn Birnbaum zubereiten, während Monika Schwalbe wieder an ihrem Darjeeling nippte.

»Die Gegenseite, sprich die Institute von Professor Dorian und Professor Braun in Hamburg und Berlin, hängt uns nun definitiv eine Verleumdungsklage an den Hals«, begann Dr. Hasenpfeffer hüstelnd. »Sie machen eine Rufschädigung geltend, weil ihre Institute im Zusammenhang mit einem Mord und einer – ihrer Meinung nach – völlig absurden Verschwörungstheorie genannt werden.«

»Wer bekommt die Klage an den Hals?«, fragte Birnbaum misstrauisch. »Etwa ich als Besitzer des Meteoriten?«

»Nein, nicht Sie, Herr Birnbaum, sondern das Geologische Institut, und zwar in Person von Professor Driftel.«

»Aber ich wusste gar nicht, dass Professor Driftel sich persönlich zu dem Fall geäußert hat, jedenfalls nicht der Presse gegenüber«, sagte Monika Schwalbe mit einer zierlichen Falte auf der glatten Stirn. »Er hielt es doch für besser, in allen Äußerungen vage zu bleiben. Und ich kann mir nicht vorstellen, dass ausgerechnet er sich nicht daran gehalten haben soll.«

»Er hat sich daran gehalten.« Dr. Hasenpfeffer lächelte süßsauer. »Und er hat auch alle Behauptungen, die man ihm in den Mund legen wollte, stets geschmeidig dementiert. Aber da man nicht einfach eine Institution der Verleumdung und Rufschädigung beschuldigen kann, sondern dafür ein menschliches Wesen benötigt, das diese Äußerungen zumindest theoretisch in den Mund genommen haben könnte, ist Professor Driftel natürlich als Zielscheibe einer Klage prädestiniert.«

»Aber hat es denn solche verunglimpfenden Äußerungen wirklich gegeben?«, fragte Birnbaum, der noch nicht begriffen hatte, in welche Richtung der Zug fuhr.

»Ja, leider«, sagte Dr. Hasenpfeffer, immer noch lächelnd. »Da haben sich wohl einige Mitglieder des Instituts etwas vergaloppiert, nicht wahr, Frau Schwalbe?«

Monika Schwalbe klimperte mit den Wimpern, als wüsste sie nicht, wovon die Rede war.

»Es gibt da ein etwas unschönes Interview mit der Rosenheimer Regionalschau«, fuhr der Anwalt fort und betrachtete nun etwas gelangweilt seine Handflächen. »Ein Interview, das bereits vor drei Monaten gelaufen ist, das die Gegenseite jetzt aber wieder hervorgekramt hat. Ich will ja nicht bestreiten, dass Ihre Vorwürfe an die wissenschaftlichen Gegner damals noch völlig unter dem Schock des Todes von Herrn Sperling standen, aber es war schon ein wenig unklug, den Professoren Dorian und Braun eine quasifaschistische Vorgehensweise zu unterstellen, mit welcher sie – und ich zitiere wörtlich – ›jeden, dessen wissenschaftliche Meinung ihnen nicht passt, aus dem Wege räumen lassen‹ ...«

Die Schwalbe senkte den Blick. »Ach, das ...«

»Ferner gibt es da auch die etwas übereifrigen Aussagen Ihrer Kollegin, dieser Greta mit dem Kurzhaarschnitt, die in das gleiche Horn gestoßen hat und auf dem Pressefoto, auf dem sie stahlhart lächelt, überflüssigerweise auch noch einen Antifa-Anstecker am Kragen trägt. Somit kann man die Aufregung der Institute aus Hamburg und Berlin vielleicht ein klein wenig nachvollziehen.«

Nun schwieg die Schwalbe betreten und senkte ihre Nase in die Teetasse.

»Ferner haben sich noch zwei weitere Mitarbeiter des Instituts in diese Richtung geäußert, wenn auch in etwas abgeschwächter Form, aber doch deutlich genug, dass gewisse Leute sich auf den Schlips getreten fühlen.«

Die Schwalbe zog einen Schmollmund. »Und was können wir nun tun?«

»Herrn Professor Driftel ist natürlich daran gelegen, dass die Gegenseite die Klage zurücknimmt, denn so etwas ist nicht gut fürs Ansehen und die wissenschaftliche Integrität. Er würde es begrüßen, wenn man sich außergerichtlich einigen könnte. Es war ja nie die Absicht, die Institute aus Berlin und Hamburg zu brüskieren.«

»Und wie soll das gehen?«

»Eigentlich ganz einfach«, sagte Dr. Hasenpfeffer. »Indem man den beiden Instituten eine Zusammenarbeit anbietet und sie an dem Meteoriten teilhaben und ebenfalls Untersuchungen anstellen lässt, statt sie von vornherein auszubooten und der Unwissenschaftlichkeit zu zeihen.«

»Das ist aber unser Meteorit!«, fuhr Monika Schwalbe auf. »Er ist hier gefunden worden, bei uns in Bayern, und er bestätigt all unsere Theorien. Und ich sehe gar nicht ein, dass wir uns das jetzt alles wieder kaputtreden lassen sollen – denn auf nichts anderes wird eine sogenannte Zusammenarbeit doch hinauslaufen!«

»Herrn Professor Driftel scheint aber mehr daran gelegen zu sein, die Wogen zu glätten, als auf einem alleinigen Forschungsrecht an dem Meteoriten zu bestehen«, gab Dr. Hasenpfeffer mit ruhiger Stimme zu verstehen. »Wobei ich hinzufügen muss, dass solche Dinge wie Alleinansprüche in Bezug auf Forschungsrechte, die ja im öffentlichen Interesse liegen, grundsätzlich kaum durchzusetzen sind. Und nun kommen wir zum Part von Herrn Birnbaum ...«

Birnbaum, der das Gespräch gelassen verfolgt hatte, seit er wusste, dass die Klage sich nicht gegen ihn richtete, horchte auf.

»Die einzige Möglichkeit, ein solches Vorrecht an der Forschung zu sichern, bestünde darin, dass der Besitzer des zu erforschenden Objektes dieses Forschungsrecht ausdrücklich nur an eine einzige Institution überträgt. Das könnte beispielsweise dadurch geschehen, dass er dem betreffenden Institut das Objekt als Schenkung überlässt oder als Erbe nach seinem Tode.«

»Da wäre eine Schenkung schon günstiger, nicht wahr?«, fragte die Schwalbe harmlos und schenkte Birnbaum ein Lächeln.

Xaver Birnbaum war gegen ihren großäugigen Charme allerdings immun. »Kommt gar nicht in Frage, eine Schenkung. Der Meteorit gehört mir, und so bleibt es auch, und damit basta!«

Monika schmollte wieder, Dr. Hasenpfeffer seufzte und Birnbaum begann insgeheim darüber nachzudenken, ob es nicht vielleicht ganz gut wäre, den Meteoriten auch anderweitig anzubieten, vielleicht sogar direkt bei diesen Professoren aus Hamburg und Berlin. Denn was scherte es ihn letztendlich, welches Institut das blöde Ding erforschte, wenn er nur endlich aus den gröbsten Problemen herauskäme.

»Vielleicht überlegt der Herr Birnbaum sich das noch einmal«, sagte Dr. Hasenpfeffer mit unübertrefflicher Langmut und erhob sich. Die Audienz war beendet.

# 10

An diesem Tag konnte der Tobias bei einem Schulkameraden zur Sportstunde mitfahren. Der Xaver war mit der Monika nach München abgedampft, und Maria überlegte, den Passat zu nehmen und nach Traunstein zu fahren, um ein wenig zu bummeln und ein paar Sachen für die kleine Linda zu besorgen, die sich nun schon regelmäßig durch Tritte und Knüffe bemerkbar machte. Außerdem stand der Geburtstag von Tobias vor der Tür, und er hatte sich ein Computerspiel gewünscht, das in Trostberg nicht aufzutreiben war.

Maria band sich den seidenen Schal um, den sie zu Weihnachten bekommen hatte. Dann sah sie, dass der Wagenschlüssel nicht an seinem Haken hing. Sie fand ihn auch sonst nirgendwo, und es ging ihr auf, dass ihr Mann ihn wahrscheinlich in der Hosentasche trug.

»Was für ein Mist! Da habe ich ein einziges Mal Zeit und dann so etwas!«

Kurz entschlossen wählte sie die Nummer ihrer Schwester.

»Bist du noch zu Hause?«

»Gerade noch«, antwortete die Klara. »Aber gleich muss ich los.«

»Und wohin fährst du heute? Ich wollte nach Traunstein, ein bisschen einkaufen gehen. Und nun hat der Xaver den Wagenschlüssel in der Tasche, und ich stehe dumm da.«

»Und wo ist der Xaver?«

»Nach München, mit der Monika. Noch einmal zu diesem Anwalt. Und ich wollte die Zeit gern nutzen.«

»Ich fahre aber nicht nach Traunstein. Ich muss gleich nach Rosenheim, da sind zwei neue Kunden, die an unseren Produkten interessiert sind.«

»Rosenheim, umso besser! Hauptsache, ich komme mal raus. Würdest du mich mitnehmen?«

»Natürlich nehme ich dich mit. Und während ich die Kunden besuche, kannst du einkaufen gehen. Dann hast du sicher zwei Stunden Zeit.«

»Kannst du mich abholen? Ich komm dir entgegen. An der Landstraße warte ich auf dich.«

Gut gelaunt legte Maria auf. Traunstein oder Rosenheim, was

machte das schon? Sie schloss die Haustür ab und ging die lange Auffahrt hinunter. Der Himmel bezog sich ein wenig, aber noch hatte sie die Sonne im Gesicht.

In Rosenheim verließ sie den Wagen ihrer Schwester an der Königstraße, und während Klara vorm Rückspiegel noch einmal ihr Make-up richtete und sich die Lippen nachzog, machte Maria sich auf den Weg ins Zentrum. Die zwei Stunden, bis sie sich mit der Klara bei der Bäckerei am Ludwigsplatz wiedertreffen wollte, würden sicher rasch vergehen. Die Wolken waren dicker geworden, und über der Stadt hatte sich der Himmel bereits arg verdüstert.

»Seit so langer Zeit warten wir auf Regen, und nun sieht es aus, als würde er gerade heute kommen!«, sagte Maria ärgerlich.

Sie hatte nicht viel Geld in der Tasche. Aber in einem Geschäft für Kinderkleidung konnte sie nicht widerstehen und erstand ein paar winzige Schühchen. Dann entdeckte sie eine Bluse, die herabgesetzt war und die ihr auch in drei Monaten, wenn sie vollends zum Walross geworden war, noch passen würde.

Als sie wieder auf die Straße trat, trieb eine Böe ihr Sprühregen ins Gesicht. Rasch bog sie in die Nikolaistraße, wo der Wind nicht so sehr fegte, dann in eine noch engere Gasse, die von der anderen abging, und befand sich unversehens in einem versteckten Innenhof, den sie noch nicht kannte. Zwei oder drei Hintereingänge gab es da, ein halb verwildertes Gärtchen, die Rückseite einer Gaststube, wo aus einem halb geöffneten Fenster das Klappern von Geschirr drang. Daneben, wenig einladend in der düsteren Fassade, befand sich das Schaufenster eines kleinen Ladens. »Julius Zarm, Spielwaren«, stand in zierlichen Lettern über dem Eingang.

Der Regen wurde stärker. Wenn ich schon hier bin, kann ich auch fragen, ob die das Computerspiel haben, dachte Maria. Über der Tür bimmelte ein altmodisches Glöckchen. Drinnen roch es ein bisschen muffig, so als würde nicht regelmäßig gelüftet. Aber die Regale schienen wohlsortiert zu sein, und die Beleuchtung war ansprechend. Aus einem Hinterzimmer drang der Duft von Kräutertee und Räucherstäbchen. Dicke Regentropfen klatschten an die Fensterscheibe, und Maria war froh, im Trockenen zu sein.

»Ich komme sofort«, rief eine angenehme Männerstimme aus dem

Hinterzimmer. Ein leises Lachen, vielleicht seine Frau, vielleicht seine Freundin.

»Keine Eile«, rief Maria zurück. »Ich schaue mich erst einmal um.«

In einer Holztruhe lagen hübsche Stoffpüppchen, die nach liebevoller Selbstanfertigung aussahen. Computersachen schien es hingegen gar nicht zu geben. Es würde damit enden, dass sie ein Püppchen nahm und für den Tobias immer noch nichts hatte.

In einer kleinen Vitrine lag Schmuck. Silber mit blauen und grünen Steinen, fast wie Indianerschmuck. Farbige Glasperlen. Lederbänder mit Metallapplikationen. Auf einem kleinen Samtpolster lag ein goldener Anhänger in Form eines Rades mit Speichen.

Marias Herz begann zu klopfen. Verflixt, das war doch das gleiche Ding, wie es die Therese gehabt hatte …

»Was kann ich für Sie tun?«, fragte in diesem Moment die Männerstimme in ihrem Rücken. Maria fuhr herum. Sie erkannte ihn im selben Augenblick. Der Kinnbart. Die Augen mit dem distanzierten Blick. Das gelichtete Haar. Es gab keinen Zweifel.

Der graue Hermann, dachte Maria und schluckte.

»Ich suche ein Computerspiel für meinen Sohn«, stotterte sie. »Aber ich glaube, Sie haben es nicht.«

Die Augen des Mannes verengten sich minimal. Er war sehr auf der Hut, und zweifellos besaß er ein feines Gespür. »Wie heißt das Spiel denn?«

»Die Untoten von Salem«, sagte Maria rasch. »In der Version ab sechzehn Jahren.«

»Tut mir leid, das habe ich nicht vorrätig. Aber ich könnte es für Sie bestellen«, sagte er beflissen.

»Ach, das lohnt nicht. Ich komme nicht so oft nach Rosenheim. Ich werde dann halt woanders schauen …« Maria befand sich bereits im Rückzug zur Tür.

»Ich kann es Ihnen auch gerne zuschicken, wenn Sie mir Ihre Adresse dalassen.«

»Wirklich nicht nötig. Machen Sie sich keine Umstände.« Nun bekam Maria rote Flecken auf den Wangen, wie immer, wenn sie hektisch wurde.

Der Blick des Mannes wurde durchdringender. Er ging nahe zur Tür. »Kennen wir uns?«, fragte er mit einem halben Lächeln.

»Nicht dass ich wüsste«, sagte Maria. »Ich muss jetzt leider gehen. Tut mir leid, ich habe es eilig.«

Er trat zur Seite und gab ihr mit einer leichten Verbeugung den Weg frei. Sie schlüpfte an ihm vorbei, hinaus in den Regen, und lief, so rasch sie konnte, die kleine Gasse hinunter.

## 11

»Zilla?«, rief Hermann Graue, während er Maria Birnbaum nachsah, die draußen im Regen verschwand.

Eine schlanke Gestalt trat hinter ihn. Brünett und gut gekleidet, mit einem kleinen Muttermal auf der linken Wange.

»Hast du diese Frau gesehen? Kann es sein, dass wir schon mal mit ihr zu tun hatten?«

»Das war Maria Birnbaum aus Palling«, sagte die Frau kalt. »Irgendein verdammter Zufall muss sie hierhergeführt haben.«

Seine tief liegenden Augen wurden unruhig. »Müssen wir uns Sorgen machen? Ich hatte den Eindruck, dass sie mich kannte oder wiedererkannte.«

»Sie ist damals bei der Therese gewesen, das weißt du doch.« Die junge Frau überlegte und stieß ein abfälliges Lachen aus. »Die Therese mit ihren Sentimentalitäten! Da hing dieses Foto an der Wand, in ihrer Küche!«

»Ob die Birnbaum mich anhand dessen wiedererkannt hat?«

»Schon möglich. Und vergiss nicht das Bild in diesem Schmierblatt! Es war sehr unvorsichtig von dir, zu dem Acker zu fahren.«

Er antwortete nicht.

»Wenn sie dich wirklich erkannt hat, dann rennt sie jetzt zur Polizei. Sie war nervös wie ein Huhn. Wahrscheinlich hat sie eins und eins zusammengezählt und …«

»Dann müssen wir handeln!« Er blieb ruhig, seine Stimme nahm jedoch einen entschiedenen Ton an. »Kennt sie dich?«

Die Frau hob lässig die Schultern. »Natürlich kennt sie mich. In Palling kennt jeder jeden.«

»Seid ihr befreundet?«

»Nein. Das hätte ich dir nicht verschwiegen. Sie weiß, wer ich bin, das ist alles.«

»Aber sie würde dir nicht misstrauen?«

»Warum sollte sie?«

»Dann nimm jetzt meinen Wagen. Den großen. Versuch sie aufzugabeln.«

»Und wenn sie selber mit dem Wagen da ist?«

»Dann fahr ihr nach. Sie will bestimmt nach Hause. Lass dich nicht abschütteln. Dränge sie von der Straße ab, wenn es sein muss. Verwickle sie in einen Unfall, egal wie. Und wenn sie mit der Polizei spricht, gib mir sofort Bescheid!«

»Du kannst dich auf mich verlassen.« Ihre Stimme war immer noch kühl, unaufgeregt und sehr überlegt. Sie nahm seinen Wagenschlüssel und schlüpfte hinaus in den Regen.

## 12

Maria rannte noch immer durch die Stadt. Es regnete in Strömen, auf den Straßen standen bereits große Pfützen. Die Bäckerei am Ludwigsplatz. Ein rascher Blick zur Uhr. Noch fast eine Stunde, bis die Klara auftauchen würde. »So lange kann ich nicht warten«, murmelte sie gehetzt. Sie suchte ihr Handy aus der Tasche und wählte im Laufen die Nummer ihrer Schwester. Die Mailbox. Natürlich, Klara hatte das Ding abgeschaltet, während sie mit den Kunden sprach.

»Verdammt!« In einem Ladeneingang blieb Maria stehen und schöpfte Atem. »Ich bin doch wirklich eine blöde Kuh. Ich habe mich so auffällig benommen, dass der Graue sicher Verdacht geschöpft hat. Statt einfach ruhig zu bleiben und wieder zu gehen, wie eine ganz normale Kundin.«

Die Polizei. Die Kommissarin aus Traunstein. Die würde verstehen, worum es ging. In einer Stunde könnte sie hier sein, mit Blaulicht vielleicht in fünfzig Minuten.

Maria wühlte in ihrer Brieftasche, wo sich zwischen den Ausweispapieren die Nummer der Polizeiinspektion befinden musste. Ein großer silberner Wagen näherte sich in zu hohem Tempo. Er fuhr dicht am Rinnstein und mitten durch die riesige Pfütze. Das Wasser spritzte nach allen Seiten. Maria war wie geduscht, ihre Hose und die Schuhe schlammbespritzt und aufgeweicht.

»Du Hornochse!«, rief sie dem Fahrer hinterher.

Der Wagen hielt indessen an, die Fahrertür öffnete sich, und ein schuldbewusstes, sehr hübsches Gesicht war zu sehen.

»Ach, die Frau Birnbaum. Es tut mir so leid! Ich bin wohl etwas zu schnell um die Ecke gekommen …«

Die junge Frau stieg aus, öffnete einen Schirm und lief auf Maria zu.

»Ach, Sie sind es«, sagte Maria verblüfft. »Was für ein Zufall.«

»Das kann man wohl sagen! Da treffen wir uns in Rosenheim und das bei diesem Wetter, während wir uns in Palling kaum jemals über den Weg laufen. Kommen Sie doch unter meinen Schirm, Sie sind ja völlig durchnässt! Wie kann ich das nur wiedergutmachen? Ich habe die Pfütze wirklich nicht gesehen …«

»Ist nicht so schlimm. Ich war ja schon vorher nass …«

Maria steckte ihr Handy wieder ein und schlüpfte dankbar unter den Schirm. Die Tatsache, ein bekanntes Gesicht zu sehen, beruhigte sie.

»Sind Sie denn auch mit dem Wagen da, Frau Birnbaum?«

»Nein. Das heißt, ja, natürlich mit dem Wagen. Aber nicht mit meinem. Meine Schwester hat mich mitgenommen.«

»Ihre Schwester … Ich fahre nämlich jetzt zurück nach Palling, und wenn Sie wollen, können Sie gern mit mir fahren. Oder wartet Ihre Schwester etwa schon?«

»Nein, die wartet noch nicht. Im Gegenteil, es dauert wohl noch eine Stunde.«

Maria überlegte. Vielleicht wäre es wirklich am besten heimzufahren. Zum Shoppen war ihr ohnehin die Lust vergangen. Und von zu Hause aus würde sie die Kommissarin anrufen. Wahrscheinlich hatte sie die Nummer im Bügelzimmer liegen, bei ihrem Laptop.

»Wenn es Ihnen wirklich nichts ausmacht, nehme ich das Angebot gern an!«

»Aber natürlich, kein Problem. Sie können ja so nass nicht herumlaufen, Sie holen sich doch den Tod! Und es ist auch ohnehin viel netter, wenn ich nicht allein fahren muss. Ich bringe Sie dann bis zu Ihrer Auffahrt.«

Maria nickte. »Das ist sehr freundlich. Und meiner Schwester schicke ich eine SMS, dass ich schon heimgefahren bin. Dann braucht sie sich nicht nach mir zu richten.«

Die Rückleuchten des silbernen Schlittens blinkten kurz auf, als die junge Frau ihn mit dem Knopf der Fernbedienung aufsperrte.

»Ganz schön nobel«, sagte Maria, als sie sich in den weichen Beifahrersitz sinken ließ, und dachte an ihren alten Passat.

Die junge Frau lächelte nur. Der Wagen war mollig warm und bequem, Maria entspannte sich und streckte die Beine, die immer noch ein wenig zitterten. Dann tippte sie auf ihrem Handy eine kurze Nachricht für Klara.

Sie verließen die Stadt. Die schlanke Hand der Fahrerin bediente den Knopf des CD-Players. Aus den Boxen flossen sanfte Klänge von einem Instrument, das beinahe wie ein Alphorn klang, jedoch untermalt von einem unrhythmischen Trommeln, das die angenehme Wirkung wieder zunichtemachte. Zwischendurch schrie eine Eule. Das Kind trat Maria so heftig, dass sie das Gesicht verzog.

»Seltsame Musik«, sagte sie mit leisem Schaudern.

»Gefällt sie Ihnen nicht?«

»Nicht so recht, wenn ich ehrlich bin. Aus Tibet?«

»Im Gegenteil, aus heimischen Landen. Es sind Freunde von mir, die schon seit Langem gemeinsam musizieren. Die CD haben sie in diesem Frühjahr produziert.«

»Aha«, sagte Maria. Sie fühlte ihre Lider plötzlich schwer werden.

»Machen Sie ruhig die Augen zu, wenn Sie müde sind. Eine halbe Stunde werden wir sicher noch brauchen.«

## 13

Xaver Birnbaum war heilfroh, als die Schwalbe ihn endlich wieder an der Hofeinfahrt absetzte. Als der weiße Wagen hinter den Tannen verschwand, atmete er durch. Tobias war schon vom Sport zurück. Birnbaum trug einen großen Karton mit einem Babysitz unterm Arm, den er in München noch rasch gekauft hatte, sowie eine Tüte aus einer Kinderboutique, in der sich ein winzig kleines Kleidchen befand.

Als er die Diele betrat, wunderte er sich über die Kälte, denn wenn Maria in der Küche werkte, strahlte die Wärme des altmodischen Küchenofens durchs ganze Erdgeschoss. Dann fiel ihm auf, dass es auch nicht nach Essen roch, was in den sechzehn Jahren seiner Ehe nur höchst selten vorgekommen war.

»Maria?«, rief er und fühlte einen kalten Stein im Magen. Vielleicht ging es ihr nicht gut, und sie hatte sich ins Bett gelegt.

»Maria?«, rief er noch einmal.

Aber statt seiner Frau kam sein Sohn die Treppe herunter.

»Sie ist nicht da«, sagte Tobias. »Ich dachte schon, du wärst mit ihr zum Arzt gefahren.«

»Ich komme ja gerade erst zurück«, sagte Birnbaum und fühlte den Stein im Magen größer werden. »Ich war in München, bei dem Anwalt.«

»Mit der Monika?«

»Ja, und?«

Der Junge legte den Kopf etwas schräg. Seine Augen glichen denen seiner Mutter ganz genau. »Vielleicht ist sie einkaufen gegangen. Brot ist nämlich keines mehr im Schrank.«

»Aber doch nicht mit dem Radl nach Palling, bei diesem Mistwetter!« Birnbaum schüttelte sich. Im Geiste sah er grässliche Bilder. Maria durchnässt im Straßengraben, von einem Auto angefahren und liegen gelassen.

»Jetzt regnet es schon wieder«, bemerkte Tobias. »Sie wird doch nicht hingefallen sein?«

Birnbaum zog seine Jacke wieder an und wühlte den Wagenschlüssel aus der Tasche, um seiner Frau entgegenzufahren.

## 14

Maria schreckte hoch. Sie fuhren viel zu schnell auf der nassen Straße. Wenn jetzt ein Fuchs aus dem Gebüsch sprang oder gar ein Reh …

»Wo sind wir denn?«, fragte sie beunruhigt.

»Schon hinter Rabenden. Das größte Stück ist geschafft.«

»Rabenden? Ja, wie fahren Sie denn?«

»Haben Sie geschlafen? Wir sind über Eggstätt und Obing gefahren. Nach Gollenhausen war gesperrt, wegen einem Unfall.«

»Tatsächlich?« Maria fröstelte es. Sie hatte nichts davon mitbekommen.

»Haben Sie vorhin mit jemandem geredet? Mir war, als hätte ich Stimmen gehört.«

Die junge Frau antwortete nicht. Sie näherten sich bereits Altenmarkt.

»Könnten Sie ein bisschen langsamer fahren?«, fragte Maria und krallte sich an den Sicherheitsgurt.

»Ich habe es etwas eilig«, kam es gleichgültig zurück.

Maria schaute erstaunt auf und musterte das hübsche Gesicht. Das herzliche Lächeln war verschwunden. Die ganze Freundlichkeit schien wie erloschen. Oder lag es an dem silbrigen Schein, der aus dem dunklen Himmel drang? In der Ferne tauchte ein rotes Licht auf. Die Kreuzung in Altenmarkt. Vielleicht sollte sie an der Ampel einfach die Tür öffnen und aussteigen. Von Altenmarkt konnte der Xaver sie abholen. Die Musik aus den Lautsprechern begann, sie nervös zu machen. Die Trommeln hatten eine dumpfe Frequenz, die ihren Puls zum Rasen brachte. Am Ende würde ihr noch übel werden.

»Reden Sie nicht mehr mit mir?«

Ein scharfes Zischen war die Antwort, so wie wenn man ein Kind zum Schweigen bringt. Maria presste die Lippen aufeinander. Die Ampel sprang auf grün, als sie sich näherten, der Motor des Wagens heulte auf, und sie jagten über die Kreuzung. Sie hatte nicht die Spur einer Chance, die Tür zu öffnen.

»Können Sie bitte anhalten?«, sagte Maria. »Ich glaube, ich muss mich übergeben.«

Keine Antwort. Sie ließen Altenmarkt hinter sich, immer noch in schneller Fahrt. Es war besser, nichts mehr zu sagen, sonst landeten sie gleich am nächsten Baum. Maria drückte sich die Hände auf den Leib, wo das Kind sich wieder lebhaft bewegte. Der Wagen schlingerte leicht, geriet ein Stück auf die Gegenfahrbahn, sodass ein entgegenkommender Wagen scharf ausweichen musste. Das Gesicht der Fahrerin war angespannt, die Augen zu Schlitzen verengt. In diesem Moment suchte ein Sonnenstrahl sich seinen Weg, flimmerte über die Armaturen und blieb eine Sekunde im Dekolleté der jungen Frau hängen.

Maria erstarrte. Das Sonnenrad! Der gleiche goldene Anhänger, wie ihn die Therese getragen hatte. Das Lachen im Spielzeugladen. Der graue Hermann war nicht allein gewesen. Seine Freundin …

Sie presste sich die Hand vor den Mund, während sie sich bemühte, so ruhig wie möglich zu bleiben. Ihre Gedanken begannen zu rasen. Sie musste warten, bis sie irgendwo anhielten. Schließlich konnte sie nicht während der Fahrt ins Steuer greifen. Oder sollte sie die Beifahrertür öffnen und sich hinausfallen lassen? Sie tastete nach dem Knopf des Scheibenhebers.

»Finger weg!« Die Stimme war hart und böse.

»Mir ist wirklich schlecht.« Marias Stimme zitterte. »Ich brauche frische Luft.«

Das Fenster auf der Beifahrerseite senkte sich eine Handbreit. Maria dachte an die Kekse in ihrer Einkaufstasche und musste beinahe lachen bei dem Gedanken, es so zu machen wie Hänsel und Gretel und Krumen aus dem Fenster zu werfen, damit ihr Mann sie fand, wenn er nach ihr suchte.

# 15

Bereits zum zweiten Mal fuhr Xaver Birnbaum im Schritttempo die Strecke zwischen Palling und seinem Hof. Aber Maria war nirgends zu sehen. Ob sie vielleicht in Trostberg war, bei ihrer Schwester?

Birnbaum nahm sein Handy aus der Tasche und wählte die Nummer seiner Schwägerin. Klara war erstaunlich schnell am Apparat, so als hätte sie schon auf den Anruf gewartet. Ihre Stimme, die der von Maria so ähnlich war, versetzte ihm einen Stich in die Herzgegend.

»Grüß Gott, Klara«, sagte er. »Sag mal, ist die Maria bei dir?«

»Wieso bei mir? Sie müsste doch längst zurück auf dem Hof sein.«

»Zurück? Was heißt zurück? Wo ist sie denn gewesen?«

»Sie war mit mir in Rosenheim«, sagte die Klara. »Kurz nach Mittag sind wir gefahren. Sie wollte einkaufen gehen.«

»In Rosenheim? Und warum weiß ich nichts davon?«, brauste Birnbaum auf.

»Sie ist halt mitgefahren, weil es sich so anbot. Muss sie dich für jeden Schritt um Erlaubnis bitten? Nach zwei Stunden wollten wir uns wieder treffen.«

»Und?«

»Sie ist nicht aufgetaucht. Stattdessen habe ich eine SMS bekommen. Sie ist mit jemand anders zurück nach Palling.«

»Mit wem?« Birnbaums Stimme klang hochgradig beunruhigt.

»Keine Sorge, mit keinem Vagabunden. Mit der Frau Berggrün, die sie getroffen hat.«

»Berggrün?«, murmelte Birnbaum und krauste die Stirn.

»Die Berggrün, die Lehrerin!«, half Klara ihm auf die Sprünge. »Aber sie müssten längst zurück in Palling sein. Ich bin ja selbst schon lange wieder da. Du meinst doch nicht, sie könnten … einen Unfall gehabt haben?«

Birnbaum stockte. »Die Berggrün, das ist doch diese Brünette, die im gleichen Haus wie die Therese Langner wohnt? In der Etage darunter.«

»Bei der Langner im Haus? Das wusste ich nicht. Meinst du, das hat was zu bedeuten?«

»Keine Ahnung«, murmelte Birnbaum. »Ich fahre noch mal nach

Palling rein. Vielleicht sitzen sie ja bei der Berggrün in der Stube und trinken Kaffee.«

»Sagst du mir Bescheid, wenn du sie gefunden hast?«

Aber Birnbaum hörte sie nicht mehr. Er hatte seine Schwägerin schon weggedrückt.

Schweißtropfen traten Maria auf die Stirn. Bald waren sie in Stein, da musste die Berggrün wieder langsamer werden, ob es ihr passte oder nicht. Vielleicht an der Kreuzung …

Aber auch hier zeigte die Ampel grün, und der Wagen raste ungebremst durch den Ort. Sie überquerten die Traun und schlugen tatsächlich die Straße nach Palling ein.

Vielleicht bringt sie mich ja wirklich nach Hause, dachte Maria.

Kurz hinter dem Ortsausgang von Stein bremste die Lehrerin jedoch so scharf, dass Maria hart in den Gurt geworfen wurde. Der Wagen kam am Straßenrand zum Stehen. Neben ihnen, verborgen hinter dichtem Gesträuch, das der nahende Herbst bereits gelblich färbte, erhob sich die steile Felswand. Die Berggrün schaute sich um. Die Straße war leer, weit und breit kein Mensch.

»Steig aus!«, befahl sie knapp.

Schwerfällig erhob sich Maria aus dem niedrigen Sitz. Kalter Regen schlug ihr ins Gesicht.

In diesem Moment erschienen zwei dunkel gekleidete Männer. Der eine hatte einen Regenschirm dabei, den er der jungen Frau hinhielt. Maria musste im Regen gehen. Dem anderen Mann warf die Berggrün den Wagenschlüssel zu, als wäre er ein Lakai.

»In den Hof!«, sagte sie knapp.

Mit harter Hand schob sie Maria vor sich her, durch die Büsche, die einen perfekten Sichtschutz zur Straße bildeten. Nun erkannte Maria auch, woher die beiden Männer so plötzlich aufgetaucht waren: Direkt in der Wand, verborgen hinter einem dichten Haselnussstrauch, befand sich eine Metalltür, ebenso grau wie der Fels und beinahe unsichtbar.

Der Mann schaute sich um, dann drückte er die schwere Tür auf. Sie quietschte kaum. Wahrscheinlich war sie gut geölt. Maria wurde vorwärtsgeschoben. Kurz bevor sie über die Schwelle trat, ließ sie ihr Handy ins Laub fallen. Vielleicht fand es jemand. Es war eingeschaltet. Vielleicht würde die Polizei es orten. Irgendwann. Wenn der Xaver sie vermisste.

Sie betraten einen steinernen Gang mit gewölbter Decke. Von

der Decke hingen kalkbestäubte Spinnweben. Irgendwo lag der Torso einer Kleiderpuppe, die Maria im trüben Licht der Vierzig-Watt-Birne, die nahe dem Eingang von der Decke hing, eine Schrecksekunde lang für eine Leiche hielt. Ein paar alte Kartons standen im Weg, dahinter befand sich der Absatz einer Treppe. Stufen, die nach oben führten und nach wenigen Metern im Dunkel verschwanden.

»Los, rauf da!«, befahl die Berggrün.

Ihre Stimme hallte zwischen den Wänden. Der Mann sprach die ganze Zeit kein Wort. Vielleicht hatte er nichts zu sagen? Es ging steil aufwärts. Maria kam aus der Puste, aber die Frau trieb sie unbarmherzig an. Es handelte sich um ein ziemlich enges und vollständig aus dem Stein gehauenes Treppenhaus mit ungleichmäßigen Stufen, die hier und da gefährlich bröckelten. Einmal huschte eine Ratte über Marias Füße. Mit Mühe verkniff sie sich einen Schrei. Dann erreichten sie einen weiteren Treppenabsatz. Fünfundachtzig Stufen, dachte Maria außer Atem. Automatisch hatte sie mitgezählt. Die meisten Treppen in normalen Häusern hatten vierzehn Stufen, was bedeutete, dass sie etwa sechs Etagenhöhen zurückgelegt hatten. Wieder standen sie vor einer Metalltür, die mit einem Graffiti beschmiert war: ein schwarzes Rad mit Speichen und daneben das Wort »Schweine«.

Von der anderen Seite der Tür näherten sich dumpfe Schritte. Ein Schlüssel drehte sich im Schloss, das erstaunlicherweise aussah wie ein hochmodernes Sicherheitsschloss. Grelles Licht fiel Maria ins Gesicht. Wieder standen sie in einem steinernen Gang, der ebenso dreckig war wie das Treppenhaus. An den Wänden befanden sich weitere Graffitis, die allerdings nicht aus Farbsprühdosen zu stammen schienen, sondern rußig schwarz waren, wie mit öligen Fackeln gemalt. Immer wieder das Zeichen des Rades, dazwischen Worte, die sich nicht entziffern ließen. War das Spiegelschrift? Vom Gang öffneten sich mehrere Türen zur Linken und zur Rechten, die alle in undurchdringliche Dunkelheit führten. Es roch muffig und schimmelig. Sie gingen auf ein Flackern zu, eine Neonröhre, die kurz davor war, den Geist aufzugeben. Von irgendwoher drang ein Brummen, als befände sich in der Nähe ein Maschinenraum.

Weitere Neonröhren flackerten auf. Sie befanden sich in einer ziemlich großen Halle. An den Wänden stapelten sich Kartons und

Berge verstaubter Akten, dazwischen leere Getränkekisten. Unter der Decke führten Metallröhren entlang, die zu einem Heizungs- oder Belüftungssystem gehören konnten. An der hinteren Wand der Halle gähnte ein dunkles Loch, in dem sich langsam die Kabinen eines Paternosteraufzugs bewegten.

Die Berggrün versetzte Maria einen Stoß in den Rücken, sodass sie in die Kabine stolperte. Der stumme Begleiter grinste. Statt weiter nach oben ging es nun wieder in die Tiefe. Vergeblich versuchte Maria, die Stockwerke zu zählen, aber sie stand mit dem Gesicht zur Wand, und die Lehrerin aus Palling ließ nicht zu, dass sie sich umdrehte.

## 17

Xaver Birnbaum trieb den alten Passat nach Palling, so schnell er konnte. Zwei Ecken, dann blieb er mit qualmenden Reifen vor dem weißen Häuschen stehen, in dem Therese Langner gewohnt hatte.

»Berggrün«, murmelte er.

Er drückte die Klingel, zweimal, dreimal, fünfmal. Oben in der Wohnung der Langner war Licht. Als bei Berggrün niemand öffnete, drückte er entschlossen die obere Klingel. Nachdem sich immer noch nichts regte, begann er, mit den Fäusten gegen die Haustür zu schlagen. Endlich waren auf der Treppe Schritte zu hören. Die Tür öffnete sich, und er blickte erstaunt in die Gesichter von Kommissarin Wintersruh und ihrem Assistenten, die die Wohnung von Therese Langner gerade ein weiteres Mal unter die Lupe genommen hatten.

»Was machen Sie denn hier, Herr Birnbaum?«, fragte die Kommissarin streng. »Und was fällt Ihnen ein, so gegen die Tür zu poltern?«

»Und was machen Sie hier?«, fragte Birnbaum dickköpfig. »Ich wollte doch gar nicht zu Ihnen. Ich wollte zu der Frau Berggrün, in der Wohnung unten.«

»Und was wollen Sie von der Frau Berggrün?«

Birnbaum wurde ungeduldig. »Die Berggrün hat heute meine Frau mitgenommen, von Rosenheim. Und sie ist immer noch nicht zu Hause.«

Nun runzelte die Kommissarin die Stirn. »Was heißt das, sie hat sie mitgenommen? War Ihre Frau per Anhalter unterwegs, oder wie soll ich das verstehen?«

»Ich weiß es doch selber nicht!«, rief Birnbaum gereizt. »Die Maria war einkaufen in Rosenheim. Und statt mit ihrer Schwester zurückzufahren, hat sie sich von der Berggrün mitnehmen lassen. Warum, das ist mir völlig unverständlich, und meine Schwägerin versteht es auch nicht. Irgendeinen Grund muss es aber gehabt haben. Und nun kommt die Maria nicht nach Hause, obwohl sie längst schon da sein müsste.«

»Etwas merkwürdig ist das schon«, sagte Bichler. »Ausgerechnet die Frau Berggrün, die hier im Haus wohnt …«

»Das fehlende Glied«, murmelte die Kommissarin. »Ich hatte doch die ganze Zeit das Gefühl, dass es mindestens einen weiteren Mitwisser geben muss! Einen Zuträger. Einen Informanten, der den Graue darüber auf dem Laufenden hielt, mit wem die Langner redete, wohin sie ging, welche Besucher sie empfing.«

»La femme?«

»Warum nicht?«

Bichler grinste anzüglich. »Es wäre natürlich wirklich genial vom großen Meister, gleich zwei Herzdamen im gleichen Haus zu platzieren, damit sie sich gegenseitig überwachen.«

»Sie meinen, die Frau Berggrün gehört zu dem gleichen Verein, der den Herrn Sperling und die Frau Langner auf dem Gewissen hat?«, mischte sich Birnbaum ein.

»Das kann man wohl nicht ganz ausschließen«, sagte die Kommissarin. »Und ich schätze, die Langner selbst hat nichts davon geahnt. Sagen Sie mal, Bichler, Sie haben doch geschickte Finger. Wie war noch dieser Trick mit dieser Kreditkarte, die man in den Türschlitz schiebt?«

»Schon verstanden, Chefin.«

Helga Wintersruh, die in der Zwischenzeit noch mehrmals den Klingelknopf von Zilla Berggrün gedrückt hatte, trat beiseite. Bichler kramte die Karte einer Tankstelle aus seinem Portemonnaie.

»Auf Ihre Verantwortung!«, murmelte er.

Die Kommissarin nickte.

Beim zweiten Versuch war die Tür offen.

»Sie warten hier draußen, Herr Birnbaum.«

»Kommt nicht in Frage!« Birnbaum drängte sich an der Kommissarin vorbei in die Wohnung. »Wenn dieses Weib meiner Frau etwas angetan hat, dann …«

Bichler fand den Lichtschalter. Alles war still, die Wohnung war leer.

»Der Vogel ist ausgeflogen«, stellte die Kommissarin fest. »Besser gesagt, er ist noch nicht wieder ins heimische Nest zurückgekehrt, nachdem er die Frau Birnbaum aufgelesen hat.«

Bichler öffnete die Tür zur Küche, zum Schlafzimmer. In einem kleinen Regal am Kopfende des Bettes befanden sich Bücher und Broschüren.

»Keltische Mythen. Kraft der Druiden. Heidnisches Licht.« Bichler schüttelte den Kopf. »Und hier, die Faltblätter vom Heimatverein Sonnenrad. Wir haben tatsächlich das fehlende Glied gefunden.«

»Und schauen Sie mal hier! Das ist ja unfassbar!« Die Kommissarin deutete auf eine gerahmte Fotografie, die auf Frau Berggrüns Nachtschrank stand und die Lehrerin in inniger Umarmung mit dem stark gealterten Hermann Graue zeigte. Das Foto schien neu zu sein. »Der Meister und sein neues Liebchen. Mindestens fünfzehn Jahre jünger als die Langner und ein gutes Stück hübscher, würde ich sagen.«

»Wo ist das denn aufgenommen?«, fragte Bichler und nahm seiner Chefin das Bild aus der Hand. Im Hintergrund war ein Ladeneingang zu erkennen.

»Julius Zarm, Spielwaren …«, murmelte Bichler.

»Zarm? Den Namen habe ich doch kürzlich gehört.« Die Kommissarin betrachtete nun ihrerseits das Bild aus der Nähe. »Gab es da nicht ein Mitglied vom Verein Sonnenrad, das Zarm hieß?«

»Klar, Chefin!«, rief Bichler triumphierend. »Julius Zarm, der polnische Staatsbürger, der in Rosenheim zu arbeiten anfing und dann spurlos verschwand!«

»Es würde mich nicht wundern, wenn Zarm der Tote aus der Scheune in Amerang war«, sagte die Kommissarin. »Therese Langner hat ihn als Hermann Graue identifiziert, während der echte Graue mit den Papieren von Zarm, der etwa im gleichen Alter war und in Deutschland keine Familie besaß, ein neues Leben begann.«

»Und zwar als Besitzer eines Spielwarenladens«, fuhr Bichler fort. »Ein Spielzeugladen in … Ja, wo könnte das sein?«

»Vielleicht in Rosenheim«, sagte Birnbaum, der hinzugetreten war und sich ebenfalls über das Foto beugte.

Die Kommissarin nickte. »Das wäre möglich. Bichler, lassen Sie das sofort überprüfen! Und fordern Sie Verstärkung an. Wir müssen eine Fahndung rausgeben.«

Bichler verkrümelte sich ins Badezimmer, wo er sich auf den Wannenrand setzte, um zu telefonieren.

Helga Wintersruh ließ den Blick abermals über die Bücher gleiten. »Dieses ganze Keltenzeug. Der Verein Sonnenrad, der einer neuen Elite zur Macht verhelfen will. Der verrückte Gartelmann hat nicht gelogen, schon damals nicht, als er seine Anzeigen machte.«

»Verstärkung kommt sofort«, meldete Bichler. »Und wir haben ins Schwarze getroffen! Vor viereinhalb Jahren hat ein Julius Zarm in Rosenheim ein Spielwarengeschäft eröffnet. Ein ganz kleiner Laden. Dient wahrscheinlich nur der Tarnung. Graue wird über genügend andere Einnahmequellen verfügen. Vielleicht nutzt er den Laden auch als Treffpunkt und als Vertriebsort für seine Propaganda.«

»Ist im Moment auch egal«, unterbrach ihn die Kommissarin. »Wir haben jetzt andere Sorgen. Wir müssen die Berggrün finden. Und vor allem natürlich die Frau Birnbaum.«

»Es muss noch einen anderen Ort geben als diesen kleinen Ramschladen. Ein größeres Zentrum. Vielleicht eine Art Kultstätte, wo alle Fäden zusammenlaufen.«

Birnbaum war blass geworden. Es hielt ihn nicht mehr in der Wohnung. »Wenn die Berggrün meiner Frau was angetan hat, bringe ich sie um!«

»Genau aus diesem Grund sollten Sie alles Weitere uns überlassen«, sagte Kommissarin Wintersruh bestimmt und begleitete ihn zu seinem Wagen. »Es handelt sich nicht nur um Frau Berggrün. Da steckt eine größere Organisation dahinter, Herr Birnbaum. Ich versichere Ihnen, dass wir alles Menschenmögliche tun werden, um Ihre Frau zu finden.«

»Sie glauben doch nicht ernsthaft, dass ich jetzt nach Hause fahre und Däumchen drehe, während meine Frau in Gefahr ist? Ich werde sie jetzt suchen, und niemand wird mich abhalten!«

»Nein, abhalten kann ich Sie nicht, Herr Birnbaum, und ich kann Sie sogar verstehen. Aber bitte bewahren Sie Ruhe, was auch immer …«

Den Rest hörte Birnbaum nicht mehr. Er war bereits wieder in seinen Wagen gesprungen und gab Gas.

»Fahrt ihm nach, damit er keine Dummheiten macht«, sagte die Kommissarin zu zwei Kollegen in Zivil, die mit einem unauffälligen Mittelklassewagen in der Nähe standen und so taten, als gehörten sie nicht zum Geschehen. »Vielleicht findet er seine Frau tatsächlich, und wenn ihr etwas passiert ist, gibt es ein Unglück.«

# 18

Maria wurde aus dem Fahrstuhl gestoßen und wäre beinahe umgeknickt, doch der dunkle Mann packte im letzten Moment ihren Arm. Der Raum, in dem sie sich nun befanden, war fensterlos, aber hell erleuchtet von Lichtquellen, die auf den ersten Blick nicht sichtbar waren, wie von einem guten Designer entworfen. Die steinernen Wände waren grau, aber sauber, der Boden war dunkel gefliest.

Granit, dachte Maria. Wie Grabumrandungen auf dem Friedhof. Die sahen so aus, kalt und glänzend. Die Luft war vollkommen unbewegt, als befänden sie sich tief im Innern des Felsens. Maria bemerkte einen leicht metallischen Geschmack auf der Zunge.

»Setz dich da hin!« Zilla Berggrün sprach nur noch im Befehlston, als hätten sie einander nie gekannt und nie ein persönliches Wort gewechselt.

An einer Seite des Raumes befand sich eine lange Bank, aus dem gleichen Stein gehauen wie die Wände. Maria gehorchte. Ihre Beine zitterten noch von den vielen Stufen, die sie hatte hinaufsteigen müssen. Die Bank war kalt und unbequem. Aber das war egal. Krampfhaft überlegte sie, wie sie jemals wieder hier herauskommen sollte und ob ihr Mann sie noch nicht vermisste. Der Tobias musste inzwischen auch längst zu Hause sein. Wunderten sie sich nicht, wenn kein Essen auf dem Herd stand?

Die Lehrerin, in deren Mundwinkel nun eine Zigarette hing, sprach in ihr Telefon. Zwischendurch blickte sie zu ihrer Gefangenen. »Ich musste sie herbringen, was hätte ich sonst tun sollen?«

Maria senkte schnell den Blick, damit niemand auf die Idee kam, sie für aufsässig zu halten. Sie würde ja alles tun, was man von ihr verlangte. Jedenfalls so lange, bis sich ein Ausweg abzeichnete. Die steinernen Wände des riesigen Raumes bildeten ein weitläufiges Sechseck, fast wie eine übergroße Bienenwabe. In den Wänden steckten metallene Halter für Fackeln, wie sie in vielen alten Burganlagen zu finden waren. Das hier war ohne Zweifel ein Teil der alten Höhlenburg des Raubritters Heinz vom Stein, der für den Publikumsverkehr und für Besichtigungen nicht geöffnet war. Trotzdem hatte jemand viel Aufwand betrieben, den Raum instand zu setzen. In der Mitte war der Fußboden durch eine Stufe erhöht, sodass sich der Eindruck einer Bühne ergab. Ob hier fremdartige Schauspiele stattfanden? Konzerte mit Hörnern und Trommeln und Eulengeschrei? Oder vielleicht sogar Menschenopfer? Maria bekam einen Schluckauf, der sich beim besten Willen nicht unterdrücken ließ. Die Berggrün hatte sich plötzlich zu ihr umgedreht. Sie kam herüber und blieb direkt vor ihr stehen.

»Hast du den Schlüssel?«

»Welchen Schlüssel meinen Sie?«

»Stell dich nicht dumm!«

Trotz aller Angst begann Maria sich zu ärgern. »Was fällt Ihnen eigentlich ein, mich zu duzen? Sie sind eine ganz unverschämte Person!«

Die Lehrerin grinste höhnisch. Ihre Hand, in der sie die glühende Kippe hielt, kam Marias Gesicht bedrohlich nahe.

»Es ist gut!«

Maria fuhr hoch. Sie hatte die Stimme sofort erkannt. Es war Hermann Graue, der Mann aus dem Spielzeugladen. Unbemerkt hatte er den Raum betreten, vielleicht war er mit dem Paternoster gekommen. Als er sich näherte, bemerkte sie nun im Schein der Beleuchtung eine Tätowierung auf seinem linken Handrücken. Ein schwarzes Rad. Ihr graute.

»Birnbaum, Maria?«, fragte er mit einer leichten Verbeugung.

Maria nickte, ohne ein Wort herauszubringen. Ihre Hände hielt sie wie einen Schutzschild vor den Bauch gepresst.

»Es freut mich, Sie wiederzusehen, Frau Birnbaum. Sie können beruhigt sein, Ihrem Kind wird nichts geschehen – wenn Sie uns einen kleinen Gefallen tun.«

»Ich wüsste nicht, was ich Ihnen für einen Gefallen tun sollte«, sagte Maria so ruhig wie möglich.

»Ich glaube nicht, dass sie den Schlüssel dabeihat«, mischte sich die Berggrün ein.

»Natürlich nicht. Warum sollte sie ihn bei sich tragen?«

Maria sagte nichts. Inzwischen war ihr klar, von welchem Schlüssel die Rede war.

»Liebt Ihr Mann Sie, Frau Birnbaum?«, fragte Graue nun zynisch.

»Er würde doch sicher alles tun, um Sie wiederzubekommen, nicht wahr?« Seine Hand näherte sich Marias Wange, als wollte er sie streicheln.

»Fassen Sie mich nicht an!« Maria stieß die tätowierte Hand beiseite. Ihre Stimme war schrill vor Angst.

Graues Lächeln erstarrte. »Wie viel bedeuten Sie Ihrem Mann? Und das Kind, das Sie erwarten. Was ist es ihm wert?«

»Alles!«, sagte Maria mit rauer Stimme.

»Das klingt doch gut!« Er lachte auf. »Dann wollen wir ihn am besten gleich einmal anrufen, damit er sich über Ihr Ausbleiben nicht beunruhigt.«

»Was wollen Sie von ihm?«, fragte Maria, obwohl sie es längst wusste.

»Nur einen Stein. Den wunderbaren schwarzen Stein. Das Zepter des Druiden. Der große Stein ist unser Vater, unser Beschützer. Der Stein ist ewig!« Das Vibrato in der Stimme des grauen Hermann wurde fanatisch. »Wir leben in der Tradition unserer keltischen Vorfahren. Hier, in den Höhlen des großen Steins, wo schon unsere Ahnen Zuflucht fanden, als der Himmel über ihren Köpfen zusammenbrach!«

Die Berggrün betrachtete ihn indessen mit einem sezierenden Blick aus zusammengekniffenen Augen. Ihre Mundwinkel zuckten spöttisch. Er begann wirklich überzuschnappen. Längst hatte er die Realität aus dem Blick verloren und verfing sich in seinen eigenen Schlingen. Damit würde er sich selbst entthronen. Wahrscheinlich hielt er sich inzwischen tatsächlich für einen Druiden. Er war nicht mehr tragbar. Er hatte sich selbst überlebt …

»Seit vielen Hundert Jahren warten wir auf das Zeichen«, sang Graue mit weihevoller Stimme. »Und nun ist es erschienen, auf dem Weizenfeld des Mooshamer-Hofs, nachdem ein Blitz die Eiche gespalten hat!«

»Es war eine Linde«, sagte Maria trotzig. »Und wenn Sie den blöden Kometen meinen, den können Sie gerne haben und ihn sich sonst wohin stecken!«

»Es reicht«, sagte Zilla Berggrün. »Hermann, ich denke nicht, dass Frau Birnbaum Verständnis für unsere Ziele hat. Und Frau Birnbaum, ja, wir meinen den Meteoriten. Ihr Mann würde ihn doch wohl hergeben, wenn er Sie dafür wiederbekommt, nicht wahr, und zwar ohne hässliche Narben auf den Wangen und ohne, dass Igor sich Ihrer vorher annimmt.«

Der stumme Lakai trat einen Schritt näher.

»Igor hat eine Kraft in den Händen, das würden Sie gar nicht glauben.« Die Berggrün lächelte. »Ich habe selbst gesehen, wie er mit der bloßen Handkante einen Ziegelstein zerschlägt. Und so ein ordentlicher Schlag in Ihren runden Bauch könnte ziemlich wehtun, und zwar nicht nur Ihnen, sondern auch ...« Nun grinste sie.

Maria erbleichte. »Wir tun alles, was Sie wollen!«

Hermann Graue ergriff wieder das Wort. »Gut. Das dachte ich mir doch. Wo haben Sie Ihr Handy?«

Maria tat so, als suchte sie in ihrer Manteltasche. »Vielleicht habe ich es im Wagen liegen lassen«, murmelte sie.

»Zilla?«

Die Lehrerin nickte.

»Dein Handy. Frau Birnbaum möchte ihren Mann anrufen.«

Mit zitternden Fingern tippte Maria die Nummer ein. Sie ließ es zehn Mal läuten, fünfzehn Mal. Aber auf dem Mooshamer-Hof meldete sich niemand.

»Er geht nicht ran. Soll ich es später noch einmal versuchen?«

»Hat Ihr Mann keine Mobilnummer?«

Maria nickte gehorsam. Dann wählte sie die Mobilnummer ihres Mannes.

# 19

Birnbaum heizte ziemlich kopflos in Richtung Stein, um dort auf die Straße nach Rosenheim abzubiegen. Vielleicht stand der Wagen von der Berggrün dort auf der Strecke. Vielleicht hatten sie eine Panne gehabt, waren irgendwo eingekehrt? Im Rückspiegel sah er den grauen Wagen, der ihm seit Palling ohne zu überholen folgte, obwohl er sicher flotter war als der Passat. Birnbaum stieg scharf auf die Bremse. Der graue Zivilwagen fuhr ihm fast auf die Stoßstange. Kommissarin Wintersruh hatte ihn nicht unbegleitet fahren lassen.

»Versuchen Sie nicht, mich von irgendetwas abzuhalten!«, rief Birnbaum aus dem Fenster zu den beiden Männern hinüber, deren Gesichter hinter den Scheiben nur zu erahnen waren. Einer der Zivilbeamten stieg aus. »Versuchen wir ja gar nicht, Herr Birnbaum. Nur falls es brenzlig wird, sind wir eben dabei. Wo wollen Sie denn jetzt hin? Haben Sie einen Plan?«

»Nein«, sagte Birnbaum resigniert und drückte die Stirn aufs Lenkrad. »Ich habe keinen Plan. Ich habe keine Ahnung, wohin die Berggrün mit meiner Frau gefahren sein könnte.«

In diesem Moment begann das Handy in seiner Hosentasche zu summen. Die Nummer auf dem Display war ihm unbekannt. Als er die Stimme seiner Frau erkannte, sprang er aus dem Sitz. Die Beamten horchten auf. Birnbaum wurde hektisch. Er nickte, wirkte verwirrt, nickte wieder.

»Natürlich können sie das Ding haben!«, rief er. »Sag mir nur, wie und wo!«

Dann schien die Leitung plötzlich unterbrochen zu sein. Birnbaum blökte noch ein paarmal in das Gerät, bekam aber keine Antwort mehr.

»Was ist los?«, fragte der Beamte.

»Sie haben meine Frau! Sie wollen im Austausch den Kometen. Den Meteoriten auf meinem Feld. Ich muss sofort los und ihn holen!«

Birnbaum wollte den Motor wieder starten.

»Wie und wo soll die Übergabe stattfinden, Herr Birnbaum?«

»Das weiß ich noch nicht«, sagte Birnbaum hektisch. »Das erfahre ich dann!«

Inzwischen war auch der Wagen der Kommissarin hinter ihnen aufgetaucht.

»In Rosenheim ist der Vogel ausgeflogen«, sagte sie. »Die Kollegen waren schon vor Ort. Julius Zarm hat seinen Laden geschlossen.«

Nachdem sie über die neue Lage in Kenntnis gesetzt war, legte die Kommissarin ihre Hand auf Birnbaums Arm. »Glauben Sie wirklich, man wird Ihre Frau freilassen, wenn Sie diesen Leuten den Kometen übergeben?«

»Natürlich!«, rief Birnbaum. »Das ist doch die einzige Chance!«

»Herr Birnbaum, ich will Sie bestimmt nicht entmutigen.« Die Miene der Kommissarin war sehr ernst. »Aber es sieht doch so aus, dass Ihre Frau bereits viel zu tief in der Sache drinsteckt. Sie weiß zu viel. Sie kennt Gesichter. Sie wird sich an den Ort erinnern, an dem sie sich nun befindet. Wir haben doch gesehen, wie skrupellos diese Leute vorgehen. Ein Menschenleben zählt für die nicht viel. Wahrscheinlich wird man auch Sie nicht verschonen, wenn Sie den Meteoriten übergeben, Herr Birnbaum. Ein einsamer Ort, ein Schalldämpfer. Es ist viel zu gefährlich und die Aussicht auf ein glückliches Ende denkbar gering.«

»Was sollen wir denn tun?«, murmelte Birnbaum mit hängenden Schultern. Ihm standen Tränen in den Augen.

»Wir dürfen nun nicht die Ruhe verlieren. Was hat Ihre Frau genau gesagt? Versuchen Sie, sich zu erinnern. Der Kollege sagte, Sie wären einen Moment verwirrt gewesen. Stimmte etwas nicht? Gab es Ungereimtheiten?«

Birnbaum riss sich zusammen und dachte nach. »Sie sagte: ›Sie wollen den Stein. Du musst Ihnen den Stein geben, dann passiert mir nichts.‹«

»Und weiter?«

»Sie redete etwas wirr. Ich dachte schon, sie hätte Fieber, aber wahrscheinlich war sie so voller Angst. Sie sagte: ›Der große Stein ist ihr Beschützer, und er war der Beschützer ihrer Vorfahren …‹ Dann hat jemand ihr das Telefon aus der Hand genommen und gesagt, ich soll den Kometen mit meinem Wagen holen, und dann würde man mich wieder kontaktieren.«

»Der große Stein ist ihr Beschützer und der Beschützer ihrer Vorfahren«, murmelte die Kommissarin. »Können Sie sich darauf einen Reim machen, Bichler?«

»Natürlich!«, rief Bichler, der gelegentlich Geistesblitze hatte. »Die Kelten! Darum dreht sich doch alles. Dieser ganze philosophische Unterbau der Heilsgemeinschaft Sonnenrad. Der Komet! Dieser sogenannte Impakt, von dem die Frau Schwalbe ständig erzählt!«

»Was meinen Sie?«, fragte die Kommissarin, die ebenso begriffsstutzig dreinschaute wie Birnbaum.

»Sie sind wohl nicht gut in Heimatgeschichte, Chefin? Wir stehen doch fast direkt davor! Schloss Stein. Die Felswand, in der sich die Höhlenburg befindet! Diese Höhlen waren schon vor Urzeiten Zufluchtsort der Kelten, das habe ich zumindest in der Schule so gelernt. Vor zweitausend Jahren hat ein Meteorit die Kelten getötet, die im Chiemgau siedelten, und die Überlebenden fanden Schutz im großen Stein!«

Im Gesicht der Kommissarin arbeitete es. »Das klingt gar nicht so dumm, Bichler. Die Zuflucht der Kelten. Sie müssen also irgendwo in der Burg Stein sein, irgendwo in diesem riesigen Felsen …«

»Verdammt noch mal!«, schrie Birnbaum. Er sprang in seinen Wagen und startete den Motor.

»Wir kommen mit, Herr Birnbaum! Wir dürfen keine Katastrophe heraufbeschwören. Ich verständige über Funk weitere Kollegen. Wir können nicht mit fünf Leuten die ganze Burg einnehmen!«

Birnbaum fuhr in gemäßigtem Tempo los, obwohl es ihn in den Zehen juckte, Gas zu geben. Es war nicht weit bis Stein. Seine Augen begannen zu brennen. Vielleicht war Maria schon tot. Vielleicht würde es ein furchtbares Durcheinander geben, und eine Kugel würde sie treffen. Die Polizei würde doch nichts Unvorsichtiges unternehmen, wenn das Leben einer schwangeren Frau auf dem Spiel stand?

Neben der Straße, verborgen durch einen dichten Streifen Gestrüpp, erhob sich nun die enorme Felswand. Diesmal war es der Wagen der Kommissarin, der ihn überholte und zum Stehen brachte. »Die Kollegen haben das Handy Ihrer Frau geortet! Es muss ganz hier in der Nähe sein. Wir müssten eigentlich darüber stolpern.«

Birnbaum stieg aus und schaute sich um. Unkraut, Gestrüpp, und dahinter der graue Fels. Hatte Maria das Handy aus dem fahrenden Wagen geworfen?

Einer der Polizeibeamten war ein paar Meter zurückgelaufen. »Hier ist was!«

Der Haselnussstrauch glänzte im Nachmittagslicht. Die Metalltür im Fels war rostig. Auf dem feuchten Boden lag ein leuchtend rotes Handy.

»Das gehört meiner Frau«, rief Birnbaum.

Sie hatten den Eingang gefunden. Nachdem die Kommissarin festgestellt hatte, dass die Tür schwer und solide war, griff sie zu ihrem Funkgerät, um den Technischen Dienst anzufordern.

Maria kassierte eine Ohrfeige. Hermann Graue entriss ihr das Telefon.

»Was sollen denn diese Dummheiten? Wenn dein Mann den Kometen übergibt, sind doch alle Probleme gelöst.«

»Ich glaube Ihnen kein Wort!«, schrie Maria. »Ihr werdet mich doch niemals gehen lassen, ihr Scheusale!«

Sie war aufgesprungen und versuchte, an Graue vorbeizulaufen, zum Fahrstuhl. Aber sie war nicht schnell genug. Der andere Mann, der stumme Handlanger, packte sie am Mantel und drehte ihr den Arm auf den Rücken. Der Schmerz ließ sie aufschreien, sie ging in die Knie. Graue blieb so nahe vor ihr stehen, dass sie den Geruch eines Parfüms wahrnahm, das nach Tannenwald roch, fast so wie diese grünen Einlegesohlen für Schuhe.

»Denk doch an dein Kind, Maria«, sagte er leutselig. »Die Aufregung bekommt ihm nicht. Vielleicht noch ein Stündchen, wenn dein Mann nicht dumm ist, dann kannst du nach Hause gehen.«

Auch die Berggrün war wieder freundlich. »Setz dich wieder hin, Maria. Wir werden dir einen Tee bringen. Dir muss doch kalt sein, mit den durchweichten Schuhen und dem feuchten Mantel. Du willst dir doch keine Lungenentzündung holen, nicht wahr?«

»Sie sind eine ganz falsche Schlange!«, rief Maria. »Ich will keinen Tee. Lasst mich gefälligst raus! Mein Mann bringt euch um, wenn er erfährt, was ihr hier treibt! Er sucht mich sicher schon! Er wird mich nicht im Stich lassen!«

»Wenn er auch nur die kleinste Dummheit macht, wird er dich nicht lebend wiedersehen!« Die Berggrün umschlich sie wie eine Katze. Ihre Augen schimmerten. Im Gegensatz zum grauen Hermann, der fast ein wenig müde aussah, wirkte sie sehr lebendig. »Die Therese hat manchmal Küken geopfert, weißt du das? Aber sie war unbedeutend, sie war nur Dreck. Gar nichts war sie. Ich bin viel mehr, und ich werde ganz andere Dinge tun! Wenn ich ein Opfer schlachte, dann nicht zu meiner eigenen Erbauung, sondern um mit seinem Blut meine Anhänger zu tränken und süchtig zu machen!« Mit ihrer Rechten hob sie ihre Bluse ein Stück hoch. An ihrem Gürtel hing ein spitzer Dolch.

Marias Knie gaben nach. Das war zu viel. Sie würde den Verstand verlieren. Die Kräfte verließen sie.

»Xavi«, weinte sie, und die Tränen liefen in Sturzbächen über ihre Wangen. »Xavi, wo bleibst du denn …«

Genau in diesem Moment ertönte ein Poltern, ein Dröhnen und Rufen, das aus dem Fahrstuhlschacht zu kommen schien. In der Kabine des Paternosters, die von oben kam, wurden die Beine von Männern sichtbar, und noch ehe die Kabine den Boden erreichte, sprang Xaver Birnbaum heraus, mit einem Geschrei wie ein Berserker. In den Händen trug er die Axt aus seinem Kofferraum.

»Nehmt die Finger von meiner Frau!«, brüllte er, dass das ganze Gewölbe dröhnte. »Ihr Schweine, wenn ich euch in die Finger kriege!«

»Birnbaum, halten Sie sich zurück!«, riefen die Zivilbeamten, die ihre Pistolen gezückt hatten und nun ebenfalls aus dem Fahrstuhl sprangen.

Maria presste sich die Fäuste vor den Mund und konnte gar nicht fassen, dass er wirklich da war, ihr Xaver, dass ihre Gebete erhört worden waren. Immer mehr Männer kamen durch den Fahrstuhlschacht, die meisten in Polizeiuniform. Maria ließ sich auf die kalte Bank sinken und schloss den Mantel vor ihrem Bauch. Wie ein Häufchen Elend kauerte sie da und ließ den Tränen freien Lauf. In der hintersten Ecke sah sie einen Schatten verschwinden. Das war die Berggrün, die nun die Flucht ergriff. Ganz plötzlich war sie verschwunden, so als habe die Erde sie verschluckt.

Xaver Birnbaum nahm seine Frau in die Arme.

»Gott sei Dank, dass du da bist«, flüsterte sie.

Hermann Graue, dem es nicht gelungen war, sich so schnell unsichtbar zu machen, und der stumme Igor waren inzwischen in Polizeigewahrsam. Mit gesenkten Köpfen wurden sie abgeführt. Graues Anzug hatte staubige Flecken, denn er hatte sich auf dem Boden gewälzt und gestrampelt und um sich getreten wie ein toller Hund, als die Beamten ihm Handschellen anlegen wollten.

»Nichts wie raus hier«, sagte Birnbaum und nahm Marias Arm.

»Ist alles in Ordnung bei Ihnen, Frau Birnbaum?«, fragte der Assistent der Kommissarin, der allmählich den Überblick hatte und sich nun um die Belange der Geisel kümmern konnte.

Maria nickte. »Ich denke schon. Mir ist nur ein wenig schwach. Der Kreislauf.«

»Wir haben einen Krankenwagen gerufen. Der wird sicher schon an der Straße stehen«, sagte Bichler und nickte Birnbaum zu, damit dieser seine Frau so schnell wie möglich an die frische Luft brachte.

»Wo ist die Frau Berggrün?«, fragte Birnbaum. »Haben Sie sie geschnappt?«

Bichler breitete seine Arme aus. »Ich habe sie gar nicht gesehen. Es ging alles so schnell.«

»Sie war dort hinten, an der Rückwand«, sagte Maria und deutete quer durch den Raum. »Da ist sie hinter die Säule gehuscht. Und dann war sie plötzlich verschwunden.«

»Das werden wir uns sofort ansehen!«

Birnbaum ließ sich von den Beamten zu einer Tür führen, die sich im Dunkel seitlich des Fahrstuhlschachts befand. Durch diese Tür kamen sie in einen leer stehenden Raum, der weiß gekachelt war, und auf dessen anderer Seite führte eine weitere Tür direkt zum Eingang der Burg Stein, wo die öffentliche Führung kurzfristig abgesagt worden war.

Im Krankenwagen ließ Maria Birnbaum sich den Puls fühlen und die Herztöne abhören, aber es war nicht nötig, sie ins Krankenhaus zu bringen.

»Der Puls flattert etwas, sonst ist alles bestens. Das wird sich sicher gleich legen«, sagte die Ärztin und lächelte.

# 21

Kommissarin Wintersruh und ihr Assistent eilten zu der Stelle, wo Maria Birnbaum die Lehrerin hatte verschwinden sehen. An der Rückseite der Säule befand sich eine schmale Tür, die allerdings weder über eine Klinke noch einen Knauf verfügte.

»Wahrscheinlich geht das Ding auf, wenn man auf eine bestimmte Stelle drückt«, sagte Bichler und tastete mit gespreizten Fingern über den Stein, der den Rahmen der Tür bildete.

»Bis Sie den Trick heraushaben, ist die Dame über alle Berge!«, rief die Kommissarin.

Sie gab den Kollegen vom Technischen Dienst, die auch die anderen Türen mit Geschick und Muskelkraft in kürzester Zeit geöffnet hatten, ein Zeichen. Die Geheimtür wurde ausgehebelt. In der dicken Säule fand sich eine enge Wendeltreppe, die ein weiteres Stück in die Tiefe führte.

»Sind diese verdammten Gänge und Winkel eigentlich auf irgendeinem Plan verzeichnet, oder gräbt sich hier jeder seine eigenen Gänge, wie es ihm gerade gefällt?«, schimpfte Helga Wintersruh.

»Der ganze Komplex ist uralt. Dass wirklich alle Gänge und Höhlen komplett verzeichnet sind, wage ich zu bezweifeln«, keuchte Bichler. Zwanzig Stufen ging es hinab. Dann erreichten sie einen schmalen Gang. Bichler leuchtete mit seiner Taschenlampe.

»Da, die Glühbirne. Die hat sie einfach zerschlagen!«

»Sie ist uns ein ordentliches Stück voraus. Während wir hier im Halbdunkel herumtasten, sitzt sie sicher schon in ihrem Wagen und macht sich aus dem Staub.«

Bichler fluchte. Zu allem Überfluss versagte jetzt noch sein Funkgerät, und die Kommissarin brüllte die Wendeltreppe hoch, dass gefälligst der Technische Dienst seine Hintern herbewegen und Glühbirnen mitbringen solle. Es dauerte wertvolle Zeit, ehe der Gang wieder erleuchtet war. Wasser tropfte von der Decke. Es roch streng, und der Boden war glitschig.

»Fledermäuse«, sagte Bichler. »Rutschen Sie nicht aus, Chefin. Der Gestank geht nie wieder raus aus den Klamotten.«

Das Ende des Ganges, das sie nach gefühlten fünfzig Metern erreichten, war diesmal mit einer morschen Holztür versehen.

»Eintreten!«, befahl die Kommissarin ohne weiteres Gehabe.

Tageslicht schlug ihnen entgegen, und frische Luft. Sie fanden sich im Hof der Burganlage wieder, direkt an dem kleinen Parkplatz für die Angestellten.

»Hier hatte sie natürlich ihren Wagen stehen. Sie ist uns entwischt, verflixt und zugenäht!«

»Und mit dem Flitzer, den sie fährt, ist sie sicher bald in Österreich. Oder sie taucht in München unter. Neue Papiere, ein anderes Outfit, und sie fängt von vorne an. Sie hat sicher Verbindungen. Und ein Teil der Gemeinde wird ihr schon hörig sein«, sagte die Kommissarin resigniert.

Bichler schüttelte den Kopf. »So viele Straßen, die sie genommen haben könnte, gibt es nicht. Und die meisten werden bereits überwacht. Wahrscheinlich will sie auf die A8. Dann kann sie sich entscheiden zwischen Salzburg und Rosenheim.«

»Oder sie führt uns an der Nase herum, und der Wagen steht versteckt in einer privaten Garage. Sie selbst hockt in irgendeinem Kämmerchen und setzt sich eine Brille auf und färbt sich die Haare, und kein Mensch wird sie mehr erkennen.«

»Seien Sie nicht so pessimistisch, Chefin. Ich tippe auf München. Und wenn sie nicht über die Landstraßen gurken will, wird sie die Autobahn ansteuern, und …«

In diesem Moment zwitscherte das Telefon in Bichlers Hosentasche.

»Ich sage es doch! Sie hat es geschafft, die Autobahn zu erreichen. Sie fährt wie eine Verrückte, sagen die Kollegen. Sie ist schon gleich in Rosenheim, aber zwei von unseren Wagen hängen ihr an den Fersen.«

»Verfolgungsjagden im öffentlichen Verkehrsraum. Ich höre wohl nicht richtig. Spinnen die Kollegen?«

»Ganz sicher nicht. Es ist nur leider nicht so einfach, den öffentlichen Verkehr in Luft aufzulösen. Im Moment wird die Autobahn hinter Rosenheim dichtgemacht, ebenso alle folgenden Anschlussstellen. Und bei Holzkirchen wird auch gesperrt, sobald sie sich nähert. Dann spätestens muss sie stehen bleiben.«

»Gefällt mir alles nicht«, sagte die Kommissarin. »Klingt sehr riskant.«

»Lassen Sie uns fahren, Chefin!«

Bichler setzte das Blaulicht aufs Dach ihres Zivilwagens und klemmte sich hinters Steuer. Die Landstraße bis zur Einfahrt Grabenstätt zog sich hin. Kaum waren sie auf der Autobahn, trat Bichler aufs Gas.

Zilla Berggrün hatte nicht mehr viel zu verlieren. Niemand wusste, wie sie reagieren würde, wenn sie sich in die Enge getrieben sah.

»Die spinnen, die Kelten. Was für ein Schmarrn«, murmelte Kommissarin Wintersruh. »Und Sie fahren bitte nicht so schnell, mein Kamikaze …«

»Geht nicht anders«, sagte Bichler fröhlich, dem das Adrenalin gut zu bekommen schien.

Das Funkgerät knisterte. Man hatte die Lehrerin gestellt, kurz hinter der Raststätte Irschenberg. Bichler legte noch einen Zahn zu. Zilla Berggrüns silberner Wagen stand auf der Mangfallbrücke, eingekesselt zwischen einer Straßensperre achtzig Meter vor ihr und zwei Streifenwagen fünfzig Meter hinter ihr. Sie war ausgestiegen und lehnte an der Kühlerhaube, eine Zigarette im Mund, und starrte in die Ferne. Der Himmel hatte sich verdunkelt, und über den Bergen wetterleuchtete es.

Helga Wintersruh ließ sich das Sprechgerät reichen, das an ein Megafon angeschlossen war. »Frau Berggrün, Sie kommen hier nicht mehr weg. Nehmen Sie doch Vernunft an.«

Zilla Berggrün rührte sich nicht, wahrscheinlich zuckte sie nicht einmal mit der Wimper. Ganz ruhig rauchte sie weiter und starrte in das aufziehende Unwetter. Es blitzte, und der Donner grollte wie eine Lawine, die sich den Berg hinabwälzt.

»Frau Berggrün, Sie müssen von der Brücke runter. Bei Gewitter ist es gefährlich, an so exponierter Stelle zu stehen!«

»Meinen Sie, das beeindruckt die Dame, Chefin?«

Die Kommissarin antwortete nicht. Zilla Berggrün hatte die Kippe ausgespuckt. Ganz ruhig stieg sie wieder in ihren Wagen und startete den Motor.

»Was zum Teufel hat sie vor?«, rief Bichler.

»Einen Ausbruch! Sie wird versuchen, die Straßensperre zu durchbrechen!«

Der silberne Wagen, der im Licht der Blitze aussah wie ein metallenes Geschoss, drehte sich einmal um sich selbst und raste auf die beiden Polizeiwagen zu. Die Männer sprangen zur Seite und rechneten mit einem ohrenbetäubenden Knall. Aber es kam anders, denn kurz bevor der silberne Pfeil auf den Polizeiwagen traf, riss Zilla Berggrün das Steuer herum, genau an der Stelle, wo sich wegen Ausbesserungsarbeiten eine Lücke in dem Schutzgitter befand. Ihr Gesicht war zu einer Grimasse verzerrt, als der Wagen direkt ins Nichts hineinschoss. Es blitzte wieder, und ein gewaltiger Donnerschlag vermischte sich mit dem Krachen des Aufpralls dort unten, fast siebzig Meter unter ihnen.

Geschockt rappelten die Polizeibeamten sich auf und schauten in den Abgrund, wo der Wagen direkt neben einem der gewaltigen Brückenpfeiler gelandet war, in viele Stücke zerschellt, von denen einige wie Fackeln brannten. Vom Himmel fielen die ersten dicken Tropfen.

»Das könnte man auch als so eine Art Impakt bezeichnen«, bemerkte Bichler, dem es grauste. »Haben Sie ihr Gesicht gesehen, Chefin? Sie hat gelacht!«

»Das bilden Sie sich ein«, murmelte die Kommissarin, die das Lachen auch gesehen hatte.

# Nachspiel

# 1

Es war November geworden. Ein Samstag, halb drei Uhr in der Früh. Xaver Birnbaum schlug seine Decke zurück und schlüpfte ganz leise aus dem Bett. Er hatte alles gut bedacht. Maria drehte sich mit leisem Stöhnen auf die andere Seite. Er strich ihr vorsichtig übers Haar, dann suchte er Hemd und Hose, Schuhe und Strümpfe zusammen und verließ auf Zehenspitzen das Schlafzimmer.

»Mach jetzt bloß nicht so einen Lärm«, betete er, als er den Schlüssel des Passats drehte.

Er hatte Glück. Der Wagen sprang an, ohne zu stottern, was nur selten geschah. Nur mit dem Standlicht verließ Birnbaum seinen Hof.

Auf dem Acker wehte ein lausiger Wind. Zum Glück fror es noch nicht. In den Tannen krächzte ein träumender Rabe. Birnbaum schlug den Kragen hoch und spuckte in die Hände. Die rechtlichen Querelen hielten an, und er war es gründlich leid. Die verdammte Geschichte würde nie ein Ende nehmen. Dann begann er zu graben, direkt neben dem Gitter, an dem das schwere Vorhängeschloss, dessen Schlüssel sich nun im Geologischen Institut befand, leise klirrte. Man hatte ihn Birnbaum weggenommen, aus Sicherheitsgründen, wie es hieß. Die Zementverankerung saß zum Glück nicht allzu tief, und so konnte er nach einem guten halben Meter bereits mit den Händen unter den Zementring fahren. Kopfüber hing er in dem Loch, verbog seine Arme, bis er vor Schmerzen hätte schreien können, aber dann berührte er tatsächlich den glatten schwarzen Stein, wegen dem er so viel Ärger hatte und an dem das Blut mehrerer Menschen klebte.

Birnbaum verrenkte sich noch ein Stück mehr, dann konnte er den Meteoriten mit beiden Händen unter dem Fundament durchziehen. Schwer wie ein Klumpen Eisen war er, und die metallenen Partikel glitzerten im Mondlicht. Xaver wickelte ihn in eine alte Decke und schleppte ihn zum Wagen, den er am Feldrain abgestellt hatte. Er verstaute den Stein im Kofferraum, danach lief er zurück und begann in aller Eile, das aufgewühlte Loch wieder gründlich zuzuschaufeln und den Boden festzutreten.

Er fuhr nach Seebruck, wo an einem kleinen Anleger noch ein paar Boote lagen. Den Wagen ließ er in einer Seitenstraße stehen, nahm die Decke mit dem Meteoriten auf den Arm und strebte dem Wasser zu. Vorsichtig platzierte er den Stein in einem der Boote. Dann lief er abermals zum Wagen, holte zwei Ruder aus dem Kofferraum und machte das Boot los. Er orientierte sich an den Lichtern, die hier und da vom Ufer her zu sehen waren. Eine gute halbe Stunde ruderte er, immer weiter, bis sein Gefühl ihm sagte, dass dies eine tiefe Stelle sein musste. Er atmete durch. Das war das Ende eines Traums. Keine Touristenschlangen auf seinem Acker, keine Museen, die sich mit horrenden Summen gegenseitig überboten, um den Meteoriten vom Mooshamer-Hof zu erstehen. Aber es war ohnehin eine Schwachsinnsidee gewesen.

»Weg mit dir, verfluchtes Ding«, murmelte er. »Ich will einfach nur in Ruhe meinen Weizen pflanzen. Und Maria soll ihr Kind bekommen und nicht mehr bei jedem Telefonklingeln zusammenfahren, weil sie Angst hat, es wäre ein neues Unglück geschehen.«

Er hievte den Meteoriten über die Kante. Es gab einen großen Platsch. Das kalte Wasser öffnete sich wie ein dunkles Maul. Dann war alles wieder still. Birnbaum fühlte, wie sich ein Zentnergewicht von seinen Schultern hob. Sollten sich doch in fünfzig oder hundert Jahren, wenn irgendein bedauernswerter Fischer das Ding vielleicht mit seinem Netz wieder heraufzog, die Wissenschaftler den Kopf darüber zerbrechen, wie er dort hingelangt war. Und vielleicht würde es ja nicht mal einen bedeutenden Unterschied machen, ob der Meteorit nun im Chiemsee oder auf einem Acker bei Palling auftauchte, denn was waren die paar Kilometer, verglichen mit der Weite des Weltalls?

## 2

Erst zweieinhalb Wochen später entdeckte einer der Mitarbeiter des Geologischen Instituts, die dort oben nur noch sporadisch ihre Runden drehten, dass der Meteorit aus der vergitterten Grube verschwunden war. In letzter Zeit waren nicht einmal die Geräte in der Hütte noch regelmäßig abgelesen worden. Ein letztes Mal gab es einen Auflauf von Reportern, von der Polizei, die wieder den Acker abriegelte, und von Wissenschaftlern, die sich gegenseitig üble Dinge an die Köpfe warfen.

Birnbaum stand nachlässig in der Gegend herum, die Hände in den Hosentaschen vergraben und den Hut tief im Gesicht, denn nun war Dezember und der Wind schneidend kalt.

»Keine Ahnung, wie das Ding verschwinden konnte«, sagte er den Reportern und machte ein dummes Gesicht. »Vielleicht ist es ja wieder in den Weltraum aufgefahren, auf irgendeine übernatürliche Art. Oder es ist ganz einfach zu Staub zerbröselt, weil ihm die Luft hier nicht bekommen ist. Wer kennt sich schon mit einem Kometen aus und weiß, wie er reagiert?«

Die Folgen für Birnbaum waren angenehm, denn sobald der Verlust des Meteoriten offiziell bestätigt war, wurde das ganze Getrampel rund um den Acker weniger und verebbte bald völlig.

Monika Schwalbe kam noch einmal zum Hof gefahren, um Lebewohl zu sagen. Sie zog mit ihren Studenten weiter nach Truchtlaching, wo nun ebenfalls ein Landwirt behauptete, einen Meteoriten gefunden zu haben. Plötzlich schienen die Dinger im ganzen Chiemgau aufzutauchen. Es war wie ein Fieber, das sich verbreitete.

»Und Sie haben wirklich keine Ahnung, wo er geblieben sein könnte?«, fragte die Schwalbe mit leisem Argwohn, als sie sich zum Abschied die Hände reichten.

»Aber nein, wo denken Sie hin«, sagte Birnbaum so leutselig, dass er sich einen Oscar verdient hätte.

Monika Schwalbe winkte zum Fenster hinauf, wo Maria stand, und warf ihr einen Luftkuss zu. Maria, die wegen einer Erkältung und weil sie sich ohnehin kaum noch bewegen konnte lieber drinnen geblieben war, winkte zurück. Dann flatterte die künftige Doktorin davon, mit ihrem bunten Winterkleid und den gestrickten Stulpen, und nun kehrte endlich Ruhe ein.

Es war in aller Frühe am Heiligabend, als Xaver Birnbaum seine Frau in die Kreisklinik nach Trostberg fuhr, mit dem alten Passat, dessen Motor wegen der Kälte noch ärger stotterte als sonst, aber den Weg durch den frischen Pulverschnee sicher und treulich zurücklegte.

Um zehn nach zwölf war sie dann endlich da, die kleine Linda, schwarzhaarig wie ihre Mutter und mit dem kleinen Leberfleck ihres Vaters auf der linken Schulter. Sie war das hübscheste Kind der Welt, und Xaver Birnbaum wurde nicht müde, allen Leuten zu erzählen, dass nun alles gut werden würde und dass es von diesem Tag an wieder aufwärtsgehen würde mit dem Mooshamer-Hof.